U0607674

练习告别

此生未完成，但爱永不凋零

The Iceberg:A Memoir

［英］玛丽安·库茨/著

刘屈艳扬/译

天津出版传媒集团

天津人民出版社

图书在版编目（CIP）数据

　练习告别：此生未完成，但爱永不凋零 /（英）玛丽安·库茨著；
刘屈艳扬译. -- 天津：天津人民出版社，2017.3
　ISBN 978-7-201-11192-6

　Ⅰ.①练…　Ⅱ.①玛…②刘…　Ⅲ.①散文集 – 英国 – 现代
Ⅳ.① I561.65

中国版本图书馆 CIP 数据核字 (2016) 第 311790 号

著作权合同登记号：图字 02—2016—255 号
THE ICEBERG: A Memoir
Copyright © 2014 by Marion Coutts
through Andrew Nurnberg Associates International Ltd.

练习告别：此生未完成，但爱永不凋零
LIANXI GAOBIE：CISHENG WEI WANCHENG，
DAN AI YONGBU DIAOLING

出　　版　天津人民出版社
出 版 人　黄　沛
地　　址　天津市和平区西康路35号康岳大厦
邮政编码　300051
邮购电话　（022）23332469
网　　址　http://www.tjrmcbs.com
电子邮箱　tjrmcbs@126.com

责任编辑　陈　烨
策划编辑　皇甫木强
装帧设计　平　平

制版印刷　北京凯达印务有限公司
经　　销　新华书店
开　　本　880×1230毫米　1/32
印　　张　9
字　　数　200千字
版次印次　2017年3月第1版　2017年3月第1次印刷
定　　价　36.80元

版权所有　侵权必究
图书如出现印装质量问题，请致电联系调换（022-23332469）

任它去

这深深的空虚才是真正的陌生
越多事情为你而起，你却越发不能
讲述或者想起它们竟是何物
为何世间如此矛盾
这个讨论将一直进行下去
你绝不想乱糟糟，掺和其中那摊事儿

——威廉·燕卜荪

Section 1

1

　　一本为将来所写的书需要提前开始动笔。再过些时间，我可能没有力气去讲述了，所以，我必须现在就着手行动。

　　我的丈夫汤姆和我们的孩子艾弗，此刻都在我身边，触手可及。汤姆是我丈夫的真名，艾弗并不是我儿子的真名。他现在才18个月大，懵懂童稚，何必在意名字呢。很快我们的生活将被永久改变，尤其是艾弗的人生。

　　家，是我们这出三人剧目上演的主场景。有时候，我们也会出门，事实上我们经常不在家。不过，待在家里是我们最放松的时刻。只有在家里，我们才能表露出最真实的自己。

　　我们家发生了点事儿，出了点新闻。医院下达了一张病情诊断书，这对于我们家而言是一件大事，使原本简洁、完整以及可以称为节俭的生活戛然而止。这次事件之后，我们仍决定维持原来的生活样貌。这并不能拯救什么，但至少看起来还像是那么回事儿。我们决定继续齐心协力，对此事避而不谈，让我都有点奇怪。不过汤姆和我还是会聊各种各样的事情——我们一直如此——但我们还没有正面谈过那件事。所以当时这不算一个决定，更像是我们达成的默契。

　　我是被口头告知这件事情的。我明白了：我们也是会生老病死的凡人。你可能会说你懂，可事实上你不懂。这个消息灵巧地落入两个刹那之间，而你根本没想到刹那还能分割。这件事的威胁有两方面：一方面是既成事实，另一方面是朦胧的结局——即真相的呈现。前一个是关于当下的状态，后一个谈论的则是持续性。这个事实有一种凝聚的力量，没有任何事物、任何人、任何思绪可以逃脱它的影响。它就像为我们家庭命运所定制的全新的物理定律，存在绝对适用性，又发之偶然。这条定律说：*所有心爱之物都慢慢从眼前消逝*。在这条定律下，你不敢休息，不敢错开视线。在整个过程中，你不敢让目光有片刻闲置。目及之处皆受影响，就像被瞄准或是被击中了一样。

然而，不管怎么说，生活还是要继续，我们尽可能保持像从前那样行事、说话、相处，但是，现实像被反转了，失去黑夜只有白昼，可是，那光线却很不自然。强烈的光线似乎要把眼睛亮瞎。四周的一切发出等量的光，全无一丝遮蔽。

现在还是前期，但我们家已经千疮百孔。我仿佛喝醉了、虚脱了、雪盲了。四面墙壁和我自己都变成了空气。刚得知这个消息的时候，我们的本能是立刻告诉其他人。有些事情，一旦知道就再也不能佯装不知，再也没有选择撤消的余地。于是，我们开始到处说，而我们一家三口常常被溶化在杯盏交错之间。人们出现在我们家，来来往往，都想伸出援手。艾弗有他的小世界，我和汤姆则在另一个世界中。就像我说的，时间还早。或许未来会一直像现在一样。

今天是带艾弗去托儿所的第一天。这是我和艾弗第一次正式的分别，一早九点我就带着他到了托儿所，极力想掩盖自己的紧张和难受。作为一位母亲，我还是个新手，但同时，我脑子里存储了许多翔实的育儿细节。我是个不折不扣的育儿狂魔。比如说，我记录了关于艾弗的各种生活数据：喝水的量杯，睡觉、大便、玩耍的时间，兴趣爱好，可以吃和不可以吃的零食。什么都不能阻挡我对儿子的关注。

艾弗的幼托阿姨就住在这个街角。她还非常年轻，比我小很多。第一次接触时，她也比较谨慎。我带着艾弗到她家之前，她就已经听说了我们家的情况。所以，对于我的这番举动，她表现得很有耐性，也不多言，直到我自己也累了，停下手，她才接过孩子。我扫视着整个房间，试图找出任何一点瑕疵，一边跟她念叨起来。这个边缘这么锐利，会不会容易伤到孩子？楼梯口的那扇门怎么看起来不太稳固？厨房是不是可以搞得再干净一点？对了，她还养了狗，狗在哪儿呢？我怎么把艾弗送到有狗的房子里来了？我俩心照不宣，我并非是在这儿就事论事，更像是我在自言自语，我想发泄，因为这一刻，我把艾弗从我身边推开，送到另一个女人的身边，我把他从安全舒适的家里带到了这个不安全的外部世界。

就在我细数房间里的各种问题时，汤姆的到来打断了我。看到他出现在这里，我有点吃惊，也有点惊喜。最近，我俩精神上都太紧张了。上个礼拜，在一个朋友家里聚会时，汤姆突然出现了痉挛。在场的所有人都蒙了，他从来没出现过这类情况。我当晚直接送汤姆去了医院。在这期间，所有人都非常担心，加上还要操心艾弗，之后汤姆慢慢好转起来，大家悬着的心才慢慢平复下来。医院的体检结果应该快出来了，我心里猜想应该是高血压或者饮食引起的问题，或者其他的普通毛病，总之不会超出中年常见病。如果你要问我汤姆的病情，我能想到的就是这些。说真的，我可真没其他想法，我还在操心艾弗呢。

汤姆径直过来跟我打招呼，拉住我的衣袖，把艾弗和我从一堆玩具面前拉到大街上。汤姆能过来真好。他深知我第一次带艾弗来托儿所的重要意义，所以，他来支持我。我就像一艘储满母亲肾上腺素的飞船，准备第一次试飞。这时，乐队的声音响起。起飞是最紧张危险的时刻，我感觉到自己已经慢慢离开地面，我的皮肤被孩子现实的和想象的需求拉扯。艾弗的托儿所是一所被一溜淡紫色矮墙围起来的白房子，我们一家人就在大门口依偎在一起。这里是阿尔皮纳36号。沿着紫色的砖墙和地面相接的地方，长着一丛丛茂密湿润矮小的灌木。我依旧不停地在说话，艾弗在我怀里咯咯直乐。*艾弗在那儿非常放松，他很喜欢那个幼托阿姨。他肯定会喜欢这个地方。*汤姆没让我继续说下去。他说他接到了医院的电话，他被诊断出有脑瘤，并且，恶化的可能性非常大。

在我听到他说这话之前，我是否已经理解了这话的含义，又或者在我明白之前汤姆就已经说完？瞬间，我的飞船分崩离析，变成一个熊熊燃烧的巨大火球。眼泪就像滚烫的焦油重重地落下来。这变化来得如此突然，任何抢救都是徒劳。那些字眼被吐出来的瞬间，整个世界已轰然崩溃，完全没有给人留下一丁点儿消化接受的机会，简直就像是毒性最快的毒药。

我紧紧抱住艾弗，眼泪早已决堤。我是什么时候开始哭的？在汤姆话音落下之前还是之后？我不知道。但似乎我在听到之前就已经开始哭。怀里的艾弗开始哭喊，声音把房间里的幼托阿姨吸引出来，房间里准备迎接艾弗的其他孩子也害怕起来。艾弗挣脱我的怀抱，跑到托儿所门口，茫然地瞪着我和汤姆。*他们两个人在干什么呢？*欢迎仪式搞不成了，迎接艾弗的仪式只能放弃了。汤姆把艾弗交给面前的这个陌生人，我俩就这样逃离了现场。

那天下午四点我有没有去托儿所把艾弗接回家呢？我完全想不起来了，只知道最后艾弗回家了。从艾弗的脸上，我看得出来他对今天发现的新世界感到非常满意：小狗、同龄的玩伴、可以玩游戏的院子、沾着雨水的玩具。真奇怪，为什么艾弗一点儿受挫的样子都没有？他看起来从没有像现在这么高兴过。早上从家里出发的时候，我的心情非常愉悦，完全没有意识到死亡这回事。我们知道死亡的存在，但是从未想到它和我们家能沾上边。

那天过了许久之后，我第一次对汤姆说了一句连贯的话：*我不能让死神夺走你，我不允许。*

从现在起，我必须让自己振作起来，等着瞧，事情会如何发展吧。

3

接到确诊电话的那天，我们把艾弗留在家里，然后就出门散步去了。确诊结果就像无形无色的溶剂，慢慢渗入我和汤姆的体内，慢慢将我们融为更密不可分的一体，就像一只用四肢行走的生物。我们直觉地认为不应停下来，便一直朝南走去。我们一路走一路说话，完全无心注意沿途的景色。郊外非常适合这种漫不经心的散步，这大概是郊外存在的意义吧。

我们就这样漫无目的地走了好几个小时，不知不觉地竟然走到了杜威奇画廊。既然已经走到门口，汤姆便打算去瞧瞧里面的一幅画。确诊电话打来的时候，汤姆正在处理工作，需要查阅一幅绘画作品。但现在，我俩无论如何都想不起要找的是哪幅画了。对汤姆来说，看画完全是一种本能，因为这是他的工作，太熟悉、太普通，以至于过了很久之后我才觉得吃惊。已经到这个地步了，他还没停止工作，他心里还在想着看作品的事情。但这种感觉和之前有所不同，我可以感受到，并非看画的速度不同，而是含意不同，主观感觉不同。

汤姆的头脑里每天都装满了事情，虽然现在有了脑瘤，但这并不影响他思考。他的头脑在哪里？和早上的时候没有不同。脑瘤也在那里，但是脑瘤并没有占据一切。昨天、前天、大前天，甚至很久很久之前，脑瘤就已经在那儿了，只是我们不知道而已。这个曾经潜伏在意识控制区里的东西终于显露真面目了。

关于脑瘤，我们知之甚少，是十足的小白。我们只能不停地重复诊断书中的话：**肿瘤位于控制语言能力的脑区，肿瘤位于控制语言能力的脑区**。其中有个肿瘤，还有个脑区。听起来这是两个独立的东西，其中一个黏到了另一个的上面。我不认为有一天肿瘤会完全占领头脑，之后，我甚至觉得思维可以战胜肿瘤，艺术可以战胜一切。

汤姆走进了画廊。我没有跟汤姆一起进画廊，脑袋里还是一片空白。花园里有一棵光秃秃的杉树，这棵杉树外表灰白，看起来像被闪电劈过，站在原地默默忍受死亡气息的折磨。我坐在杉树下的草地上，舒展开四肢，目光顺着树干延伸到树尖，直视所指的那片天空。它像在显示某种神谕。我就这么发着呆，不知过了多长时间，一直到汤姆从画廊里出来，我还一动未动。

四天之后，艾弗开始说话了。之前的数周里，艾弗已经能够发出一些模糊的音节。现在，他知道如何精巧有序地把这些音节拼起来。艾弗的语言能力发展这么快着实让我始料未及。不过，在这个非常时期，周围的一切看起来都特别不真实：准备饭菜的保姆、窗外的景色、早晨醒来时脑子里的第一个想法、艾弗的脸蛋。我必须开始习惯周围的种种改变，包括以后艾弗会说话这个事实。

孩子天生就具备出色的语言学习能力。刚出生的时候他们就能分辨语气里的细微差别。还在襁褓里的时候，艾弗就被迫听他父母每天没完没了地聊天，听我们读故事书，听歌曲和音乐，还会听到家里的笑声。艾弗能够辨别出我们的声音，并且，随着语调节奏的变化，他能察觉出有事情发生。我的表情透露了秘密，并且，当谈话到紧急时刻，我的音调会突然提高，紧接着是一段停顿。尽管现在的艾弗还是一张白纸，没有关于脑瘤的知识，但是，其余的一切，他都在与他父母一起经历，一起承受。未来的时间里，我们会一起把事情说清楚的。现在才刚刚开始呢。

自从艾弗会开口说话之后，家里的气氛都有点儿不一样了。这种感觉就像是重新摆放了家具的位置，又像是把整个房子朝太阳的方向轻轻挪动了一下，好让光线晒进来。尽管我们都快疯了，但艾弗的语言能力发育非常正常。在他的词汇表里，根本就没有害怕。他叫爸爸的时候，可能是在叫我或者他爸。他管猴子叫"K"，只要不安的时候就说：哦，不！要说小蛇的时候，他就一个劲儿地说"S"，类似的还有，要表达灯光的时候，他会说"按"，怪兽他会说"兽兽"，拖拉机他会说"和拉机"。很快，他就学会了一些常用的单词，挖掘机、苹果、勺子、黄油、糖果、眼睛、烤面包、牙刷。他管机器叫"西姆"，他还会数2、3、4。

我们像其他家长一样，喜欢逗他玩，其实完全是为了让自己开心。来学学火山的声音，烟花的声音是什么样的？恐龙是怎么叫的呢？这个时候，艾弗的眼睛里总是闪烁着特别纯洁快乐的光彩，嘴唇里一边发出一阵微弱细嫩的爆炸声。不管模仿火山、烟花、还是恐龙，他发出来的声音都是一样的，伴着轻柔的气息和声音，还带出来一点口水。

4

又过了一周。今天是我的生日。现在是烈日当头的九月，我们全家和几个朋友一起去餐馆为我庆生。我们挑了室外的一张桌子坐下。这个年龄段的孩子总是长得特别快，几乎一周一个样，从我坐的位置看过去，艾弗已经比原来又长大了一些，有一只猫那么大。阳光底下，更像一只披了金色毛皮的小动物。他的小手就像两只小爪，把面前的食物一点一点送进嘴巴里，不管是酸的、甜的、焦的、咸的、浆状的、油腻的，还是绿叶菜，他只管往小嘴里送。和这么大的艾弗坐在一块儿吃饭，实在是一件乐事。我们一家人在这里庆祝我的生日。我们举杯庆祝，我感觉，这是我这一生中最重要的一次举杯。

为我们。为了即将到来的时刻。

当我们返回家里的时候，正好摩西来送沙发。这张沙发是在汤姆确诊之前从他店里订购的，但是现在谁还需要二手沙发呢？不，我们已经不需要了。虽然有点可笑但我们还是不好意思拒绝。物是人非，交易也失效了。*钱照付，不过请把这沙发搬走吧。*可是，还没来得及阻止，摩西已经把沙发搬上楼了。包括来为我庆生的客人在内，我们五个人端着酒杯坐在家里已有的两张沙发里。当摩西把那张二手沙发放好之后，它看上去和整个空间非常协调，似乎沙发原来就是从这儿搬出去的一样。好吧，那就还是把它留下来吧，这样一来可以让更多的客人来家里坐坐。

5

要搞清楚发生了什么事情，你首先需要大声地把它说出来。只有这样，你才能听到消息经过他人的嘴里加工后再吐出来的样子——哦！天哪！他娘的！怎么会这样！或者干脆是深吸气，长叹气，此时无声胜有声。也许，以这样的方式听到自己身上发生的事情可以让我听出些不一样的东西来。更好的，更坏的，我不知道。也许会更容易理解吧。

我和汤姆干了一件事情。我们设置了一个朋友邮件组。想要集中注意力真的好难，甚至想要记起这些人是谁都挺费脑的。我们不得不翻出那些过往的回忆。我和汤姆九年前结的婚，参加婚礼的那些客人首先被加进了我们的朋友邮件组。既然当年我俩喜欢这些人，那么现在的关系应该也都不赖。然后还有结婚之后逐渐认识的新朋友，比如通过各种聚会场合认识的人。我们不断地往这个名单上加人，一个名字都没有删掉，就像是在盖一所房子，我们关心的是坚固性：体积、重量和数量。有些朋友因为某些自身的原因或理由和名单上已有的人并没有多少关联，第一遍写的时候被我们不小心遗漏了。怎么就偏偏忘记他们了呢？我们还把一些今后可能走得更近的新朋友也加到名单里，虽然在这么大的事情发生之后，我们才想着结交些新朋友，这么做有点儿像是在作弊。但是，别误会，*我们真不是这样的人*。这张名单就是一张人情网：私交、同事、彼此关心的和联络密切的人、亲近的和附近的人，亲疏有别。亲人也在这个名单里。现在，他们所有人的名字都存在了电脑里，一个个按字母顺序排列。现在该通知他们了。

到目前为止，知道我们家情况的还仅限于几个朋友。和不同的人重复说一件事情非常耗费精力，无聊、无趣，又无用。肿瘤，这是一个难以启齿但更难入耳的字眼。除了简单告知这个事实之外，其他的我真不想多谈。可是，和几个人说了这个消息后，我就已经麻木了。我真的很不擅长重复叙述同一个故事。可是，每个人在得知这个逆天的消息之后，又都会不断地跟我求证，渴望知道更多细节：一次突然的晕倒——送进医院——做体检——发现肿瘤——癌症——手术——治疗——不确定的未来。面对不同的听众时，又要对其中一些细节详细解释，甚至是把整个事情的来龙去脉完全复述一遍。生活中，很多时候我们可以假装听不见，可是，面对朋友家人的关心，我们有责任让他们了解事情发展、回应他们的所有问题。是我们往他们平静的生活里丢了这么一个爆炸性新闻。可是，给他们增加负担、让他们担心害怕并不是我们的本意。这件事情是我们家庭的灾难，我们只想让大家共同见证。

压力来自哪里？我们不知道。说实在的，到目前为止，我和汤姆还没觉得有太多压力，做手术、放射疗法、化疗，再入院观察，不过如此。陈述方式往往定义了一个故事是灾难片还是励志剧。那我们家这出戏是哪个版本？这是一部纪录片吗？它的发展脉络是什么？我们不想给大家传递错误的信息，那么正确的信息又是什么呢？我们看到的是死气沉沉的数字，用百分比衡量的存活率和各种冷静精确描述杂糅在一起的丑陋结合体。我们，已经变成悬在统计分布上的一只小蚂蚁。我已经说不出话，所以我们一起坐在电脑前，给所有人写了一封邮件。

2008年9月14日

亲爱的朋友们：

我们家最近有个坏消息，应该让你们知道。汤姆的头部被检查出有一个小肿瘤。目前，我们还不知道情况会不会继续恶化，但是任何事情都可能发生。所以，汤姆大概会在一个星期之后接受肿瘤摘除手术。

至于手术会不会造成副作用，或者导致其他可能的并发症，我们尚不清楚。对我们一家来说，现在是一个充满不确定性的时刻。

得知这个消息以来，我们一家已经竭力保持镇定。这股力量主要来自于汤姆。即使是现在，他看上去状态依然很不错，他的思考、写作、日常工作和手术前的准备都在有条不紊地进行。艾弗也还是和往常一样有趣。

在接下来的手术和手术之后的时间里，我想我们可能会需要各位的帮助。但是现在我们也很难说清楚需要什么样的帮助，可能是一些实际的帮助，也可能只是想和朋友们联系，给你们打电话，惦记你们，给你们发邮件，拜访你们，等等。等汤姆住院的日期确定之后，我们会通知大家。

爱你们。

　　我和汤姆坐在电脑前，在台灯下紧紧依偎。汤姆按下发送键。这是一个非常郑重的动作，因为它意味着我们承认了邮件中所使用的一切表述和情况，消息一经发出，我们将不可反悔，也不能改写。我不敢说自己已经准备好了，我也不敢想发送究竟意味着什么。

　　在我开始等待之前，朋友们的回复邮件已经弹出在邮箱里了。这些家伙，究竟在干什么？已经是夜里几点了，怎么都不睡觉，还挂在网上做什么？难不成是在等着汤姆的邮件？**新消息、新消息、新消息、新消息**，屏幕页面顺着鼠标滚动下来，一溜全是一样的加粗字体，这么多新消息提醒看起来就像是不停印刷出来的《黑人宣言》。现在，我们家的事情终于被大家知道了，我们终于暴露在睽睽众目之下。这感觉就好像天空霎时缩了回去，天空下的平原一览无余。无限的黑暗中，只有我们一家，孤独而显眼地出现在平原的一角。我甚至可以从很远很远的地方看到我们的房子，看见住在里面的这个小小的三口之家，竟然是如此不堪一击、毫无反抗之力，心中不禁生出悲凉。

刚开始收到回复的时候，我基本都是一个字一个字地仔细看完，反复掂量字字句句。我在寻找启示，就好像是在试图解读一片小小的茶叶上可能存在的字迹，又好像是在努力看穿火焰想呈现给我的图景。我凭着直觉去理解每个人的回复，根据平日交往的亲疏而反应不一。你对我们有多好呢？你究竟有多了解我们呢？你能不能保护我们呢？真的，我实在是没法阻止自己这么想。看到那些只有只言片语的回复，或者一个字也没有的回执邮件，我就忍不住生气。我们全家现在这么可怜，我们需要更多人聚拢过来，关注我们，保护我们，爱怜我们，安抚我们。没有关注，没有支持，孤立就等同于死亡。这确凿无疑。可是，仅凭邮件这点东西就来断定每个人的态度，未免有点残忍了。那些单词组合拼来凑去，根本难以解读。很快，我那可怜的自怨自艾、脑子里无端臆想的各种判断消失了，不见了。我完全理解错了！这些回复，其中的语气格式、斟字酌句，完完全全反映的是那些写信人自己，我们不过是折射他们内心的镜子而已。

所有的这些回复都未经深思熟虑。即使其中一些人曾经有过和死亡打交道的经历，和我们家一起经历这场变故也是头一回。一切都是实时发生的。有的人在邮件里啰唆地只顾谈自己的事情；有的人直接表达了对我们一家人的关心；有的人非常实在，写下许多对我们家有所帮助的信息；还有些人则非常聪明，在邮件里回忆了过去的许多趣事。不过，最最聪明的一种回复总是非常简短。其中有些还包含语法错误，比如漏了一个连接词或者标点符号，就像是没完成的拼图游戏，或是一支箭误中了树篱。有的回复读起来就像一篇忆往昔的文章，甚至像是爱的宣言；有的回复则是典型的商务风。**感谢您告知我这一消息**——这样的开头总是万无一失、天衣无缝，就像专为绅士们量体定制的马裤和皮鞋。有的人则根本没有回复，当然，也可能是他们的回复被我们遗漏了。但是，不管是回邮件也好，不回邮件也好，我们不打算把任何一个名字从这个邮件组里删除，任何在这个名单上的人都无法选择"取消订阅"。

我们收到了诗歌、照片、网站链接、疯狂的建议、聚餐邀约、活动邀请、建议、笑话、好意的叮嘱，还有各种已经听厌了的说教。各种各样的支持，固态的、液态的，被推着、揉捏、展开，包围着我们。可是，这些关心和帮助的背后，是我们全家已经成了所有人的关注对象。我们的任何一点风吹草动都会受到关注。我们只要向外界释放一点消息，立马便会收到回响。

这段时间里，我常常会突然开始哭泣。只有在艾弗面前，我才不那么伤感。

6

一个新的未来已经交到我们手里。现在，未来已来，那些曾经的设想都已变得虚妄。艾弗已经18个月大了，这期间发生了太多事情。但是，不管怎样，过去的，我们别无选择，必须忘记，一往直前，重新开始。

艾弗对于我的意义不仅仅是血脉延续。我在研究他。他是生活的证据，我记得当时生他的时候是在医院剖腹产的，但是，怎么把他生下来和当时的情况已经记不清了。艾弗就像是一盘在反复录制又擦除再录制的磁带一样，他的身体、他的存在、他的变化，承载了我们一家人的故事。随着他一点点地长大，以后的日子里，他会跟我和汤姆一起面对更多的事情。

艾弗出生18个月后，我们又回到了同一家医院。病床上挂着的病人信息开启了我们家的新篇章。我们给汤姆预约了日期最近的一场开颅手术。这是可以预约的最快的手术时间了。在手术后的六个礼拜时间里，汤姆还将接受化疗和放疗，一直到圣诞节前。化疗使用的药物叫作蒂清，接下来的半年时间里，汤姆将持续接受化疗，28天为一个疗程。这么长的治疗流程还仅仅是第一阶段治疗，对癌魔进行的第一次开火。各阶段的治疗一个接着一个，中间根本没有喘息的间隙。当然，也可以选择其他时间治疗，但是，不这么做治疗效果就很难保证，除非我们打算放弃。虽说是否治疗和治疗时间完全由病人和家属自愿决定，但是，我们一点都不敢松懈，一有机会就立刻预约。

汤姆最近状态不错，大概是因为关注度倍增的影响吧。在等待接受手术的这段空隙时间里，我和汤姆都瘦了不少。对于要做开颅手术的病人来说，体重最好不要超标，所以我陪着汤姆一起减肥。我们还把烟戒了，两个人在一起相互督促、相互鼓励总是更有动力。在家里的时候，我和汤姆会花很多时间在厨房里倒腾美食。一起做饭，一起分享美食，是这些日子里最美的点缀。如果现在有谁想把我们分开，简直是不可能的。

在吃这个问题上，我对自己从来没有任何约束。我从来不会没事去称体重，我也从来没有为自己的身材忧虑过，主要是因为自我感觉目前的体型还算不错。我知道，作为一个年过40的欧洲女人，像我这样的心态和做法可能有点奇怪，但这恰恰是我和一般的40岁女人不同的地方。我从不控制饮食，也不限制自己每天的热量摄入。我穿10~12码的衣服，具体是哪个尺寸要取决于服装生产商了。体重不是我会花时间去考虑的问题。

汤姆可比我重太多了。关于饮食，他有两个问题，不对，应该是三个：他非常爱吃，并且比较贪吃，还经常容易多吃。汤姆二十来岁的时候经常吃即食食物，他还吃肯德基，喜欢买香芒鸡肉三明治。我可从不爱这些东西。除了这些口味爱好之外，汤姆过去的饮食经验说出来绝对馋死你：20世纪70年代的时候他还在一所精英公立学校读书，每天都被强迫吃鸡蛋，而且是撒上调味料的半熟液态蛋黄的那种典型英式早餐，蛋黄和蛋白都必须吃干净，还有牛奶布丁、腌猪腿和炖肉丁。

我一进入厨房就像回到了自己的领地，立刻就变得精神起来。对于做饭我有自己的一套哲学，摆弄着那些颜色、气味、口味各不相同的食材，我一定能给你变出一道道美食佳肴。更重要的是，在厨房里，我可以让自己实际地做点事情，这能让我暂时忘掉那些烦心事，仿佛有些掌控感。

我就像一个刚刚皈依的信徒，难免有点走极端。我把猪肉、调味料和各种含有脂肪的食材统统拿走，只挑出蔬菜进行炖煮，期待着蔬菜本身的鲜味和原色。小碟子，小碟子，这成了我的新咒语。我甚至都可以以这个为主题写一本专门的烹饪指南。很多书里的内容其实都比较空洞。书里面需要加入科学解读、菜谱、方法、赞美、彩色图片，还有注释。简单来说就是：学会做菜，选你所爱，没有油炸，碟子直径8厘米，别盛太高，还有吃完不能再加。在书的封底，我会用圆点描出一个直径8厘米的碟子形状，可以让读者把它剪下来的。记住——别盛太多，否则容易掉出来！已经说得很清楚了吧。不过我可能需要提到癌症。

每个人都应该用小餐盘吃饭。我们用的这套餐盘是我祖母传下来的。餐具是密胺材质，外表是容易引起人食欲的颜色：蘑菇纹、茄紫、姜黄，再加一点翠蓝色。不能放盐，不能有面包，不能含脂肪，不能吃乳制品，不能加餐。我把这些注意事项都写好，贴在冰箱上。可是，任何事情都不能太绝对了呀，这些"不能吃"的规矩也一样。我和汤姆都不是走极端的人，所以，依然是以吃得开心为上。关键是，怎么样才可以防止自己加餐呢？

距离开颅手术还有不到一个月的时间了，我和汤姆都已经瘦了不少。来家里探望汤姆的人依然络绎不绝，见到汤姆他们总是会说可是你看上去状态相当好。每次听到来客这样的反应，汤姆总是哈哈大笑。他们其实是在说，你怎么变得这么瘦！状态好不过是一种委婉的说法而已。一天晚上，我去一家餐馆吃饭，就在餐厅昏黄的灯光下，我突然注意到自己的胳肢窝看上去就像是藏在衣服下的两个白色大洞穴。我只感觉到饿，是那种让人眩晕的饥饿感。身体的信号再清楚不过，我们必须要吃东西了。于是，我俩敞开肚皮大吃了一顿。

与他爸妈如此的饮食节制相反，艾弗对各种食物都可感兴趣了，并且对于各种味道都乐于尝试。这非常棒。我怀疑是否全天下的婴儿都对食物有这样天生的热衷。光是看着艾弗吃东西的过程就足以让我消遣好久。可是，如果一直这么盯着他看，艾弗的脸上就会呈现出一种迷惑的神情，就好像是在想：妈妈这么看着我，难不成这东西有什么不对劲儿吗？所以，每次和艾弗一起吃饭，我总是需要想点小谋略，比如假装看窗户外面，或者看报纸什么的，这样不至于引起他对妈妈的怀疑，嘿嘿。他舀起一小勺扁豆，用鼻子嗅嗅撒了紫苏的番茄沙司，然后将意大利面卷起来放到番茄沙司里。他把面包放进菠菜汤里，一直到面包吸满了菠菜汤，混作一团后才舀起来吃掉。他抓起面前的西兰花，就好像手里抓着一株树苗，一株、两株、三株，最后艾弗吃掉了四株树苗。艾弗还吃肝脏！他还吃香蕉、大蒜和炒菜！每次看着艾弗一副沉浸在幸福中的吃相，我和汤姆都开心得不得了，就好像赢得了什么比赛冠军似的。我们一起赢得了胜利。

全家人一日三餐的营养搭配大部分时候是在家里的厨房完成的。这事可不是什么小工程，而我则是负责全家餐饮的大厨。作为大厨是需要付出代价的，包括时间、精力，以及除了完成基本的工作之外再也做不了别的事情。不管怎么说，我就几乎没有时间干其他事情。现在任何事情都是有代价的。烤甜薯就是绝对值得的事情，用铝箔纸烧烤鱼属于更高阶的厨艺，而品尝这些人间美味更是一门高雅的学问。说说看，这世上还有什么事情比为自己所爱的人烹制佳肴更值得的呢？

7

2008年9月25日

亲爱的朋友们：

通报一下汤姆的近况。9月29日，汤姆会住进皇后广场的国立神经医院准备接受脑部肿瘤摘除手术。手术时间是星期二。如果一切顺利的话，周末就可以回家。

目前这个时候，我们无法预估手术后汤姆的恢复程度，以及进一步的治疗会怎么样。但对我们来说，重要的是，现在各位可以和我们一家保持联络，让我们感受到你们的力量。所以，我们非常欢迎你给我们打电话、发信息、写邮件、来我们家，或者其他任何您愿意的方式。如果我们没有及时回复你的话，也请海涵。盼回音。

爱你们。

汤姆手术当日，天还未亮，我们就到了医院。我们已经见过汤姆的手术医生K，他看起来很有信心，这让我们也放心许多。我们相信医生，但是，手术结果究竟会怎样，谁也无法预知。结果会如何现在并不明朗。我们决定把艾弗也带过来。在这个关键时刻，既为祝福也为祈祷，我们一家人需要待在一起。面对病魔，只要有了我们三个人，时空就好像立马平稳下来，就像一个稳固的统一体，一个三角凳，又或是一个三脚架。我们绝不让汤姆单刀赴会。

时间还很早，天都还没亮。我们到医院的时候，汤姆的脸上已经被标记上各种线条和圆圈，绿色记号笔标记出他的颧骨、太阳穴、前额。有了这些记号，电脑就能更方便地测算切口位置。那些圈圈和脑门上的画线是为了帮助医生了解肿瘤的位置。在手术台上，一颗脑袋就好比是一件静物作品，比方说苏尔瓦兰画里的一个陶罐抑或是一只羽衣甘蓝，摆放在漆黑的布景之上，绝对不可乱动。

汤姆看上去有些奇怪，但是现在他和医生在一起，我和艾弗不被允许进去。我们不敢拿汤姆现在脸上的记号当作街头怪异涂鸦那样打趣。因为艾弗讨厌脸上的涂鸦，每次看到脸上画油彩的人都想逃得远远的。但是，此时躺在手术台上画着涂鸦的那个人，是艾弗的爸爸。光是看那双亮蓝色的眼睛，艾弗就能把爸爸从人群中分辨出来。窗外的光线落进昏暗的病房，我抚摸着汤姆的眼睛，原来的亮蓝色显得更深邃了。这是开颅手术呀。感觉上，我们一家就好像站在人迹罕至的绝顶之上，呼吸都开始困难起来。不是所有人都有机会体验一次的。仿佛是等待许久的节日来临一般，我的内心竟奇怪地为之庆贺。

汤姆今天不能进食，于是我们带着艾弗来到一间小访客室吃早餐。这间小访客室是一位曾经在这里医治过的病人捐赠的。房间的墙上挂着他的照片，并记录了当时的日期。那是七年之前了。我把艾弗的酸奶和水果都装在一个小罐子里，还有他的粉红色勺子。汤姆给艾弗喂了一小勺酸奶，可是，艾弗不肯吃。我们真蠢哪，我吃不下，汤姆也不能吃，艾弗怎么会肯吃呢？

这个访客室里只有我们一家人，非常安静。我们甚至可以登上一辆公交车马上回家，或者躲到别的什么地方。医院真是一个好奇怪的地方，这么多人住在里面，可是，任何一个可以移动、神智还算清醒的人都可以走。我不知道有多少人曾经这么试过。不过，我们没有这么做，是信念把我们拴在这儿。相信这里的医术、医疗系统、医院体系、先进的西医科学！我们这就是在赌，在玩命，并且，我们在赌最好的情况发生！我们留下了。

这个访客室是为来探望病人的访客准备的，但是里面摆满了东西，根本没有坐的地方。这个房间看上去已经被用作储藏室很久了，一沓椅子靠着墙壁堆放在一角，两边都是叠起来的桌子、轮椅，还有一个步行手扶架、一堆水桶，只在中央留出一条空道。一块空白的记事板挂在靠近门口的墙上。要想休息或小坐一下的话，访客只能另寻别处。灯光映射在聚苯乙烯面板上反射出一道道刺眼的光，房间四面的墙裙已经开始脱落。从四方形的窗户向外望去，天色已经渐渐亮起来，终于，我们离手术不远了。

艾弗看上去特别害怕，一直在汤姆怀里扭动。今天真不该带他过来，他肯定是闻到了我身上恐惧的气味。汤姆怕吗？可是他表现得很淡定，在这场生死游戏里，他是被选中的那个选手，必须继续独自玩下去。而我和艾弗的身份是汤姆的目击证人，见证那些已然发生的坏事情，和将要降临的凶险。我们有一个习惯，就是标记下生活中的各种细节。我们可以把每时每刻都花在标记上，然而时间永远不够用。这种每日纪念其实只有一个相同的目标——就像今天我拍的那些光线昏暗的照片——为了制造永恒，并且在我们彼此眼中快速定格自己的样子。这些照片记录了艾弗一天天的变化。我们一直在尝试记录。

我们三个人里，汤姆的认知能力已经受到损伤，手术后他的自我意识也面临威胁。他会变成什么样？还会是我原来的那个汤姆吗？爱的能力还有多少？这是我主要的担忧。这是我在意的担忧。爱，究竟存在于大脑里什么位置？是在那个画了黑色十字的区域吗？手术之后，汤姆还会像现在这样爱我和艾弗吗？如果汤姆不再有这样爱的能力，我和艾弗还会像现在这样爱他吗？

虽然我很担心我离开之后会发生什么事情，但我真的无法继续待在这里了。时间和阻力就像两股相互平衡的反方向作用力，但奇怪的是，我们并没有感知到平衡，而是其他某种东西，某种经验性的运动状态。我们已经把艾弗带入整个事件的核心，但他一直在抗拒。他知道这里根本没有任何他想要的东西。然而，某种即兴的仪式还是需要的，在一堆桌椅杂物之间，艾弗被他爸爸举了起来。今天是星期二，早上七点，伦敦开始慢慢进入秋季了。再过一会儿，我就必须从这里出去。并且，我得独自带着艾弗走。这一切变化来得太突然，我实在还没能让自己缓过神来。

汤姆现在正在接受开颅手术。我们这些帮不上忙的人只能垂下眼帘，像个忏悔之人一样，在街上来来回回地走着，一直等到手术结束。在医院和汤姆告别之后，我把艾弗送到托儿所去了。对艾弗来说，现在最重要的就是让他感觉安全，家里一切正常。清晨的光线慢慢地在天际边渲染开，形成一片青灰色，天地混沌一体。回医院的路上身边已经没有了艾弗。虽然有朋友薇薇安陪着我，可是，走在路上，我好像成了个废人，觉得自己一贫如洗、无家可归、全身瘫软。我真的还没有准备好，不知道在等待着丈夫手术结果的时候该做些什么，尽管没有任何约束，我可以做任何我想做的事情。

我唯一想做的事情就是和汤姆靠近点。于是我们决定待在医院附近，就在医院外墙边上。这是一种新的依恋。过去，我从来不知道这片区域。神经医院所在的这片区域我过去从没来过，谁会没事到这附近晃悠呢。沿着安普顿南路边上的一条小道一直往下走是一个广场，从广场的位置可以看到纵横交错的街道。假设是在别的什么情况下让我偶然发现这个地方，说不定我会好好地研究一番。这里看上去有很多不错的商铺。有一家成人教育中心能教你如何制作一些不错的家常菜。这里还有许多小公园适合附近的上班族休息小坐。兰博路上，有各种西装定制店、高大上的包具店、精致熟食店、咖啡馆和书店。如果今天生病的是艾弗的话，我肯定会来这里好好探索一番。敖门德大街就在旁边。

为了给自己找点事情干，我买了一条围巾，然后扣上外套的衣扣，好让自己不在这潮湿的风中打哆嗦。色彩是女人天生的爱好。我把精心挑选出来的围巾围到脖子上，展示着今天的战利品。这条围巾是那种非常柔和的淡蓝色，再配上我的绿色大衣，我应该是视野所及范围之内最引人注目的身影，而我的周围却是一片潮湿的灰烬。我们除了等待还是等待，只是漫无目的地瞎逛。我们进了一家书店，本打算坐下来喝杯茶，可是，待在其他陌生的书店客人之间，我很难放松。路边拐角的地方是可伦儿童游乐园。我的脑海里开始勾勒可伦的相貌。上学的时候我就知道可伦，他是一名进步的思想家，经常穿着一条马裤和白色的上衣，面色红润，戴着假发。游乐园大门上的告示牌上写着"没有孩子陪同的大人不许入园"，真是好犀利的要求。不过，我和薇薇安还是进去了，艾弗虽然不在我身边，但是他的心和我们同在，没人阻止得了。其实，我们能进游乐园是因为今天在下大雨，整个伦敦都被盖在这场雨中。我们跑到一个石凉亭里靠紧了坐在一起躲雨。凉亭的支柱把在其中躲雨的我们框进了一幅受难图。我的双腿也开始感觉到湿冷。半圆形的凉亭之外，雨水坠落到地面上，溅起一英尺高的水花。

我们又徘徊了一阵，以一个对切开大脑再缝合起来这门手艺完全外行的人的判断，差不多可以回医院了。这时，围巾已经不起任何作用，我浑身抖个不停。我让薇薇安在楼梯上等着，然后自己一个人往康复室的方向走。里面传出来一个男人说话的声音，是他！这声音和汤姆的声音一模一样，一听就知道，和原来一样洪亮、熟悉。此时此刻的感觉真是无法形容。像什么呢？这种感觉完全超乎期待，比这一生得到的恩宠总和都要多得多。这是对我的奖赏，赐予我的礼物。不管还会不会有其他事情发生，此时此刻终将到来。

虚掩着的门瞬间被打开，就像是一个大大的问候。K医生此时正从里面走出来，他刚抬头，目光和我相遇，整个人一下子刹住，然后用脚稳住半开着的门。雨水从我的头发落到脸上，又从外套滴落到医院的地板上。我站着的地面上形成了一小滩水。K医生看起来对手术结果非常满意。汤姆相当高兴。我也很高兴。

9

22颗金属螺钉从下颚线一直延伸到左耳后。从正面看不出任何异常，但是，从侧面看过去，你就能看到一条12厘米长、沾着血痂的合金缝合线。手术之后的一周时间里，伤口愈合得非常好，没有出现任何问题。医院让我们过去把里面的金属螺钉拿出来，同时去取活体组织检查的结果。活体组织检查也是我们必须要过的一关，检查结果将影响到汤姆之后的治疗。不过眼下拿出那22颗螺钉最要紧。我们在住院区大门口的绿色椅子上依偎在一起，静静等待。

医院里有一种专门的仪器来取出脑中的金属物，就像铺地毯的专用工具一样。从我们坐的位置可以看到斜对面的病房。今天值班的护士只看到两个，一个德国护士和一个叫唐娜的护士。汤姆已经不止一次被安排给唐娜了，可是他俩的关系并不太好。唐娜非常容易尴尬，不管是面对汤姆还是其他病人。看上去，照顾病人的这些常规工作对她来说就像是承受某种酷刑。虽然我对她并不了解，但或许，她的个性适合干别的什么工作。你看，她又慌乱起来了，手里的东西掉落一地：尿检样本、血液样本、医用药签。

每次发生意外后，唐娜的肢体语言就好像在说她意识到自己犯错了，一旦她想掩饰的时候，唐娜就表现得比较忙乱，身体会不自觉地紧张起来，就像刚刚上演的这幕事故一样。她经常会装作没听见，她的金色头发被竖型发夹死气沉沉地固定住，看起来非常糟糕。如果唐娜知道自己的发型从后面看是什么样子的话，估计她永远不会这样糟蹋自己的发型。

今天，帮汤姆去除金属螺钉的护士只可能是那个德国护士或唐娜。谁先忙完上一个病人，谁就会被安排给汤姆。目睹了唐娜刚才做的事，一想到她要用那双不利索的手把金属螺钉从汤姆的脑袋下卸下来，我就坐立不安。我好想哭。必须阻止她这么干。

这个时候，护士长查理走进来了。我们曾经在医院的大厅里碰到过他一次。那次他穿着破旧的棕灰色便装，手里还提着一个塑料袋。他看上去像是那种经常出入酒吧的人，脸上的纹路特别明显。他吸烟，如果是在酒吧里，你绝对不会注意到这个人的存在。可是现在不同，在这个病房区内，他是唯一还能引起我们关注的人。他就像是一艘豪华游轮上最有权力的人，小心翼翼地使用手中的权杖，就像手里捧着一满碗水，不让它沾湿衣角。他的一举一动都不紧不慢。病房区是他的地盘，这里的任何一个细节都逃不过他的眼睛。

查理很忙，我必须立刻逮住他。**汤姆的针**，我问他，**是不是护士一有空就立马帮他拆除？**没错。不可以，必须要让他知道不能让唐娜来做。**那我可不可以要求不要让唐娜动手？**查理有一双灰色的眼睛，就像是德威克羊毛的颜色。现在这双眼睛转向我望过来。**可以。**

查理说到做到。那个德国护士从底部开始，非常熟练地取出一根根螺钉。那些血迹斑斑的金属支架清脆地落进她的盘子里，看起来就像缠着头发的昆虫。在非洲，军蚁有的时候被用来缝合伤口，我们这里就用金属螺钉代替了。我们又等着德国护士把剩下的几根支架都取出来，过程非常顺利。

我们逐渐意识到，医院里有专门向病人和家属传递消息的空间。这些空间并非是一个个实体房间，而是一些临时产生的空间，它们内外通透、在空气中漂移，任何干扰都可能破坏它们的存在。并且，消息并不是传达到就为止了，不管这消息多么严重，总是会从一个人手中传到另一个人手中，似乎背后在进行着某种秘密的公开交易。取出汤姆头骨里的螺钉，就是这么奇怪的事情。除了曾经发生过一次癫痫，此前汤姆身上根本看不出其他任何生病的征兆，知识对我们来说就是一切。病魔就像是一个隐形人，谈论它是让我们感觉到它的存在的方式。地面的清洁、门和墙壁的包边、压力的突然下降、吸尘器的制造原理、宇宙空间的出现，这些都有科学理论依据可查，但是，翻遍任何网站，你都找不到病症和产生的症状是出于什么原因。我们对汤姆病情的知晓和手里掌握的线索支离破碎，不管是好的还是坏的，都被分割在无数局限的空间里，一点一点地出现在我们面前。比如说：电话、一间可以通往诊所的淡绿色的双门房间、一扇摇晃的门、堆满了椅子的狭小的办公室、电脑、文件和碎纸机。最后这个空间有一扇还可以关得上的门，就勉强把它算作一个房间吧。

取出螺钉之后，我们又在病房区等了大约半个小时。汤姆、我、外科医生K先生还有护士长查理都在，于是K医生拿出了汤姆的活体检查报告。房间非常狭小，一旦坐下来，任何一个人要出去，其他所有人都必须站起来让位。四条腿的旋转椅都纠缠在一起。没有人能轻松地逃出去，因为椅子已经把门给抵住了。窗户也打不开，因为有个大垃圾箱把窗户前的位置给占了。

进入这个房间之前，K医生没有给我们透露任何关于汤姆检查情况的消息。检查的结果非常不好。4级——*多形性成胶质细胞瘤*。这是今天扔给我们的新名词。我只听到一些单词，*活跃——早期——较小——囊包*。即便是在通知我们这么坏的一个消息，K医生的声音听起来还是非常具有安慰性，带着一点点犹豫，似乎想缓和这个消息对我们的打击。可是，这反倒让我更加怀疑汤姆的病情是不是比他说的还要糟糕。K医生又聊了些别的，可是，我只感觉到屋子里的空气和我体内的气流融为一体，让我呼吸困难。

通知病人检查结果不应该是K医生的分内之事。他真的是个手术水平非常高的医生，是个拿手术刀的好手。可是，论及和病人及家属沟通病情，他的语言和肢体动作绝对不及拿手术刀的水准。我和汤姆虽然擅长遣词用句，可是，现在的情况让我们措手不及，我们是受害者。虽然还不明白检查结果是什么意思，但我已经能感到脚下的地面在崩塌。

我必须立刻出去理清一下思绪。K医生刚刚宣布的消息就是这次会议的全部内容，没有什么更多的可说。我们四个人都站起来，试着找到一个恰当的方式从房间出去。有好一会儿，我们四个人就像是在跳一种怪异的民族舞蹈，被锁在一圈椅子之间，相互握手，相互弯腰鞠躬，嘴里含糊地说着感谢。刚刚都发生了些什么？我们离开了。

我心里面非常清楚回去的路该怎么走。从这个小房间出来左拐，然后右拐出病房区的门，走出医院，穿过广场，再往前走。我和汤姆一路沉默地往回走，各怀心思。我感觉到我的眼睛早已湿润，眼前的一切看起来都像是隔着水帘的流动画面。隔着这层水帘，我看到马路上人潮涌动，可是我又什么都没看，不知不觉我们走到了河边。

10

2008年10月9日

亲爱的朋友们：

斗争还在继续。活体检测显示，汤姆的肿瘤是恶性的。手术进行得非常顺利，但是很快他将接受放疗。一个疗程大概需要6周时间（也就是说，每周有5天都要去圣托马斯接受治疗）。不管怎样，现在汤姆在术后恢复得很好，看上去状态不错。

之后几个月时间的治疗会更加辛苦。所以，能够和你们大家保持联系对我们而言非常重要。请继续给我们打电话、发短信、写邮件，或者来家里坐坐。

爱你们。

　　九月一如往常，我们几乎对外界充耳不闻，只关注自家的情况，但社会上的一些消息还是钻进了我的耳朵。国际市场的货币贬值已经引发了一些地区的骚乱。除了局部地区发生砸玻璃、扔椅子的泄愤闹事之外，雷曼兄弟、美亚、美林、华盛顿互助银行这些巨头也在纷纷倒闭。一时间，关于赤字的消息铺天盖地，媒体的各种报道就像一个徐徐上升的巨大氢气球。还有什么比西方经济秩序崩盘更吸引眼球的新闻呢？

　　我把艾弗送到克拉珀姆区的一个朋友家之后，自己一个人去了大街上。我盯着一个提款机看了好久，就好像它是个威胁一样。我搞不清当时自己在那儿站了多久，总之，后来有人问我是否需要使用提款机，如果不需要，能否站开一点。我感觉头有些昏沉，便打算在路边休息一下。我知道，我们家的问题不是钱可以解决的事情，但是，我仍然在想该不该现在清空我的银行账户。

　　最终，我还是没这么做，空着手离开了。我感觉自己就像做了一个苦涩的梦。曾经以为，我们会和其他人一样，永远幸福地在一起。我们的未来是拴在一起的。我们不会离婚，当然，这一点非常清楚。我们也不会死，死亡是一个太过遥远的事情。我们会在一起没有痛苦地慢慢变老，然后，其中一个小心翼翼地先走一步，留下另一个守护着这段分离的时光，用剩下的时间去思考、感伤，然后迎接自己的归宿。

11

如果你的家人正面临死神的考验，你会怎么做？

我们会一如既往，像平常一样过着每一天。

这是什么意思？你真的认为还可以像什么都没发生过一样吗？

这种观点并不完全对。没错，生活还是可以像原来那样进行，但是，这是加了括号的。我们所谈论的现在，是一种连续发生的状态。而任何的现在和将来都是不确定的。与抽象深奥的语言问题不同，我们所经历的现在是可能完全翻转变化的。你活着，这是你的生活变成**你活着的这个状态本身就是你的生活。**一旦我们发现了威胁生命存在的本质问题之后，我们便会无所不用其极，想用各种可能的方式去抵御它。除了我们的外科医生K先生之外，我们还被安排给了肿瘤学家D博士，并且还预约了神经学家H博士。我们去找了负责化疗的护士，现在，汤姆又戴上进行放疗的面罩。我们就像在期待一个新纪元的到来。

从表面上看，我们和我们所生活的现在，在前一个瞬间或者后一个瞬间里，看上去都没有什么变化。因为这不过是时间酝酿许久的一场巨变的萌芽而已。这一刹那的闪烁，是从平淡无奇的发生到突然意识到瞬间结束的距离。称这个间隙为闪烁甚至都有点过分，因为这两个状态之间的差别实在是太细微，太难以察觉。一个人很难同时专注地观察体会瞬间到瞬间的差别。可是，生活逼着你学会这些本事。此时此刻，我和汤姆还在面对死神的宣战，可是，下一瞬看到艾弗那可爱的身影，我们俩又忍不住舒展愁眉、开怀大笑。生活总是这样，身上的防御不断放下又捡起来，如此反反复复。你根本分辨不出来什么时候是在防御中，什么时候放松警戒，它们之间几乎没有边界，没有分别。

每一个生物都将面临从这个世界上消失的那天，这是宿命。但是，这个终局对于我们一家是如此真实而赤裸地存在着。我们所经历的一切经验都不是世界通用的。我们每个人其实都活在自己经验的世界里。世界是如此狡猾，他以不同的面貌出现在每个人的眼里，于是，人这辈子就在自己那个小世界里度过一生，和其他不相关的外界慢慢断了联系。

不过，生活中还是充满社交和家庭乐趣的。生活是连续的，今天可能还面临着两个月前同样的问题。今天吃什么？晚上去哪儿活动？我打算把我们的卧室重新粉刷一遍，这事还不着急，选什么颜色好呢？这件事情我已经有了比较清晰的计划，有开始有结束。这是一次反抗。我蹲在地上，脸埋在橱柜和檐口之下，沿着墙壁认真地绘制墙裙线。地毯下面墙裙和墙壁的连接处是一条干净的刷过白漆的长沿，平时没人注意到这个地方。我把地毯的边角剪掉，在绘制直线这方面我还算有经验。我最终给墙上刷了一种蓝绿色，到底是更偏绿色还是更偏蓝色，我说不清楚，我选的这种颜色非常深，色彩饱和度很高。我可以想象到日落的时候，明亮的光线照射进我们家的窗户，墙壁吸收了多余的光线，落日映入眼帘，就像是在为我家充电。

每天我都有很多事情要干，现在就更多了。随着艾弗一点点长大，要给他准备的东西几乎是成倍地增长：宝宝的各种用品、同龄的玩伴、去公园，还有参加各种活动。汤姆从医院回来后，我们把氧气瓶也带回来了，这样可以方便汤姆吸氧。我们还见到了好多朋友，他们都想来看看汤姆的近况，亲眼确认他还活着。向大脑致敬！这下他们都放心了，汤姆还是原来那个汤姆。我接待着每个到家里来拜访的客人，却很难让自己放松下来。我不知道该聊些什么，脑子里也没有什么值得引起称赞的独到见解。我的思绪偶尔闪现出一点机智，但大部分时间都像是在一片茫茫大海上漂移，看不到岸。我意识到，从我嘴里蹦出来的字句就像是一个小孩子的呕吐物，非常唐突。

自从金属支架从汤姆脑袋里取出来之后，我们度过了一段平静的日子。可是，大概是在第十天左右，汤姆出现了一次非常严重的癫痫发作。现在回想起来，这可能是正常的症状。但是在当时，我们根本不知道病人可能出现这种情况，而我又是那个在汤姆身边亲眼看见的人，因此，这事情给我造成了很大的打击。虽然经过一番紧急抢救，汤姆又逐步恢复起来。可是，在我心里，这个伤口再也无法愈合。我明白，其实，我们不过又回到了原点。

很快，汤姆以其他人难以想象的速度，又重新投入到工作之中，他开始像以往一样写作。他这是想测试一下自己的大脑，看看它是不是还能像原来那样工作。每个礼拜，汤姆都会写几篇文章，写出来的作品跟以往没什么两样，保持了他复杂、活泼、稳健的风格。那些辞藻在等着他取用，他能够把它们流畅优雅地组合起来，形成他独特的风格和韵律。只要你读过汤姆的作品，你就会明白我所说的。虽然汤姆现在的写作速度比原来慢了一些，可是，他还是那么富有激情和动力。在压力面前，汤姆总是非常擅长调节自己。

我的思维结构不像汤姆那样有序。我是个艺术家，可是突然之间，创作或者思考创作好像离我很远，我够不到。我最近很少去工作室，我不知道要去工作室做什么。能够合理地思考和理解到底是一种什么样的体会？头脑中存在两种完全相反的声音，你可以把它们拿起来对比，然后形成一个有效的想法吗？我做不到。我的思绪就像一条拴在桩子上的狗，向各个方向乱撞乱叫，但不过是徒劳地在同一个地方徘徊。

我不能想象没有汤姆的日子会怎么样。我试着想象未来，可是，每次当我召唤它的时候，我就看到它轻轻地从我面前滑落。我感到嘴巴发干，整个身体开始失重。我难以抑制自己在脑海里一遍遍预演着可能的将来。我看见它的模样，那是某种粗鄙丑陋的东西，像一只被虐待的动物因为即将被套上链条而苦苦哀号。我是个非常务实的人。我怎么可以把时间浪费在这些无用的事情上？

汤姆希望自己被当作一个正常的生命体来对待。为什么不呢？他在疾病面前从不低头，坚持和病魔做斗争。汤姆还会像从前那样，打扮时尚，风度翩翩。他喜欢咖啡，偏爱甜味，对饮食充满热情。他热爱生活，并且以他自己的方式度过每一刻、每一秒。这才是一个所谓成年人该有的样子。当一个人持续重复同一个动作、同一件事情很多很多年，我们称之为养成习惯。生活不就是由大大小小的习惯组成的吗？

所谓意识的一种表达方式就是绝不屈服，不论摆在眼前的力量是如何强大，想要获胜的可能性是如何渺茫。可是，究竟哪条路才是更好的选择，按照自己的步调做事，坚持自我的习惯和原则，还是选择顺从适应？适应，会把人直接领向迷境。适应什么地方？有什么需要适应？为了适应，你可能把自己假想成一个完全不同的人，可是，那个人又是什么样的？为了这个假想，策略、饮食、价值观、书籍、时尚和你所生活的整个环境都会因此而改变，而你的"旅途"也不再是原来的那条路了。适应，这就是一个无限循环的黑洞。网上有对健康的各种话题，争论和立场多如牛毛，要不是如今自己家面临这个问题，你根本不会关注到这些如此细小的话题。不凑热闹，保持质疑，这是我们家的风格。我们没有过多地去想还有哪些选择，我们也并没有太多选项可以选。肿瘤学家 B 博士是个非常认真的人，她是我们最新接触到的医生，也是目前我们的主要信息来源，她甚至费了好大一番口舌跟我们详细地说明维生素 C 对汤姆病情的好处。NHS（英国国家医疗健康体系）建议均衡饮食，这个建议自从在 1945 年向公众推广以来，到如今还没有被改动。可见，均衡饮食是多么重要。吃好很重要，什么都要适量。好的，我们了解了。那回家就继续保证伙食水平，不过，要适度才行。现在家里的置物架上，一大瓶维生素 C 已经等在那儿了。

这些维生素 C 的出厂日期还很近。浴室的橱柜里，放着布洛芬、一盒很古老的扑热息痛、孩子喉咙发痒咳嗽时吃的药、放了好几年的眼药水、消食片、退烧药。很多药都已经过期了。过去，我们家几乎从不需要用药。但现在不同了，我们有地塞米松、抗癫痫药和化疗药物替莫挫氨丙基戒酸钠。这些都是汤姆在家需要吃的药。这些药对于我们来说如此珍贵和重要，甚至我们全家的命运已交给这些药片指挥。第一天把它们带回家的时候，我们不知道该如何表达对这些高辛烷值药物的崇高敬意，以至于捧在手心里一不小心洒了一地。地板可是艾弗的地盘。他这时正在地上玩耍，又捡起地上的面包屑放进嘴里，然后捡起更多的沾着灰尘的面包屑，若有所思地拿在手里揉成一个个小球。目睹眼前发生的惨案，我顿时头痛起来，眼睛死死地盯着那些散落的药。我们都要死了。我怒气冲天地趴到地上把药片一颗颗找回来。应该是都找回来了，我默数了一下。过了几十分钟，我感觉到袜子里好像有什么东西，原来是一片地塞米松。

你是否能够达到事态的要求？

我已经站得太高，我离开了我的身体。

我们发现，更准确地说，是我意识到，你不可能一直处于害怕的状态。害怕好比是一座山峰的峰顶，它不是平原，不可能一直持续下去。就像吃药一样，刚开始有效，你可以体会到它的影响，不过，很快你又能恢复到正常的优雅状态，可以正常地做事说话。

但是，一座房子只有一次坍塌的机会，然后只能留下灰烬。一列火车将要撞上，谁都无法阻止。一阵海浪过来冲走了岸上所有的东西，尸体在它表面漂浮。如果到这个时候你侥幸幸存下来，并不代表你躲得过下一秒的浩劫。这完全有可能发生。恐惧只是个前兆，一些更严重、更可怕的事情可能随之而来。我不知道该如何称呼在高潮来临之前短暂的恐惧弱化现象，它并不是单纯的害怕减弱的感觉，而是一种非常复杂混合的状态，掺杂了震惊、忍耐、理解。

一旦最后的灾难爆发，如果你处于意识清醒的状态里，你会发现周围的一切都处于不断运动的状态。你的身体、你呼吸的空气、你过去熟悉的气味和形状，还有周遭的嘈杂，还会是一样的吗？这个变化的过程，不是一蹴而就，而是一条长尾，或者说退潮，渐渐地、渐渐地低下去。这个过程可能会持续很长一段时间，甚至，只要你还在这个世界上存在一天，这个过程就不会停止。伴随着这种变化，生活已经被赋予新的样貌，你也不再是原来的那个你。这就是我正在经历的过程。

12

为了让汤姆以最佳状态和放疗恶魔做斗争，我们决定不要把精力浪费在公共交通和其他琐碎的麻烦事情上。也就是说，之后的六个星期时间，从礼拜一到礼拜五，每天都有志愿者来接送汤姆去医院，我则首当其冲。陪同汤姆去医院对我来说就像是去减肥，焦虑促使我的小宇宙力量爆发出来。第二次陪同汤姆去医院是很久之后，他让我把治疗的过程拍摄下来。按规定，我是不允许参与放疗过程的，所以我俩要给拍摄找到合适的位置。手术是汤姆必须经历的一次任务，他不介意，或者说他希望让手术变得更容易接受。单方面来讲，他在概念化他的病情，他已经找到了一种强调模式。手术对他而言就像一种停顿方式，一次恰到好处的机会。

汤姆最终还是说服自己戴上了那个贴面的面罩。用他的话说，这是束缚下的内在本质。那台放射机就像是从海面冒出来的怪物，一个巨大的炮塔形装置倒装在仪器的顶部，瞄准每一个希望通过它实现病情优雅蜕变的病人。放射治疗是纯粹的数学逻辑，目的是利用放射线杀死肿瘤细胞，所以，角度非常重要。汤姆跟我描述了治疗的整个过程：先是前期的准备工作，躺下来，摆正位置，将身体固定好。治疗过程中，有两个护士会一直坐在一面防护屏后面，再三核对肿瘤位置。治疗室会播放音乐，当然，病人也可以要求播放自带的音乐。汤姆就自己带音乐过去了，他实在是那种对自己的一切都必须拥有决定权的人。即使是躺在放射仪里，他还想着这礼拜要写的文章主题，在思考生与死，在想念艾弗和我，以及其他的许多事情。你可能会问我是怎么知道的。我当然知道，我模模糊糊地可以感觉到。年轻的时候，我曾经在绘画课上当过人体模特，也画过其他人体模特，我知道怎么去解构身体。内在心灵的表现和躯体线条及角度都是相关的。不过，我并不想去揣摩或是体验放疗这个过程。我真的不想去面对，更不想靠近这个地方。我们两个最好不要都进去。

安排好汤姆的接送陪护计划并不是那么困难的事情，我只需要准确列出医院给我的治疗时间安排，然后通知所有志愿来帮忙的朋友就可以了。这听上去似乎很轻松，但事实上并非如此。除了常规的治疗时间之外，还有其他许多牵扯精力的事情。这就像在做一项新的风险投资一样——为未来灾难建立一套防御管理体系。自从汤姆的事情发生以来，我就一直在自学该怎么做，现在看起来已经初有成效。

汤姆的接送陪护日程安排成了我的一项神秘杰作。虽然没有把它用笔写下来，但是，在心中，我已经用红色、绿色、淡紫色、黄色、蓝色，还有其他各种颜色，标记了每周汤姆需要去医院的日期、当天来接送陪护的朋友名单、血液样本采集时间、与肿瘤学家会面的时间和时长等等。我知道自己就像是小孩一般，注意力容易被细节勾走，可是我愿意。现在以汤姆为首的放疗俱乐部里，我既是秘书又是出纳，我将不折不扣地履行我的职责。我会严格地把每次治疗的好转希望都累加起来。每一次的治疗都会获得预期的最佳结果。在脑海里，我可以看见这些漂亮的治疗数据工整有序地一行行累计起来，最终达到预期的结果。

13

亲爱的朋友们：

圣诞节快乐。

上个礼拜，汤姆的第一期治疗已经结束。在一月中旬之前，我们可以享受一次喘息的机会。至今，汤姆的状态都还不错。治疗尚未造成太多副作用，没有特别可怕的影响。

感谢你们的建议、信息、支持和陪伴。我们期待在新的一年里和你们相聚。

爱你们。

汉普斯特西斯公园里，我们一行六个人在散步。今天寒风刺骨，不过天色明亮湛蓝。艾弗现在有大概70厘米高了。他像个男子汉一样，开始自己学着走路，踟蹰前行。我们把婴儿推车也带出来了，但艾弗走累的时候一弯腰，直接就躺在冬日的草地上了。

今天是汤姆手术三个月以来我们第一次出来透透气。大家都心照不宣地避免提起这事。汤姆今天的气色非常好，一双明亮的蓝色眼睛和深棕色的头发都显得很精神。即使是经过化疗，汤姆的头发也没见少。修剪整齐的刘海正好轻松地掩盖了前额左侧的伤疤。放疗的效果非常明显，汤姆已经完成了所有的疗程。他的皮肤看起来也棒极了，是年轻人的那种肌肤。艾弗今天也特别开心的样子。有什么理由不开心呢，我们一堆大人围着他，所有注意力都在他身上。我们从那些边缘锋利的陈草之间捡起小树枝和叶子作为礼物送给艾弗，然后追着他绕着斑驳的白桦树转圈圈。想抓住艾弗特别容易，他的小身体整个套在一件蓝色厚外套里，穿着尿布的艾弗奔跑起来更加笨拙。每次被抓之后，他就会把身体蜷缩起来，两条短腿在空中不停地蹬着，像一只小猪一样尖叫。

返回肯坞的路上，我们经过了一片桦树林。很多人在这里遛狗。一个女人手里牵着五条狗：棕色的、灰色的、黑色的、白色的、带斑纹的。一个男人牵了三只狗：黑色的、黄褐色的、灰色的。还有个女人牵了两只，一只白的和一只带斑点的。这些狗还有狗主人们愉快地聚集在一起，就像是一场露天的布道会。狗主人们聚成一团热烈地讨论，十只狗则兴奋地嗅着各自的屁股，不停地绕圈圈。

对这片区域我还算了解。五年前的一个夏天，我曾经还专门来这里做过调研，并拍了一段片子。我总是习惯从镜头语言去解读眼前的画面。我喜欢关注边缘：景观群、道路、树木、岩石。我在头脑中勾勒它们的样子，然后把它们变成电子影像，再加工创作，比如说小小的颗粒、悬浮的岛屿什么的，而不是镜头记录下来的标准样子。我有时候会故意把天空去掉，只留下地面和长在地面的树木。我想起艺术家托马斯·布维克，他对自己的作品那么自信和得意，每一件作品都特别有生命力。在布维克的手中，每一个生命就像是在画框中复活了一样。里面的角色走不出去，因为画框里就是整个世界；也没有其他地方可去，因为没有其他的外在。看清完整的画面无需转动画框角度，也无所谓理想的角度。画中的人物和场景简直就活在这一小方片画框中，太神奇了。

当年，我曾经拍摄过现在我们大家追逐艾弗的这片树林，以及小山上的橡树和椴树林。还在一个弯道拍摄过蜿蜒曲折的主干道消失在远方的画面。很多当时在这里拍下的镜头后来并没有用上。不过，这附近还有一条小道，非常值得游览，可惜当时拍的镜头没保存下来。打那之后，我就再没来过这里，直到今天。但我依然对这块地方记忆犹新，目光搜寻着当年熟悉的景致。这里，是我曾经看中的拍摄地。但是今天，我并没有什么特别想找的。我没有带相机，只有这双视力普通的眼睛。我眼里看到的只有我的家人和朋友，再无其他。

艾弗骑在汤姆的肩膀上。他今天玩得很累，已经走不动了。他的小嘴张着，喉咙里发出像哼歌的声音。他一直保持同一个音调哼歌，只是偶尔的换气打断了他的专注。汤姆沿着跑道开始小跑起来，肩上的艾弗随着爸爸的身体上下起伏，音调也开始颤抖起来。等到他意识到自己那自带颤音效果的表演之后，也忍不住笑出声来。这下汤姆开始跑得更快了，快到艾弗没法继续哼歌了。于是，歌声变成了笑声，还是在一个调儿上。艾弗的脑袋向后仰起，忍不住咯咯笑个不停。

14

接近二月底的那段时间里，艾弗生病了，还吐到了地毯上。我没想好怎么处理这块地毯，就把它卷起来扔到了花园的杂物间里。一个下午过去，他还是不舒服，于是把脸埋在沙发里，翻着白眼瞧我。一只蛾子从靠垫里飞出来，被我迅速地用手抓住了。这些蛾子要把我们家的羊毛制品都咬坏了。窗外的天空是金属色的，树木都变得光秃秃，不剩几片叶子。

有时候，艾弗说话总会给你带来一些意外。生病导致他讲话更加凌乱颠倒。*这是我的膝盖*——他坐在地板上抚摸着它，把一只玩具救护车塞进了一只果酱罐里——*看，我做了一杯酸奶*。然后，他又把救护车拿到桌面上，开始配音，*哔哔，救护车到医院去接爸爸了*。因为艾弗生病，今天我们倒是都闲下来了。可是，在照顾孩子的词典里，我不出几个词是表达空闲的，大部分时候都在"工作"。作为一个妈妈，我觉得自己现在开始得心应手起来。可是，我还是觉得我们对待孩子的方式比较随意，缺少章法，很难去进行经验总结和行为分类，基本上是放任他随便玩耍。我躺在沙发上，假装成一座大山让艾弗的汽车从我身上穿行而过；朝他扔靠垫；假装睡着引诱他趴到我身边，然后一下子把他搂在怀里，用鼻子闻他的脖子，一边耳语：*我闻到了松露的味道*。这些互动据说对孩子的成长发育都有帮助，不仅是对艾弗，对我也是好事情，如果我没有这么和他打闹，那么我和他的生活会比现在无趣得多。我并不是一个闲不下来的人，我根本不敢想象没有自己的空闲时间会怎样。在艾弗出生之前，我做的事情和其他任何人生活中发生的事情一样，无非是面对各种或紧急、或重要、或兴奋、或平凡、或新奇、或无聊的事。我从来没有意识到有什么不对。

汤姆对艾弗的自我调节能力和创造性颇感惊讶。艾弗有一种初生牛犊不怕虎的淡定。他经常一边哼着小曲儿，一边独自绕着房子走来走去，还不喜欢我们两个陪伴。他给自己打造的这个娱乐城堡里应有尽有，并且经常有意外收获。他会在中午某个时间突然打盹儿，睡得像小猫一样香甜。他脑子里装着许多词汇和短语，随时可以拿出来和他手中的家伙开启对话模式——*哦！啊哈，好的，也许是这个，嗯——这个可以干什么*？托儿所的小伙伴都叫他沉思者。艾弗的自我认知和自我意识能力已经非常不错了，他知道他想要什么，他可以做哪些事情，什么东西可以使他高兴。他对我们也很了解，可以感觉到我们说话支支吾吾，如果讲话不老实，他还会表现出惊讶的样子。他可以在一秒之内大哭不止，下一秒又破涕为笑，真是又哭又笑的小疯子。我和汤姆都没料到他居然这么调皮。艾弗对自己刚刚做过的事情总是记得很清楚，只要你问他做了什么，他保准能说上来。小孩子就是这样，喜欢炫耀他们世界里的各种东西：拥有完美的记忆，面对的东西总是新鲜的，没有厌烦感。然后把各种知道的内容放到一起，不管是连接词、玩笑话、新含义、疑惑词、听错了的话，还是语气助词，他都能混在一起再结结巴巴地吐出来。昨天在公园的时候，艾弗注意到有一片小灌木丛修剪得很像一根棒棒糖。*如果那棵树是巧扣累（巧克力）的话，我一定会吃掉它。*

许多人当妈妈之后，经常有绝望、烦躁、麻烦的感觉，我好像都没有经历过。我的主要问题是夜里常常会失眠，这个问题伴随我好多年了，并不是有了艾弗之后才这样的。不过，我也不总是睁着眼睡觉的，至少还是有那么一会儿能睡着。艾弗现在已经不再是个小婴儿了，原先那种小宝宝的感觉慢慢地淡去了。也许其他妈妈看着自己孩子长大的时候都有相同的感觉，但我总觉得他还很小呢。或许，是我在选择性地记忆罢了。

我已经记不太清怀上艾弗之前的两次流产了。我并非想故意忘却，更不是什么值得炫耀的事情。但是，我的两次流产说明艾弗的生命力是多么旺盛。在格拉斯哥的时候，我决定去拜访一位多年未见的老朋友。陌生的环境让我更大胆主动。我联系到她，并约她出来见面。我带着艾弗登上一辆破旧的巴士从市中心前往郊区。等我们到的时候，她已经在约定的地点等我了，像从前一样提着一个袋子。现在，她的两个孩子都进入了青春期，长得像拉链一样细长精瘦。我们俩聊着聊着，她忽然提到自己现在很难怀上。然后问我说，你怎么样呢？哦，我吗？还不错，我才刚生不久。一周之后，我突然想起当时我俩的对话，自己都奇怪当时为什么要撒谎。两次流产之后才怀上孩子，这难道还不波折吗？我生孩子的时候已经42岁了，过程并不顺利。但是，当时和她说话的时候，我眼睛望着艾弗，心里想的也是他。我这么说并不是在故意忘记，或者压抑什么，而是对艾弗之外的其他事实一概否认。艾弗扫除了我有他之前的记忆，在他之前那些未出世的孩子都被扫进他的阴影之下。有了艾弗，现在总是能战胜过去。

15

　　艾弗把他的感冒传染给了我。汤姆的免疫力那么弱，竟然都没有被传染。今天我已经好得差不多了，终于可以走到外面溜达溜达。雪下得很大，地面已经积了厚厚一层，整个城市看起来一副疲态，似乎在请求和大雪和解一样。现在，这里是白雪的领地了。市民纷纷从家里走到大街上，仿佛生怕这场雪很快会消失。我也赶紧拉着艾弗出门，以免错过最佳时机。

　　对于这个大雪罕至的国家，这场雪无疑是老天给的一次馈赠。下午三点，公园里已经挤满了人。大家都是在做同样的事情，比如坐在购物袋上或者飞盘上沿着雪面从高处往下滑，又比如几个人开始打雪仗，或者把地上脏兮兮的雪揉成一个个大球，然后将它们留在公园里的某个地方，就像废弃道路的标记一样。汤姆也从家里出来加入我们了。他带了一根登山杖，走得很小心。汤姆也非常喜欢雪，每次下雪他都不会错过。天色还很明亮，光线照在我们脸上，一家人看上去都棒极了。

我们玩了一阵，还不到七点，汤姆已经精疲力竭，该休息了。把艾弗安顿到床上之后，我忍不住开始想着以后没有汤姆的日子。脑子里开始出现这样的思绪时，我总是容易动气。于是，我想着给自己找点其他事情做：1.凝视前方，2.喝点东西，3.吃，4.看书，5.洗衣服，6.整理艾弗的玩具，7.加件衣服给自己保暖，8.给朋友打电话，9.我们没有电视，所以这个选项不在名单上，10.还有没有其他特别的事情可做。通常情况下，我最后做的事情是1。窗外的雪已经在慢慢平息我的怒气。可是，每次这个时候，我的情绪总是在一个自我循环的怪圈里，然后，我会去突击检查艾弗有没有睡着。我的心上就像长了一个小伤口，任何一点刺激都可能瞬间让它破裂、大坝决堤。

可是，我一直跟别人说，我们家目前过得非常好。每次说这话的时候，我就会开始跟别人说汤姆得病的这些事，我怎么照顾他，等等。我不知道已经重复了多少遍，特别是在汤姆生病的初期。尽管我知道自己的确是这么认为的，但其他人总是很怀疑地看着我。尽管他们在点头附和，但我可以从他们的眼神里看出不相信。你能这么坚强是件好事情。你非常乐观。之后我便放弃再去跟人解释这些。但是，旁人的反应还是让我感觉烦恼。我试图找到能够解释这种矛盾心态的合理说辞，可是并没有成功。话是这样说的，尽管你们也许认为不可能，但是我们的确过得很好，因为我们二人能够同时从对方的角度来思考问题，使我们的关系形成一种平衡。这种表达方式可不是闲聊天时会冒出来的句子。

我的丈夫正在死去。可是，在我们的语境当中，这个事实好像跟我们毫无关系似的。有时候，我的反应是，那又怎样？我这话并不是在否认汤姆会死的这个事实，而是想强调说，我们之间的相互理解是不会改变的，不会受到任何影响的。这种感觉就像是皮肤上的一层喷雾。*他爱着，他被爱着，他曾经爱过，并且将来也会一直被爱。*拥有长久的爱，就像是有一张贴身的无形之网，它会自由伸缩，自由变换成各种形状，延伸到你精神的各个角落，在你毫无察觉的情况下，变得像呼吸一样规律，你甚至都不知道它的边界在哪里。爱所带来的愉悦和满足恰恰源自我们不曾注意到它的边界底线，身处在爱中，就是身处在家里。而如果你对它的起点和终点都了解得十分透彻的话，爱也不过是一件乏味压抑的事情。

16

当我说我有时候会给别人打电话时，我并没有说真话。其实我没有，应该说，我从来没有给别人打电话的习惯。倾诉这事，必须是由其他人挑起才行，那些想要倾吐出来才痛快的信息里不知隐藏了多少坑洞和陷阱，我无法允许自己不断地重复这些对话，所以，必须通过别人给我打电话的方式来约束我的倾诉欲。

在做了多次精神准备，在应该还是不应该之间犹豫徘徊多次，穿上的衣服脱下又穿上之后，我终于还是决定出门去看看艺术家丽兹·阿诺德的展览。刚刚走进展厅门口，画家作品的强烈个性就扑面而来。这里是一个内心世界。到处是冰激凌色彩的小型画布，草莓色、黑色、石灰、柠檬绿，表面撒上了金色和银色的点缀，营造出一种霓虹闪烁的氛围。展览描绘的世界很明显就是伦敦，里面的人物特点一看就非常熟悉，就像你在马路上曾经遇到过的一些陌生人，包括我自己在内，外表精致又有些奇怪，容易表现得不安和尴尬。唯一不同的是，这些作品里的主角不是人，全是蚂蚁、小昆虫、害羞的蜜蜂和其他长着翅膀及细腿的生物。这些画作里充满了机智、聪明和混乱，从画作的留白特点可以看到阿历克斯·卡茨的影响。同时，作品中表现的拘束感，使展厅的气氛在一种熟悉感和怪异性之间摇摆。

整个展厅里全是人。之前，我并未听说过这位艺术家，但毫无疑问，她已经是个红人了。我一定是错过了什么好戏，许多参观者看起来就像是她的粉丝，互相兴奋而愉快地谈论着她作品中独特的宇宙视角。这些人可能也知道展出的作品只是这位艺术家的一小部分。并且，他们中的人相当一部分我都认识。如果他们认识我的话，他们也会认识汤姆，进而知道我们家正在发生的这些事情。

出门看画展这个决定看来是非常错误的。这个巨大的错误本可以避免，但是，现在我必须面对接下来的事情。老朋友，没错，我可以走到他们身边，来一个拥抱，然后独自找一个角落待着。可是，面对那些熟人、圈内人或不太熟、不认识的人，我该如何去面对他们？他们会怎么说？我试图使自己专注在画上，可是，在展厅里不管走到哪儿，我的体内就像点亮了一个灯泡，这个灯泡总是跟着我，使我变成这个空间里的亮点，很容易被发现。好事不出门，坏事传千里。我不再是我自己，一个单独前来的人，一个观众，一名艺术家，一位同事，或者在场的某个人的朋友，随便吧，现在我好像只有一个身份，就是那个人的配偶……噢，你看，她在那儿，那是她，没错，我听说了，天哪，上帝，是的，他们还有个孩子。

我在一位女士靠近我之前逃出了画廊。当她从人群之中往我这边走的时候，我就已经可以用余光看见她的嘴唇一张一翕，我能猜测到她想问什么。除了那些有标准答案的问题之外，其他的我真不知道该怎么回答。在这位女士还没靠近我前，我的内心就已经十分不安，感到头痛得要死。另外一个人从我右侧出现，我有预感，他们是为同一件事儿而来，尽管他们彼此并不认识，那就是来关心我。我该不该介绍他们相互认识呢？他们想知道我们家发生了什么、细节、之后的计划；他们身边都有一些同事、朋友或者朋友的朋友得了这种或那种肿瘤之后成功康复的故事。他们都睁着眼睛，似乎在期待着某种任务。我感到自己受到两头夹击，被围困在他们的触角下。此时此刻，我手里端着红酒杯，站在几幅拟人化的昆虫主题作品之间，耳边的话语就像一张张血盆大嘴一点一点撕咬吞噬着我的肉体。我依然试图镇定地站在那里，却度秒如年。终于，我再也忍不住，双腿就像被卡在轨道上一般，径直朝大门的方向冲了出去。我几乎什么都看不见，完全是凭着直觉走出去的，泪水早已模糊了我的双眼。我在大街上跑起来，脸颊已经完全湿透。

这样的场面，伴随不同的情节、人物、地点，反反复复地上演。有时候，我可以试图让自己在崩溃之前能尽可能地给周围的人制造欢乐。但有的时候，我办不到。作为一种防御，我需要把自己关在家里，甚至不与亲近的人接触。不过我们还在继续这些冒险，守住我们的财产，守住身边的人，好像他们是迷雾中的路灯。看起来我们必须要守住这一切，我们生活在一个广阔的世界中，但可能经历的地方和可以相遇的人都是有限的。这是件好事情。想象一下如果反过来会怎样？那些与我们有过交集的人和地方现在也不能将我们抛弃。

如果我们是幽灵的话，危机恰好是转变的契机，改变形状，变成空气中的粒子，被一阵风带到某棵树上。我们可能会从水变成木头，从木头变成风。有一个实体的身体实在是一件无聊笨拙的事情，当然，这听上去是马后炮。不管怎么说，这是件令我头痛的事情。我几乎在社交圈里销声匿迹。汤姆做得比我好，艾弗是我们家的外交大使。作为生物体，我们的动作和活动依然无法逃避地遵循自然法则，保持直线或者水平的移动方式。我们接受邀请，从家里出来，走到车站，下楼梯，乘地铁，走上台阶，以客人的身份进入外面的世界。

可是，事情对于汤姆来说则截然不同。他很特殊。我充其量就是一个观察员，最糟糕的事情并没有发生在我身上。相反，汤姆是这场遭遇的主角，病痛给他穿上了庄严的铠甲，他手持剑和盾，任何人不可以轻易靠近他。但我不一样，我只是一个籍籍无名的观察员，我没有受到任何保护，反而处于漩涡的危险之下。

17

早上我开始尝试看心理医生。从汤姆被查出脑癌至今，已经有九个月的时间，可我还一直把自己困在哀伤的牢笼中，虽然我并不想这样，却没法控制自己。未来不属于我，也不属于艾弗，而是在和我们作对。

第一轮的心理咨询被安排在国民健康服务中心，位于泰晤士河边上的一座复杂的建筑里。整个建筑完全是一层层堆积上去的，就像是有人手绘了一条线，又有人向上增加一条，再增加一条，整个建筑已经不是原来的样子了。我径直走到医院副楼楼顶的一所临时建筑物中，这里就是咨询部门。从地面看上去，这里就像是一个孩子在其他盒子组成的堡垒上搭起来的又一个盒子，为了图方便而临时放在这里，然后就无法挪走了。去咨询室的路，越往上走越昏暗，通往这个语言治愈艺术圣地的路上要经过好多个转弯和指示牌，整个体验就让你对后面的咨询开始怀疑，再加上那些含义不明的装饰简直就是对来访者赤裸裸的攻击。我总共去了两回。

我希望可以有人，任何这些收费进行心理治疗的人可以准确地告诉我要做什么。我的那个治疗师是这么说的，*把你想带的东西带过来。*她身体靠在座椅上，双眼充满同情地望着我。她的眼神很坚定，我可以从她眼中的反光看到我自己和窗户。她很消极。我甚至还没开口就已经被她打败了。

我也有许多朋友拥有出色的同理技巧，但我需要的只是策略，该怎么做。我需要一个人，他可以是经理、教练或者训练员，只要能告诉我面对死亡该怎么做就足够了。毕竟死亡不是什么新鲜事。我发现，不仅仅是死亡这一件事情，在许多事情面前，我们常常处于相似的境遇，有相似的困惑，比如说如何理解、如何与小朋友沟通、所有统称为压力的感受、疾病对专注力的影响、财务状况、生气的感觉、家庭、身份、爱、社会，以及所有和整个世界相连的一丝一缕。

我把我关心的话题写在一张纸上，包括：

1. 为将来感到悲伤

2. 被困在当下

3. 不确定性的本质

4. 其他人

好几个月之后，我才第二次去找心理医生。这次是一个朋友推荐的小机构，据说这一家是专门针对癌症病患和家属进行辅导的。这个地方的装饰看上去让人心情舒畅。温暖有力的深色调搭配在厚重的薄荷绿和水蓝色上。这是一家规模不大但非常专业的心理诊所，由于有资金补贴，这里对参加治疗的来访者收费并不昂贵，但有一批训练有素的专业咨询师。他们并不能从来访者身上挣很多钱，所以需要花费大量精力获取运转资金，而不是跟来访者谈话。

这次依然是相同的话题，但整个疗程的方法却完全不同，非常务实并且有策略性。比如重大灾难、紧急突发情况如何应对。在咨询进行的过程中，我常常会忍不住哭泣，当然不哭的时候就会说话。我的咨询师会帮我把我所讲的那些支离破碎的东西挑出来仔细思考，尝试从不同侧面去体会观察，慢慢地，一幅图画开始清晰起来。我从来没有哭得这么彻底，这么无所顾忌，就像是积聚已久的疲惫、震惊、虚脱、困惑之后的大病一场。不知是不是哭得太厉害，那次咨询疗程后，好几天时间里，我还一直耳鸣不止。

眼泪不过是前兆而已，越往后震撼感越强烈。我正在靠近一座冰山，我的眼泪就是声呐，它们反射出隐藏在水下的秘密。我已预感到更大的事情还在后面。一大块坚固、漂浮着的冰山正在朝我靠近。现在还不过是早期。

适应，这个词听上去既是诅咒，又是祝福。我身处在混乱的中心，每天都受肾上腺素和惯性的来回拉扯，根本无暇顾及其他事情。汤姆的化疗又持续了几个月。他睡着的时候就像是被人下了药一样，不过，当他清醒的时候，他还是能够正常地工作，虽然速度比原来慢了一些，但写出来的东西和原来一样清晰。我们身心俱疲，总是奔波在上一次扫描和下一次扫描之间。我们现在过着每三个月就要分期付款的日子，任何一点小超支都会像一颗炸弹爆炸一样。艾弗比从前胆子更大，性子更野了。

　　每周一次的咨询给了我观察、审视现在所过生活的机会。老天，这里简直是所疯人院！它是如此令人无法忍受。救救我们吧！这样的日子必须结束。

18

　　我们的肿瘤专家B医生总是一副充满好奇的样子。我花了一段时间才习惯他的神情。最开始，我觉得她的眼神总是充满警惕的样子，但并不懂为什么。有B医生当汤姆的主治医生真是幸运。并且，非常巧合的是，汤姆和B医生还有一些共同的朋友，曾经还有过一些交集。这些年来，她的医术越来越好，汤姆也在自己的领域有所成就。现在，他们在这样的情境下再聚，就像事先安排好的一样，毫无违和感。

　　首先，熟人之间就不好意思打官腔了。**你们会不会宁愿找个不认识的人做主治医生呢？**有人问。似乎病人和医生之间的关系必须妥善密封，必须存放在真空环境下。我们正在穿越冥河。癌症以各种或大或小的形式存在，但一提起癌症，它似乎神圣不可侵犯，一切和它相关的隐私和阴影都需要小心地藏好掩好。我们发现很难去提起癌症这个话题，于是我们给了它极大的隐私和遮蔽空间。癌症恰是它自己的掩护物。**不，我们不会另选不认识的医生**，汤姆说。他是对的。汤姆觉得有个熟人当主治医生挺好的，因为这样不仅方便病情和治疗的沟通，其他事情也方便一些。毕竟，除了病情之外还是有其他话题可以聊的。

其实，许多话一直在我们的脑子里盘旋，但我们并不经常提起。汤姆说他总是在想这些事情，只是他不说我也不会知道。而对我而言，日子过得就像是图表中的一条曲线，由近及远，中间会有短暂的跳脱——这一般都是在我想起艾弗的时候。和肿瘤医生之间良好的关系就像是一种好心情，或者说一种背景模式，让我们可以很容易地接受变化。B医生对待我们的态度非常开放，我不知道她是否对每个人都这样，但我们有她的电话号码。有一回，就在汤姆手术后的第十天，我发现汤姆说不出话来，身体无法控制地抖动，于是就直接给她打电话。B医生立马就接了。平时，她也会很快回复我们的邮件，我们之间的对话也不仅仅是医生和病人之间的谈话。这种关系和纯粹的友谊又不太一样。它更直接、有效和随意，但又是完全真实的。这对我们来说，是个不小的安慰。

医院冰冷的地下室就是癌症和化疗部门所在地。在这片灰暗冷清的地方，B医生那身热烈鲜艳的装束尤为抢眼。她就像茫茫大海上的一艘游艇。我总是会注意到她穿了什么衣服并且暗自欣赏。她喜欢穿一条鱼尾裙，腰间系着一条腰带，外衣是不对称剪裁。除去21世纪的剪裁水平，这也绝对是新造型。她经常穿高跟鞋，很多次开会的时候，我都低头看地板然后看着她的鞋，非常有艺术风格的鞋子。

其他在地下室里上班的人大部分都系蓝色领带，或者穿着白色宽大的长袍子和裤子，脚上永远是一双卡洛驰。他们的身形就像是有人用彩色蜡笔愉快地画出来的。但她不一样，她是用削好的铅笔细细勾勒出来的。她总是工作到很晚，有时候，夜里还会给我们打电话。从电话那头背景的杂音可以听出，她的电话从各种地方打来，出租车、楼梯间、办公室、马路上、车站，还有去开会的路上。

　　B医生是我们主要的消息来源，有好消息，但多数时候是坏消息。她决定和操控着如何将大量丰富的信息传输给我们。那些复杂的含义通过她的声音传递出来，中间会停顿，然后小心地通过恰当的词语展示给我们。B医生可以在她脑海中描绘出病情发展的弧线，仿佛她脑中有无数根线，有的突然燃烧起来，有的突然陨落，有的则分化出更多支线，还有的只是一直向前延伸。这是一条有逻辑的弧线，她心里清楚，不能一下子把所有东西都讲出来。

　　在医院的每次会面，我们和B医生的谈话总是不能尽情展开。她跟着时钟工作，外面还有许多病人等着看病呢。虽然这让我们有一点点压力，但这恰恰是她工作高效的一个表现。治病是一件严肃的事情，你必须做得分毫不差。不过我们的谈话并不需要那么有板有眼，我们经常会聊到让她发笑，特别是汤姆。一次，我们在另一个朋友的派对上遇见，此时此刻，医生和病人完全是平等的。她可以从汤姆的视角去感受他的病情和心情，汤姆也能够从她的角度去冷静地看待自己的现状。在医院的时候，汤姆依然会发挥他的幽默感，绘声绘色地讲述他最新的冒险经历，这对于他和B医生来说都是有趣的事情。她一边听汤姆说，一边望着我们，眼睛张得大大的，时不时笑出声来，一旦她进入诊断状态，整个人又缩了回去。

19

我在期待一个回应。这个期待一直困扰着我，好像全身瘙痒一般，需要马上消除。我想要的，是一个公开的回应。我知道自己会有很多不合时宜的想法，比如我想做一套衣服，只要汤姆还活着，我就每天穿着它，这样，大家就会把我和汤姆以及汤姆的病情联系在一起。我真的没病，也没有发疯，我也没有孟乔森综合征①。我只是一个目击证人。一个目击证人能做什么呢？

至于衣服的设计，我偏向于西方先锋主义和更东方一点的设计，前东德或包豪斯风格，比如罗德琴科、马列维奇、施莱默等人的风格。有一次，我和汤姆去参加了荷兰人范杜斯堡的展览，我们都很欣赏他的卓越才智，那些贴瓷砖、裤子、流线型的凳子、原色的校园设计，还有社会建筑，都显示出荷兰风格。我曾经在阿姆斯特丹生活了四年时间。那里的人说，好的设计才会带来更好的公共生活，而更好的公共生活才会带来更高品质的生活。我想象着一件厚实的黑色或驼色的套装，或者带有伦敦交通特色的紫红色加黄绿色的制服。好几个星期里，这个想法占据着我的脑海，而它源自于愤怒。我不会要一根颜色保守的腕带，或者是一件看起来比较酷并且自信的年轻人的T恤衫。我要的是一套让人无可争议的衣服，它应是一套看起来像盔甲那样的怪异甲壳。我感觉到自己变得扭曲、面目全非，那么，为什么不能把它穿在身上让人看到呢？我的主意恐怕和目前提倡的公共意识格格不入，它会让人们对我敬而远之：一个穿着肿瘤皮囊的女士。汤姆

---

① 假装急病癖，伪装或制造自身的疾病来赢得同情照顾或控制他人。

可以理解我，尽管他觉得穿身这样的衣服很可笑。

我带着艾弗在公园里玩耍。一个同样带着孩子的爸爸朝我走了过来，他听说了我们家的情况。我的内心已经开始诅咒这该死的地方。这块地方已经很久没有维护过了，开裂的沥青地面、斑驳剥落的油漆，还有磨损的栏杆。如果有人不小心摔倒，肯定疼得要死。不过，他看起来挺友善，不仅主动提供帮助，还摇着头说，了解我们的处境后，也让他重新审视了他和妻子在对待金钱方面的分歧。

我蜷缩着身体，坐在一辆电动玩具小马车里，看着艾弗在玩采沙游戏，他看起来就像是个赚了钱的商人，特别开心。我感觉自己已经被卡在这个玩具车里，我的屁股被压住，双腿蜷缩。我感觉自己就像是寓言故事里的人物，是一个象征，一个别人生活的象征。法国雕刻师尼古拉斯·德·拉梅森曾经创作了关于商人的一系列作品，里面大量描绘了商贸活动中的各种各样的生意人：屠夫、帽商、磨刀人。他还有一部针对死亡之舞的讽刺作品，取名为工作之舞。我的生意是坏运气测量。我可能会穿一件"受害者"束缚衣，一件磨破的"不走运"外套，还有一条"从来没有这么糟糕"破裙子。有了这身行头，我站在大街上就会被人们当作一把标尺，一份在死亡和理性对待死亡时留下来的活生生的遗嘱。人们常说，小孩子知道怎么合情合理地看问题，包括死亡。那么其他时候呢？为什么小孩子很多时候并不在乎情理？

我心里清楚，我的这套衣服是没有指望了。服装只是最肤浅的一种姿态，我可能会给它做一些与众不同的造型，但过多的装饰不过是把聚焦在汤姆身上的视线转移到我的身上，把他的理由变成我的理由。假设设计出这身衣服，也不过是让我显得引人注目，或被人视为疯子，而这种"引人注目"和"发疯"同样值得同情和关注。"我，我，还有我呢。"这身衣服要表达的不过如此而已，它并不能阻挡公众对我的关注，也不能阻止大家对我们的看法。此外，我穿着它怎么跑马拉松，怎么为社区相关机构募集善款，这些还都没想过。医疗给了我更多前卫、实验性的想法，但死亡让我变得保守起来，设计衣服的想法就像被一阵风吹落，最终被放弃了。

20

2009年6月6日

亲爱的朋友们：

距离上次给你们写信又有好一阵子了。时间过得好快。汤姆这个疗程还有最后一次化疗，接着要接受扫描，再之后的安排目前尚不清楚。

到目前为止，汤姆依然感觉不错，还可以正常工作。汤姆的病情持续挺久了，对我们也产生了不同的影响。玛丽安的压力最大，汤姆稍微好些，艾弗看上去一直都是家里最开心的。感谢大家的关心、问候、支持、陪伴。我们期待您的回音。

爱你们。

我们家的房子比较矮，从外面基本看不到里面的情况，而且窗帘经常是拉上的。汤姆的治疗时间表是我们家的第二套作息日历。汤姆在家里接受化疗药物治疗已经有五天时间了，还有28天才能逐渐脱离药物，这难道不像是不规律的月经周期？不过，汤姆的身体适应得很好，没有发生什么药物反应。我们现在的主要问题是睡眠太少，每天天还未亮，艾弗就会跑进我们的房间，用他的小身板在我身上蹭来蹭去。于是我在床上没好气地想把他推开。走开，我叫道。

我现在还在给艾弗喂母乳，看着艾弗在我们眼前一点点长大。一天晚上，我又在给他喂奶，他才喝了一小口就被某个角落里的东西给吸引了：一张弯曲的银色纸片、一辆玩具车、楼梯上的杂音。过了一会儿，他又开始专心致志地喝奶，搞定。小孩子就是这么容易分心。

有时候，汤姆会去医院拿药、验血，和 B 医生见面。除了这些，我们的生活看起来非常正常。汤姆照常工作，我也尽可能多做些工作上的事情。我们照例会出门见见朋友，会去电影院，去画廊看展览。只是，在外面的时候，我们会变得格外小心。

白天，我们的生活大概就是这些。到了夜里则完全不同。汤姆只要一躺下来就很疼痛，夜里很难入睡。他的身体不太协调，每次想转身的时候，他都必须不断地把身体往一个方向甩过去，就像是被人装进了麻袋里，床也跟着上下动弹。我也经常醒着，我可能总是醒着的，但这不太可能，若是如此，我可能早就死了。我们两个就像两只筋疲力尽的哺乳动物搁浅在沙滩上。我们也尝试过分床睡，但是，这根本不起作用，我们想待在一起。除了分床睡之外，我们应该能找到其他更有创造力的解决办法。

在汤姆生病之前，我经常被人嘲笑是一个超级差劲的护士。这一点到现在也没改变多少。汤姆服用固类醇已经有六个月时间，目的是消炎，降低脑部肿瘤周围的肿胀。他现在服用的剂量还很小，每天一毫克而已。但是，固类醇只能起到短期效果，随着服用时间增长，它会削弱肌肉，对身体也有损伤。汤姆现在逐渐降低剂量，但他的肌肉已经非常虚弱，需要得到锻炼才行。

这几个礼拜的时间里，活动身体对汤姆来说是非常艰难的事情。他身上的疼痛就像长了腿一样，在他身上各处跑，而且总是发生在很奇怪的地方，有时候是他的手外缘，有时候是小腿肚背侧。还有他的肩膀、大腿、膝盖，让你根本找不到治它的规律。普通的身体练习已经对付不了他身上的这些症状，并且这些症状还在继续。

除了疼痛之外，另一个他经常抱怨的事情就是无聊。无聊仅次于疼痛。汤姆不会说我正在忍受肿瘤的病痛折磨，而我对于他的痛苦却无动于衷；他要说的是，*我现在全身哪里都痛，并且这些痛感还在不断增加，它不想让我很快死掉，而是在慢慢地折磨我。*情况还是很不明朗，我是说汤姆的情况到底怎么样还不清楚，我只能时不时地表达一下同情。所以说，我的同理心还不够。但是我已经很累、很忙了。给汤姆翻身不是问题，夜晚才是终极的耐力考验。

但是，没有什么是不可以忍受的。任何事情都可能被适应，并且任何事情至少都值得尝试一次。半睡半醒的状态最容易想到一些睡眠理论。*这是为什么？也许我们可以尝试一下？会不会睡得好一点？*时间真是非常淘气，我根本无法追踪它的踪迹。才过了两个晚上，就好像过了好久。完全不同的感受在同一时间钻进脑子里。就像善长在恶的胃里，恶又寄生在善的齿缝之间。只有圣人才能应付这一切，我只能做一个邪恶时代的圣徒，一个畸形的怪物。我们仿佛进入了中世纪，基督教的时代，这里无比荒凉。

21

　　在布洛克威尔公园里，我们靠着墙角站着。早上，当我们拉开窗帘的时候，每次看到的天空都是一个颜色。这让我不知道该怎么办。每天，天空重复出现的蓝色，看上去就像是对我们的冒犯，因为蓝色的天空意味着外面是个晴天，而晴天总是要出去活动活动的，否则就辜负了它。当你有了孩子之后，你每天的活动就陷入一种循环模式。你的日子每天看上去不同却又没什么不一样，一样的空间，孩子的变化在微妙地发生，他的活动领域每天扩大一点。时间一点点累积，永无休止，难以觉察。

　　外出活动需要挑一个离汤姆和家最近的地方，这意味着我们的选择基本只有家附近的这个公园了。我们坐在山丘上，可以看到伦敦的部分样貌。虽然这景色我已经非常熟悉，但它在我面前仍然保持着某种神秘。从这个角度看过去，主地标有点突兀地打破了天空的平衡。远处的建筑像积木一样一层又一层地堆积，延伸到远方的天际。夏德大厦、"小黄瓜"大厦、码头、伦敦眼，就像是一幅拼贴画。

　　这个公园有多重功能。对艾弗来说，这里是他见到小狗、泥土、陌生人的地方，是他可以奔跑的地方。对汤姆来说，这里是他化疗之后进行康复散步的地方。沿着缓缓的小山坡上上下下可以帮助他活动大腿的肌肉，使他的双腿不那么僵硬，并且能让他的头脑更加清醒。对这个地方非常熟悉意味着即使他在这儿梦游都不用担心。过去，我们常常来这里，现在就更加有必要了。每当汤姆提议出来走走的时候，我从来都不会拒绝。

我们每次来到这个公园的情形都不太一样，比如汤姆独自带着书过来，我们三个人一起松散地过来，汤姆和朋友一起来，我和汤姆紧密地走在一起，还有一群人在山坡上嬉戏打闹成一团。艾弗跟公园里的一条狗每周有一次会面，他们会玩捡木棍、叼水管里的叶子的游戏。但是，艾弗和汤姆从不同时出现在公园里，让汤姆独自待在公园或者让艾弗独自在户外玩耍都是我们不能接受的风险。我们曾经这么干过，但现在不敢这样。这应该是病魔给我们家的自由活动造成的另一个不那么紧要的副作用。

我们曾经在各种天气状况下来到这座公园，只不过，现在这里只有一种天气。随着日子一天天过去，天空的蓝色变得更加纯粹，两条白色的水气带在我们头顶交叉而过。**看呢，它们在那儿！这里！**我们经常带着午饭或是晚餐坐在公园里享用：烤串、米饭、鸡肉绿玛萨拉、比我们头还要大的印度薄饼。每次闻到这个味道，艾弗总是会忍不住被呛得流泪。我们也吃三明治、配上鹰嘴豆泥和皮塔饼。有时候，我们也会忘记带吃的，身边只有一瓶起泡酒。我们会把酒瓶放在身体之间的空隙里，瓶底和脏兮兮的地面完美地贴合在一起。

这些日子里，我常常在搜索一片适合眼睛休息的地方。如果可以让眼睛闭上一个月的话，我一定会这么干。可是，我对公园里的这片景象实在是再熟悉不过，特别是与汤姆在这里的每一个画面我都记得清清楚楚。所以，每次看到这些熟悉的景象，我的眼睛就感到好痛。整个公园是周遭世界变化留下来的证据，到处是我们过去的足迹。我们来到这里，静静地站在一个角落，行走几步，沿着公园绕圈子。我俩这么漫无目的地走着，只要一起走就好了。这里是少数几个我和汤姆一起待过很长时间的地方。在这里，我们交换想法，然后形成新的想法，这里的每一寸土地都曾听到我们如何畅想未来。探访我的公园，这个充满了回忆的地方，就像是当我们再也不可能在此相伴踱步时，观看往日时光的影像。这些影像并不太清晰，甚至有些发白，看上去就像一根被随意扔出去的线丝，又像是口水沫子溅出来时的轨迹，还像一团模糊不清没有实体的东西。未来在走来，未来停下了脚步。

和谈恋爱的过程不一样，我们没有适应离别的时间，它就这么突然之间发生了。以后，我再也不会有机会和汤姆一起来到这个公园。所以，现在我需要记下眼睛里看到的画面：公园小道弯曲盘旋一直通往我们的房子，小道两旁的地面都自觉地往下沉。地面的草丛掩盖了板球网留下的痕迹，还有平日里我们一起坐过的休闲长椅。塞缪尔·帕默建筑尖顶指向我们从未走过的那个方向，将天空钉住。当我再仔细一看，看到的内容又不一样。我看到汤姆那双遮盖在帽檐下的眼睛。艾弗的夹克掉落在地上。手推车的顶罩上是艾弗收集回来的各种小树枝和落叶。再靠近一点，我看见汤姆一只手牵着我的手，另一只手牵着艾弗。父子两人走在我前面，阳光下留下一大一小的背影。

艾弗喜欢坐在可以看见铁路微型模型的地方，夏天的周末里，男人们会从郊区开车到这里，车顶上装着小火车模型。然后，孩子们会自觉地排成队伍，最小的孩子在最后面，跟着火车从起点跑到终点。他们可喜欢这个游戏了，同样，他们也非常喜欢玩坐火车的游戏。差不多五岁以下的孩子走路都还不稳当，走在铁路的轨枕上摇摇晃晃，很容易摔倒，然后又直起身校正自己。艾弗每次到突然刹车的环节就特别开心，嘴里发出卡车警示的声音，大跳起来。

这几个礼拜以来，窗外的太阳一直相当毒辣，时间好像永远停留在白昼。面对错综复杂的绝症，我的理解是，有多少回忆就有多少对应的痛苦。**你将失去所爱之人。**所有过往的片段就像根本没有归档，被胡乱地堆放，已经有成千个堆放在一起，根本想象不到谁会有兴趣翻动，我也想象不到还会有多少新的被塞进来。从公园的顶端，到下山的山坡，再到我们头顶，天空越来越往上，像极了《豪华时祷书》[2]里的天空。天空的颜色和其中玛利亚的斗篷的颜色一模一样。

　　人是环境的动物，我们只能观察到我们目所能及的地方。我只能以我会的方式思考。天空看起来还是蓝色的，但是，在我们视野之外，我们知道其实天空会从蓝色过渡到深蓝，从深蓝再到黑色，而那片广袤的黑色在遥远的大气层之外，几乎不可能从地球上看到。同样，从前我以为人对疼痛的忍耐力是有限的，我以为疼痛是会结束的。但事实并非如此。

22

2009年7月17日

亲爱的朋友们：

　　汤姆上个礼拜又做了一次检查。昨天，我们拿到了结果。医院说是个"非常好的消息"。自从一月份检查发现他脑部受影响的地方有萎缩之外，至今没有其他坏迹象出现。

　　这对我们来说无疑是一件值得高兴的事情。至少，我们之前可不敢相信有如此肯定的诊断结果。不过，他的病情还需要

---

② 又称《贝里公爵的豪华时祷书》，是一本中世纪的法国哥特式泥金装饰手抄本，内容为贝里公爵所作祈祷的集合。

> 继续观察，三个月之后会再做一次检查。
> 　再次感谢大家的建议、信息、支持和陪伴。我们期待听到您的回音。
> 　爱你们。

这个夏天，我们打算全家一起出游一趟，地点是法国。这并不寻常。我还从来没有按照英国人的方式到法国度假过。这会是这个夏天里我们第二次去法国。汤姆现在的身体情况不错，再说，全家三口一起按19世纪的方式从家中出逃，来到另一个地方去呼吸新鲜空气，对我们也有好处。我们要从一个布满苔藓等阴湿植物的地方去一个更好的地方，从一个空气污浊的地方进入一个空气清新的地方。上一次的检查结果是非常好，而在此之前，我们听到的只有好或者不好，所以，非常好，值得好好庆祝一番。这就好像一阵绚丽的烟火，又像从天而降的甘露。假设结果只是好的话，我们不会感到多少惊喜，只有达到非常好，我们才可以奖励自己一趟旅行。现在，我想要的就是摆脱平时神经紧绷的状态，好好地放松一下。

我们从来不去计划休假的事情，因此也很少有真正的假期。当我二十几岁的时候，我曾经和朋友一起组了一支乐队，我们在欧洲还有美洲巡回演出。这段经历让我对旅游非常无感，因为曾经旅行对我而言就是工作的副产品而已。我们经常会到各个地方和不同的人见面，因为大家对我们所做的事情感兴趣。在没有收到访问邀请就贸然前往某地一向是外国人的做法，就像是假装你在某个地方短暂地生活过一样。为什么要这么干呢？汤姆才不在乎旅行，只要是我们一家人在一起便很好了。

七月：我们住在布尼塔尼半岛的一座木屋里。这座小房子面朝着海滩。三代人之前，只有这所房子孤零零地站在这个地方。后来，一条通往村庄的路修了起来，把小房子和村里其他散落的房子连接起来。随着游客越来越多，小路也被拓宽了，之后又有了停车场。现在，这里又建起来倾斜停车场，和一片银色、黑色建筑相交，对着海的方向。随着这里停的车越来越多，车也越来越重、越来越大，厢式车、房车、四轮驱动SUV，还有各种帆船用具，使得这里白天的美景被破坏得很严重。一直要到入夜之后，这些障眼的东西才散去，好让我们可以坐在木屋前的台阶上凝视落日残阳。

这里的夜晚很美，天空是蓝色的。我们沿着长廊走，灯光一路延伸过去。小镇上有一家不错的现代中心，里面总是散发出焦糖、牛轧糖和太妃糖的味道。我们的朋友，也是这座房子继承人的亲戚，经常会来这里小住放松、品尝美食、游泳、阅读些轻松的作品、和家人朋友聊天。成为别人家的客人真是件愉悦的事情，特别是在他们对客人没有太多期待的时候。汤姆每天睡得都像嗑药了一样。

一大清早，当停车场还空着的时候，我带着艾弗一起到沙滩上享受一段悠闲的独处时光。艾弗一般6点左右就醒了，而其他人要睡到9点。这时我会准备好一杯咖啡，咖啡因会让我清醒起来，就像是灯光反射在漆黑的海面上一样。我的眼睛还未完全睁开，空气中闪烁着亮光，整片海滩散发出珍珠般的柔光。好几个早晨，我们都遇到两个相同的人。一个打太极的男人，他用木棍在沙滩上慢慢画出阴阳图；另一个个子高大的女人，她经常会带着浑身湿透的大狗一起游泳。除此以外，沙滩上非常空旷。艾弗和我就像这沙滩上的两盏灯，在沙滩黄色的画布上相互追逐。艾弗看上去是金黄色的，他站在岸边，看着浪花一阵阵拍打上来，在他脚趾间抚摸。不用其他任何交流，他正在通过感受学习潮涨潮落、重力、行星和卫星。

房子的木结构已经被海边的盐分和沙子侵蚀。夏天里，木头变得干燥；冬天里，木头又潮湿起来。木头就在一年又一年的循环中膨胀和收缩。房子的地板上有些大孔洞。栅栏、楼梯、楼梯扶手，还有老古董书柜都已经在时光中被打磨得光滑平整。艾弗玩弄着30年前的木砖。上面的漆色已经剥落，看起来像某种不知名的混合色调。房子里的所有色彩都带着朦胧感，颜色鲜亮的塑料桶和沙滩巾形成了鲜明对比，仿佛来自不同的世界。

我站在沙滩上给老房子拍了一张照片。照片里，天气看上去和英国很像，云层是灰色的，倒挂在天际。艾弗穿了一件蓝色衬衫，戴着太阳帽，下面光溜溜的。他朝身体左边爬去，想在沙地上给他的卡车刨出一条路来。他沿着直线一直不停地往前刨，不撞南墙不回头。照片的背景是我们这幢法式沙滩度假小屋。照片中央，汤姆躺在椅子上睡觉。汤姆每多睡一个小时，就能少受一点提莫唑胺的折磨。汤姆需要睡觉，但是，这样一来，我感到孤单。我好希望此时此刻汤姆能在我身边。这张照片是黑白的，影像中，汤姆的身体倾向一侧，双臂在胸前交叉。但奇怪的是，照片里汤姆的头看起来似乎和身体脱离了一般，与沙滩之间有两英寸的距离，这太不可思议了。有照片为证，看他能怎么解释。

八月：我们来到了地处洛特加隆省中洛特地区的一片树林，住进一幢石屋里。房子的大厅有40英尺长，8英尺宽，空间足够人在里面跑上一圈。厨房的门正对着客厅，其他房间对称地排列下去。石屋下面还有一个地下室，里面堆着割草机、秋千、起居用具、镰刀。现在的气温很高，让人一点不想动弹。每天太阳最热的时候，我们就会把百叶窗拉上，这样房子里立马凉快了许多。由于不能开车，我们一家人作为先遣部队乘火车先到这里，其他朋友们还在路上。到达火车站的时候，周围一辆车也没见着，不过我们非常幸运地遇见了一位咖啡店老板，他帮我们叫了出租车。现在是星期六的晚上，没什么着急的事情，我们去了当地的一间酒吧，我给艾弗要了牛奶，给汤姆和我点了红酒。等待的时候，艾弗一直在椅子上爬来爬去。我们看上去和其他度假中的家庭没有任何差别。

我们所住的石屋是在一个叫作凯尔西布兰科的地方。这里的树种主要是橡树，其他还有枫树、白蜡树和长在石灰岩之间的山楂树。回石屋的路上，出租车司机带着我们穿越了一片更茂密的树林。然后，车离开了主干道进入一条林间小道。司机开始大笑起来。这是个什么鬼地方？只有英国人才总想把自己藏得这么深，他说道，英国人总以为这片地方只有他们自己，没有别人。你看看那边那些房子。他喊起来，一边挥舞着手臂，那些是法国人，他们都在外面呢，自由自在，才不管谁看见不看见呢。但英国人总是像隐士一样跑到树林里去，真是不合群！

我们到达的那天晚上，房子三面都是高高的玉米地。那些玉米有9英尺高，形成一片天然的窗帘。把艾弗在床上安顿好了之后，我和汤姆走出去欣赏这片玉米地。每一棵玉米就像是沾着月光的发泡软糖，而那些粗壮的茎秆则是漆黑摇曳的一团。我把这些玉米想象成一群生物，正盯着站在它们眼前的我们。风从玉米地之间穿过，发出一阵细微的响声，把我们逐渐送入梦乡，而其他声音都被吞噬在这寂静山谷之中。

第二天早上7点，我们被一阵机器轰鸣声吵醒。两台巨大的机器正在田里收割玉米。望着眼前这片昨晚踏足的地方，曾经的平静不复存在，并且，我们意识到这整片玉米的收割工作要在中午之前完成。艾弗眼里充满惊讶地瞪着外面的庞然大物。人类虽然平凡，但是上帝创造了机器。快到午饭时间了，收割人已经完成工作，开着机器离开，田地上只剩下一片棕色的玉米秆残茎，一直延伸到河边。我们的房子看起来和昨天晚上也完全不同了。现在，它已经完全赤裸地、孤零零地暴露在山坡上。光秃秃的地面起初还有些凉，上面散落着一些小石子。不到一个小时，温度马上就变得焦灼起来，就像是经过太阳这个巨型烤箱加工了一遍。我们热得要死，完全无法在头脑中回忆起昨晚那片清凉玉米地。当晚，其他朋友到来的时候，我和汤姆试图跟他们描述玉米地里那美妙的景象，但这丝毫没有用处。他们看到的只有天空下裸露的地面。

房子的上方有一条通向镇上的公路。在那里，你可以买到这个朴素小村子里有的各种商品。白天，无数只青蛙在田间合奏；夜里，许多蝙蝠倒挂在电线杆上。还有一种我们从未见过的生物躲在靠近房子的灌木丛中，近到可以听见它的鼻息。它是被厨房的灯吸引过来的。汤姆和我坐在花园里的长椅上，看着月亮慢慢地在天际融化成一道弯钩。还没来得及叫其他人过来欣赏，它就像是被捧在一双热乎的手中，早已化成水，消失了。

我们这支度假队伍是由四个小男孩、四个大人组成，其中一个大人总是处于疲惫的状态。所以每天我们都会选择一条最轻松的路线，到池塘边或者水边的露营地，在树下玩耍，要么在阳台上玩乐高玩具。我一直在尝试放空自己，最接近的一次是发生在吊床上。于是，我总是尽可能久地待在吊床里。每次当我打算体验的时候，就会小心翼翼地把孩子们打发走，不过，汤姆总是能够抢占先机。不仅仅是吊床，他总是能先占到各种便宜。在这里，他总是睡不够。身体悬挂在两棵树之间，感受阳光透过层层树叶过滤透到身上、地面上，太令人陶醉。这是第三重力量，和医生的处方同样见效。下午的时候，汤姆和艾弗会一起睡在吊床里，他们两人的体重把吊床压得很低很低，都快碰着小草的叶尖儿了。艾弗躺在汤姆的两腿之间，树叶落下的影子就像是盖在父子俩身上的精致披肩。

一天清晨，我们正在吃早餐，一只和我的巴掌差不多长的石灰绿色螳螂坐到了餐桌上。汤姆让它沿着睡衣往上爬，一直爬到他的头发里。这只螳螂就这么一直坐在汤姆的头发里，待了数十分钟。它的小伙伴，另一只差不多个头的绿色草蜢则选择了桌上年纪最大、最勇敢的男孩。这里，一切的东西都比英国大，更大、更空、更热、更干、更静、更远。法国真是一个巨大的国家，很远都看不到一个人。大部分时间里，周围都很安静，正适合我们休息。

23

最近，汤姆在完成一些简单单词的发音上遇到了问题：小、单个的、唯一的、说、一、极小的、高的、矮的、符号、缓慢、相同、一点、嘴唇、停止、唯一的、孤独的。手术后的恢复中，汤姆对语言康复练习总是兴致高昂，但现在，他觉得更有紧迫感了。汤姆的恢复情况不是太稳定。出乎我们的意料，他现在需要有意识地去纠正发音，当他想表达某个意思时，会一不小心就把一个单词说成另外一个。比如"肯宁顿地铁站"说成了"达威治站"，"警察监视"说成了"警察牛排餐厅"，"手"有时候会说成"头"。

我是个非常懒的人。汤姆总是无私地和我分享他丰富的词汇库和知识储备。从他那儿，我学到了很多名言、故事、歌曲、思想、诗歌，这些都是他用心学到的。汤姆擅于把某个东西转化一种表达方式，又形成一个新东西。我曾经认为用心学习只是公立学校的一种优良传统罢了，但汤姆就是特别擅长学习。学习的价值很清楚，内化知识是一种能力。你知道，这东西是你的，你可以随心所欲地使用它。

汤姆的语言能力现在是我们家的晴雨表。今天早上，他在小黑板的留言簿边上写了这么一行字，Pompholygopaphlasmasin，他想看看自己等会儿还记不记得写了什么。他的确记得。就像阿里斯多芬尼斯笔下青蛙的欢乐合唱，我心里开始奏起乐来。现在是星期一的早上，我们和艾弗就像是青蛙一样，在房间里玩起了你追我赶的游戏。我要给他穿衣服，他就一直边跑边躲。今天又是个平淡无奇的日子，我俩得在家里给自己找点乐子。跑了一圈，艾弗跑到游戏区玩了起来，到处是他的彩色球、绳子和护网，他完全没有精力顾及到站在下面的我。他突然瞥见我，开始像一只青蛙一样，叽叽呱呱叫起来。

在美国，人们会说"养"孩子。我们不养，我们带孩子。带，就好像是陪在孩子身边一起走，只是稍微地做些更正。用语差异显示了大人与孩子之间的距离、相处规则和令人舒服的亲近感，就像是和马、狗在一起一样。面对我们家这场灾难，我又在想，**我们必须要把艾弗带大**，不能因为面前的风暴而阻止他的生长。他会像其他孩子一样听儿童歌曲。他的成长不会被延迟，他不需要等待。人们说，大脑的发育关键时期是零到三岁之间。艾弗还没有三岁，和我们在一起，他将学会一切他需要知道的东西。

艾弗比以前跑得更快，步子也迈得更大了。他喜欢一个劲儿往前冲，脸上一副特别惊喜的样子。每当这个时候，我会跑过去追他，但同时，希望他能跑得更快些。他跑起来的样子像极了卡通里的安迪·卡普：两条腿轻快地移动，脚掌向前迈开，一边不停回头张望着，大吼大叫。

伦敦的马路是艾弗最需要学会纪律的地方，这里的交通状况如此糟糕，以至于我无法让自己保持理性。一不小心，愤怒和焦虑就往心头蹿，难以冷静下来。脑子里有时候会冒出些莫名其妙的想法，比如艾弗可能出事了，又比如路边的汽车可能会伤到孩子。这些想法随时可能触动我即将爆发的愤怒。但是，我的愤怒并不会爆发，而是会慢慢熔融，轻轻地装入瓶子里，就像给篝火上烧水的马口铁罐盖了个盖子。我把所有发生在我们身上的事情都推到艾弗身上，像个胆小鬼一样，攻击最弱小的那个成员。我抓着他，冲他咆哮。我甚至愤怒到几乎看不见周围的世界。为什么我不对别人这么大发雷霆？为什么单单是他？在我小的时候，我被教育避免生气、避免冲突。现在，我该跟谁生气？

因为一次家庭聚会，我带着艾弗去了国家铁路博物馆。这是个非常大的场馆，我们都快走不动了。我的任务是在艾弗从一辆火车跑到另一辆火车上的时候，要把他看好，不能让这个穿红色风衣的小子走丢。他抚摸着活塞，沿着安全标志往前走，像个橡皮人一样，弯下身钻到火车底盘下面，一会儿又钻到煤水车下面。这些火车引擎都有房子那么大，所以艾弗非常容易从我眼皮底下消失。他可以在火车上找个座椅坐下，但我不敢有片刻放松。偶然间，我从镜子里看到这些天以来自己的样子。我看到一副奇怪的画面，镜子里我的身体还看得清轮廓。最近我总感到一阵阵恶心，现在我几乎消瘦了一半，体型看起来像个孩子。

我们在展厅内追逐了一个小时，但运动量不算大。说实话，除了我和我们家的红风衣小子之外，我不懂为什么其他的父母和孩子也在这里。我们的游戏要开始了。我们要玩点什么？怎么继续下去？趁艾弗停下来思索该朝哪个方向跑的时候，我一把将他抓到怀里抱了起

来。我感觉自己又想呕吐了，脑袋开始发晕，并伴随着一阵头痛。我
希望我能就这么死掉。我猜我可能不小心把这想法说了出来，因为我
听到艾弗在喊，*不要，妈妈，你不要死。*

　　我好想找个东西来发泄一下，或者身边有个朋友，我可以朝他大
喊大叫。我需要静修、药物治疗、游泳或者做爱，再或者睡上几个
月。我不应该跟艾弗说这些东西。

24

　　空气在破碎，发出微弱的嘶嘶声。微弱的能量在我周围聚集起
来。我伸展着每一根手指头。我已经这样练习了一年，希望能管理好
自我的反应机制。我想尽量智慧地面对死亡。

　　什么是哀伤？

　　我试图提前释放自己体内所有的悲伤，这样以后它就伤害不了我
了。我试着在震惊出现的那刻就将它烧为灰烬。余烬可以面对，但这
么做并不奏效。

　　什么是应对？

　　应对于我而言是这样的：岩石深处有一个洞穴，洞穴顶部布满了
海盐堆积形成的柱状物。我就像是那些矿物质，坚硬，充满孔洞。洞
穴中有一泓暗潭，完全看不到光，更看不到边际。潭里的水冰冷刺
骨，不能饮用。这里是完全属于我的地方，没有人可以看见。只有艾
弗会时不时感受到它的存在。周围的人总是说我应对得这么顺利，我
根本没法跟他们解释我是怎么做到的，因为这里太深太暗，连我自己

都看不清楚。

在一次聚会上，一个人拉住我的手，轻声对我说，你是个坚强的女人。亲爱的上帝，我的魔法不起作用了。我的能量就像融化在水中的粉末。许多脆弱因子包围着我，我也好想变成其中一个。那些脆弱因子被人关起来，有人给他们送茶，有人给他们拥抱，还可以围坐在温暖的篝火周围。那些坚强因子虽然受人尊敬，可是，人们想和他们保持距离。所以他们住在村庄外面。

未来是什么？

我想象着自己会跟现在不一样，可是，我不知道这些变化会如何发生。我最大的恐惧不是我不能创造新的东西，而是维持原样，并且意识到自己毫无变化。

失去是什么？

失去是一个沉睡的巨人，就像越过山坡可以看到前面的大山，或者内部的景观。我不知道该期待什么，也无法评估它的规模，但是，我明白这是我迟早得跨越的坎儿。希望在某个时候，我可以丈量出它的长度和宽度。我一开始并没有察觉，原来它不是单纯的一座山、一处景，它是个活物。我全身上下都感知到了它的存在，我的脚掌感受到了，我擦伤的手感受到了，我身上到处是伤口，继续跌跌撞撞地前行。我将身体紧贴着岩壁，寻找合适的立足点。我感觉到脚下的地面在移动，地面的颜色和花纹看起来很眼熟。我在想为什么地面这么暖和。我就在它上面，在它身体里，可是，为什么我还是不知道它长什么样子？我试着凭感觉描绘出它的形象，并完全沉浸其中。

快乐是什么？

跟它原来一个样子，快乐没有变化。

耐性是什么？

耐性没有物理边界，它没有边缘，或者空间限制。要想说清楚它的尽头在哪儿，或者检测出它的极限的大概位置，要求立即遣散整个领域。它不断、不断、不断地向外延展。这是一个以时间为度量衡的王国，时间是唯一的规则。

归属是什么？

月亮像个圆盘挂在天上。整个世界都在旋转，月亮在一边走，另一边厚厚的云层被大风推着向前。这是值得一看的月亮，它的形状非常完美，又胖，又大，又亮。我们的窗户是它的独家剧院，今晚，这里有演出。

艾弗把他自己给咳醒了。我把他抱到我们床上去看这幕月亮的演出。**看那个月亮。**艾弗一声不吭。

厚厚的云层就像巨型的悬崖，漆黑的表面上挂着雨水。开始起风了，风歇斯底里地咆哮。风以迅雷不及掩耳的速度将天空从右侧翻转到左侧，速度快到让人喘不过气来，眨眼就完成了。月亮、云层、眼睛之间稳定的三角关系，维持了数十分钟。月亮开始接近云层的边缘。突然，在我们还没来得及回过神的时候，月亮从右边穿了出去，迅速脱离这片云层。月亮焕发了生机。现在，没有参照物去定位它的踪迹，月亮成了缠绕在这无法打破的黑暗上的一张完美唱片。一直追随着月亮变化的我们，此刻也突然静止了，停止了旋转。我们三个待在自己的小角落仰面朝向天空的方向，完全安静下来。汤姆第一个睡着，接着是艾弗，最后是我。房间里依旧被月光照得明亮。

25

我的美国朋友杰夫最近到伦敦来了，我们相约在日本城见面。我们俩基本上每年都会写邮件交流一次，每四年他会来一趟伦敦。杰夫有一张清瘦粗糙的脸，脸颊微微发红，看起来饱经沧桑的样子。从外表上看，你绝对不会把他和来自加州的电影研究讲师联系起来。他经常住在他的工作室、报告厅、放映室或者图书馆。我们是在匈牙利认识的。当时，在我们的一场演出上，他出现在了前排。那次欧洲巡演后，杰夫成了数不多的几个被我们乐队接纳的美国朋友之一。在路上，我们总是会给既会做饭又能聊天的人留个位置。杰夫来自印第安纳州，他回美国之后，我们的联系就不那么通畅了。他说，看起来，除了汤姆现在的病情之外，其他方面你都应对得不错。我答道，没有所谓除了汤姆病情之外的其他方面，不过，没错，我们还行。

然后，像其他人一样，他询问了我艺术创作的进展情况。我告诉他我现在什么都没做，根本没有心思去想。在完成一连串的发问后，作为同样有学术身份的人，他问起我的工作情况。这好说。我在一所大学里有一个兼职位，在艺术系教授艺术。继续教书这事对现在的我而言，相对要容易些，但是艺术创作就不一样了。我注意到自从汤姆的脑癌被诊断出来之后，我对艺术创作的态度也在微妙地变化。艺术创作的意义也变得不一样了，变成了再创造。在工作室里，我的角色更多是反应性的，就像游泳之于一名游泳运动员，游泳这个动作本身就包含了前期准备。而现在，我沉浸在一个被周围人构筑起来的复杂又充满创意的世界。我们每个人都有一份私人应对手册，每个人都拿出来分享自己的秘密。我的秘密是大事化小，平静面对。针对我们家的情况，这个办法很奏效。

但是，我是个艺术家，我在贝思纳尔格林有一间工作室，那里是我曾经工作的地方。就在汤姆确诊后的一个月里，我立即将工作室转租了一年。最近，我刚刚签下第二年转租的协议。生活总是这样，一件事情可能诱发另一件事情，曾经让我充满激情的事情现在激不起我的热情。我曾经不相信自己会变化得这么快，但现在，我在证明给自己看。今天，我到工作室去拿存在这儿的画纸。在拧动钥匙的那一刻，我心里忽然一阵紧张。于是，我停下来等待一会儿，好让自己平复一下。然后，我打开门，走了进去。

就像喝下一杯烈酒抑或是吞下一颗药丸，过去那些记忆瞬间出现在我眼前：多少个春夏秋冬季节变换，白天黑夜，我在这里休息、思考、计划、创作、讨论作品、研究作品。我似乎可以看见自己在这里留下的每一串足迹，它们不断沉淀叠加，就像地层变化一样复杂。当我呼吸的时候，房间的温暖围绕住我。我嗅到一股深深的眷恋之意，那就是我。

所以，这就是我。可是，同时我又有点害怕，我怕遇见另一个我——那个曾经是我并且在发生这么多事情之后还住在这里的那个我。这不过是最近才发生的事情。我想我可以跟"她"理论，我并非想抛弃掉这里的一切，我只不过暂时放下了而已。为什么我并不留恋过去的那种生活呢？为什么我没有感觉后悔或是为自己糟糕的运气而气恼呢？甚至，我想直接把工作室要回来都不太可能。我们太不稳定了，我们家的财务状况已经不能支撑它了。

工作室位于一个住宅区内，被一片花园环绕，背后是一片田地。

房顶上经常有鸽子在啄食，用它们变形的爪子挠磁砖。这时总有些狗过来骚扰，不停地朝鸽子吼叫。工作室里，收音机里的音乐透过墙壁传出来。其他的一切都很安静。原来我在这儿工作的时候，我通常很安静。工作室很大、很高，没有供暖设备，所以这里基本上是冬冷夏热。光线透过两扇大斜屋顶窗和窗户照射进来，反射出摄影师风格的白灰色亮光，非常均衡，就好像是透过面粉筛进来的一样。人们喜欢来这儿，因为这里总是勾起他们的记忆。可我并不这样。到现在已经一年了，我还没有任何想做的事情。我关心的是知觉和认知的问题。我的眼睛凝视着南方，而不是东方，那是家的方向。当我去回想过去自己在这里工作的时候，回想曾经的感受，过去的一切是那么不可思议的遥远和危险，就像是一场亲密的自我背叛。

丧失雄心意味着失去焦点，更意味着失去欲望。我必须要告诉你，或者说你已经感觉到了，我曾经是个有野心的人。我过去很忙碌，总有做不完的事情，做项目、办展览、拍电影、出作品、委员会、学校任教、奖项。就在不远的过去，这些事情都在进行。现在，这些事情都没有继续，并且我也没有兴趣继续下去。我就是没有兴趣而已。在某个层面，我的野心已经完全朝向私人领域，只有一个简单的目标：让我们家继续保持活力，继续成长下去。我们这三个人形成的单元就像是任何三维序列中最稳定的结构，不论是材料、重量、质地、表面、形态，还是着色，我只能把握这些。

严峻的事实是，这个雄心和我曾经任何的雄心壮志都不一样。我不可能仅凭一己之力或其他外界力量就实现这个理想。不管我多么努力工作，让自己变得更优秀，自我牺牲，变得更聪明，更有创造力，我都不可能让它变成现实。而我之前那些依赖技能和意志的雄心壮志统统变得不有趣，逐渐让我失去兴趣。

所以，我并没有打算以任何创意、项目、照片或电影来度此余生的想法。更奇怪的是，我并没觉得这有什么不对，倒感觉是一次美妙的、智慧的放弃。不需要做选择实在是一件太棒的事情，这让我的人生后半段可以平凡又美妙。就像我接到一道命令，我可以违抗，也可以遵从，但不论我的选择是什么，命令不会改变，我所要做的事情就是改变我的方法。

站在工作室的门口，嗅到房间里的各种气味，感受到刨花、胶水、灰尘、纸张、塑料和陈茶的温度，我笑了，感觉到释放了。每一件东西在它们归属的位置上都整齐有序。除了和汤姆、艾弗在一起之外，其他我能做的就是把一个个单词重新排序组合，你也许能体会到它们的含义。我已经尽到自己最大的努力了，对于现在的情况我基本满意。

26

最微小的事情常蕴含着最强大的能量。

旅行是一件很冒险的事情。到任何地方都是在冒险。所以，你也可以认为去西班牙也一样。我们去了马德里。

天空中飘着一片白云，扁平的形状，就像哪个乖巧的孩子在蓝色画布上画上的一笔。我们正在逛普拉多博物馆，四周一片祥和宁静。周中，来这里这游览的人大多是悠闲懒散的样子。我们去了戈雅作品展厅，在一张全画幅帆布架上，戈雅描绘了不安的朝臣和心情复杂的国王在等待共和国对他们的审判。在很远的地方，我看见墙上一幅极小的画，比这里所有的作品都有力度。这幅作品的名称是"空中的女巫"，创作于1798年。我碰了碰汤姆的衣袖，把他拽了过来。

画面中，一个男人朝我们跑来，一块布盖在他头上。这个男人的左后方有另一个男人正绝望地躺在地上。他捂着耳朵，一副既不想听见又不想看见到底发生了什么的样子。这个男人正处于绝望中。画面的前景是一片沙地，背景中一片漆黑的颜色正以极快的速度朝沙子的方向入侵过来，就像吸墨纸一样将所到之处全部染黑。画面的右边站着一头呆驴，驴的头和皮包骨的脖子刚刚好被框进画面，它的大鼻子擦过沙地的边缘。天空中三个女巫飞驰而过，他们的四肢交叉在一起，就像一座空中的移动迷宫，又像椒盐饼干。这三个女巫还抓着另外一个苦苦挣扎求生的男子。这几个女巫会对他做什么？肯定没有什么好事儿。她们的面孔都在阴影之中，一副有所企图的样子，让人难以捉摸。

这几个女巫的身体一直赤裸到腰间。她们每个人都戴着颜色各异的帽子，粉的、黄的、蓝的，帽尖在画面最顶端触碰在一起。三个女巫的飞行是非常精准的，完全在她们的操控下，重量、光线、压力都精准地符合飞行的高度和姿势。戈雅是怎么想象到这些的？和一般人描绘的飞行不同，戈雅画中的人不是在假装飞行。这仿佛是他亲身经历、亲眼所见的三个女巫想利用手中抓的那个男人去毁灭地面上的画家一样。

27

一片象牙白色的黏液模糊了我的视野，我得了结膜炎。它的症状是分泌出一种黏液，凝固后会像圣诞节的装饰雪花那样挂在睫毛上。我眼睛一圈全是红的，凝固的黏液扎到脸上有些刺痛。我找了好几个医生，所有人给的诊断都是一样：**身体虚弱，身体虚弱**。都是些江湖骗子。不只是眼睛疼，我还有口腔溃疡。有两个晚上，我都是睁着眼睛睡觉的，并且只要一吞咽，嘴巴就会疼。不过，奇妙的是，我竟然感到一种奇怪的欢喜，并且感觉自己浑身有使不完的劲儿。说不定我不睡觉也可以活得好好的呢。

家里已经是一团糟。有好一段时间里，一家人过得昼夜不分。夜里总有人从床上爬起来，或是哭闹咆哮，或是咳嗽，然后又爬回到床上，喝点饮料，通常是热的姜汁牛奶，继续在床上看儿童DVD。今年的雪下得特别早，伦敦的雪偏柔软，但此时也已经积了好几层。路边的车辆也已经完全被落雪覆盖，车顶看起来就像一个个软绵绵的蛋糕。我们就像一部俄罗斯小说里描述的被困在公寓里的一群人，被命运捆绑在一起，一边相互关照体谅，一边默默忍受、诅咒着身边的一切。由于下雪，我的驾驶考试也被迫取消。汤姆又去医院进行了例行检查，结果还可以。在遥远的地球另一端，地震袭击了海地。

从去年年中开始，我就在学习两门新技能：开车和游泳。这两样新技能都在推动我向前。

我在水里的时候总是特别不安，容易慌张。我会下意识地想靠着泳池边，抱住台阶和扶手，总是想用脚趾触碰地面。不过现在我已经好多了。我学会了如何面朝泳池底部，把头留在水面上，同时让身体往下沉。我想象着水中有一根极薄极细的线从泳池的最那端拉着我的头，让我沿着直线一直朝目标过去。并且，经过这么多年唱歌和铜管乐器的训练，我的肺活量很好。我可以深长地呼吸，然后在水中待很长时间，慢慢地沿直线游过去。我给自己买了一副游泳眼镜。这是我人生中的第一副游泳眼镜，有了它，我在水中就能看清东西了。为什么原来没有人告诉过我呢？我感觉自己被骗了一样。有了这副眼镜，我就可以像种植珍珠人那样，潜到水下触摸泳池光滑的瓷砖表面，用身体慢慢感受整个泳池。泳池里，珍珠白的格状瓷砖看起来非常优雅，就像是一座水下舞池，又像是倒置在贝壳中的一枚宝石。我在水下游了全程，起身到水面的时候甚至都看不出涟漪。我已经很多年没有游过全程了。还在学校的时候，我游泳的样子就像是台缝纫机在一条密密麻麻打点的线上不停地上下飞蹿，每次踩线动作就像溺水时溅起的水浪。

　　学习开车更是一件颇有压力的事情，因为汤姆的病情迫使他不得不停止开车。路上实操的时候，我努力用心记住一系列的动作，直到这些动作都逐渐形成肌肉记忆。整个冬天一直到新年，我几乎生活在伦敦南区的各种弯道和交通障碍的梦魇里。奶油色的低层建筑、棕色和灰色相交的破旧砖墙、慈善商店、减速带、墓地、单行道、学校、急弯、房子、市场、环形交叉口、公交车道、死路。我转动方向盘，在要拐弯的地方小心郑重地点亮那个很丑的转向灯标志。我喜欢换挡，这个时候，我的眼睛和思维都全神贯注。学车的那段时间我可以开车闲逛，比如说西威克姆、埃尔默斯恩德、克罗伊登、水晶宫、伍德赛德、易登公园、诺伍德和阿纳利。曾经有一回，应该是某年下半年的一个夜里，我爬到一座小山丘的山顶，亲眼看见南边方向的天空上出现了一个巨大的橘色太阳，起码有平时看到的三倍大。之前我从来没有来过这里，我也不打算再来了。我祈祷再也不要看见它。

每周练车的流程是固定的，这可以让我暂时麻痹自己。坐在皮质的驾驶座里，我的焦虑似乎也被吸收了。我每周和驾驶教练见两次面，但是我从来没有和他提起过我们家的事情，也不需要他的安慰。当冬天的积雪融化的时候，我以一个漂亮的燕式旋转停车通过了驾照考试。我忍不住欢呼起来，并和监考人交换了眼色。现在，我也是名司机了。

考试通过后的那个周六早上，我终于可以以司机的身份开车上路了。我像其他人一样，停车，练习坐在驾驶员座位，一手耷拉在摇窗上，目光懒散地投向窗外的远方。收音机开着，微弱的阳光足够把车内烤得暖暖的，艾弗已经在后座睡着了。我的手臂也是暖的。

一个车品很差的司机试图通过一条停满车的窄巷，根本不管他的车轮擦过身边停着的其他车辆。一对夫妻几乎同时从前门两侧钻入车内，动作麻利、悄无声息地开走了。一个女人推着购物车叮叮当当地从我身边经过。我看到了他们所有人，但是，没有人看见我。这是我送给自己的礼物：我坐在车里，就可以隐形。跟很多人一样，童年时每次坐在自家的车里，感觉就像在家里一样。

28

现在才是二月，但未来似乎提前光临了。早上，汤姆出现了一次严重的昏厥。他昨日一个人出门到外面完成一部分写作，计划今天回家。现在是晚上，汤姆已经在家里，他回来之后就一直一个人安静地在楼上躺着，可以勉强说些话，看一小会儿书，可是却不能写。汤姆正在和自己渐行渐远。

我和汤姆互相之间经常打电话，这是我们的沟通习惯。所以，今天白天联系不上他，我就猜到肯定是出什么事情了。与其等他给我打电话，不如早点从托儿所赶回去。

从托儿所回家的这段路是艾弗每天的实景舞台。他的想象力在这个由道路、排水管、大门、树叶、汽车和其他一切映入眼帘的东西所组成的破碎世界里自由翱翔，根本停不下来。他一会儿表演假装前方出现红灯突然停住不动，一会儿把路缘当作悬崖惊叫起来。我实在忍受不了就开始硬拽着他往前走。我已经听托儿所的老师说艾弗在班上总是特别有激情，情绪高昂得有些夸张，有时候会像一只发疯的山羊一样去冲撞班上其他同学。有的孩子有这种表现是正常的，但对艾弗来说不是。这个礼拜汤姆不在家，艾弗的表现就有些异于平常。虽然不是特别严重的情况，但他的表现已经引起了我的注意。他可能觉得，所有人都必须喜欢他，每个人都应该是他的朋友，他现在比其他任何时候都需要别人的爱，因为他的爸爸可能再也回不到他身边。我对艾弗身上的每一个细微变化都很敏感，就像他对我们的任何变化也非常敏感一样。如果我可以为他许个愿望的话，我希望童年那种原始的自私可以像保鲜膜一样将他层层保护起来，百分之百地密封住。我希望他是**无法穿透的**。虽然这样想不太现实，但这并不是一个童话故事般的愿望。艾弗所生活的这个世界并不是完全纯净的，他对外界的兴趣也远不止小蚂蚁或者塑料恐龙那么简单。他像智能手环一样，在我们走路的时候观察、追踪、收集、寻找，把一条条的信息都储存起来。今天我去接他的时候，艾弗脱口而出，**我要我爸爸**。你知道，他是在跟我抱怨，因为我告诉过他，爸爸和我会一起来托儿所接他。我们原本是这样说好的。可是，现在汤姆在伦敦和南海岸线之间的某个地方，越过了谢匹岛，在前往撒纳特、肯特的途中。汤姆不接我电话，我也没法找到他。

汤姆那时候在海滩附近。重新清醒之后，汤姆还没有忘记去买些海鲜晚上带回家。他把"鲱鱼卷"说成了"地图卷"，却怎么也想不起来"螃蟹"怎么说了。在离开他写作的房子之前，他费劲地试图去想起来，想象螃蟹的样子，然后画在他的备忘录上，就好像图片可以帮助他想起螃蟹的单词拼写。最后，我也不知道他花了多长时间、用了什么办法，又找回了这个单词。汤姆终于想起螃蟹该怎么说，马上就跑到街边的货摊上去买。追求平凡，特别是平凡能够带来快乐时，平凡就成了一件非常值得骄傲的事情。过了好久，终于，汤姆从好远好远的海边带回来了棕色和白色相间的最新鲜的蟹肉，他递给我的时候，我为他的坚韧、智慧、冷静而感动不已。

大概五点左右，汤姆想办法给我打了电话，但他显然还没有完全恢复过来。正好有个朋友可以开车带我去接他，可是，汤姆说不出他在什么位置。他现在只能说出一些关键词，几乎不能连贯地讲话。最后，汤姆想办法走到车站，从那儿搭了一班回伦敦的火车，然后打了一辆出租车回家。在维多利亚车站他看到维多利亚 St. 的时候，他不明白St.是什么含义。他想起"圣人"（saint），但是他知道这不符合语境。不过，令人难以置信的是，汤姆竟然还是想办法找到了St.的含义。他买了张地图，里面有许多复杂的图例以帮助外国人尽快熟悉伦敦城市概貌。"路"的缩写是Rd，Ave是"大道"，还有，St.是"街"的意思。汤姆后来很轻松地跟我回忆起来。其实，他的一只口袋里藏着一张卡片，上面写着他的名字和地址、我和他的手机号码，还有一小段话写着"汤姆有病灶性晕厥，如发现汤姆晕倒，请联系我"等。但汤姆当这张卡片不存在，从来不去用它。

白天做事的时候，汤姆不在身边，我总是忍不住想到他，猜想他现在离我还有多远距离，可是过了好多个小时后我才发现他出事了。他可能昨天工作到很晚，所以今天早上睡懒觉了。他可能已经在回来的路上了。我总是试图想很多理由去安慰自己。我对于汤姆在外总是非常敏感。我脑子里这根弦总是绷着，非常容易紧张，总是担心要出问题。担心就像水波一样，也许只是一层微波涟漪，也许是可以摧毁一切的洪水。

想象一下，如果海面上出现一个大洞，那该需要多大的能量才能让这个洞形成。巴里·弗拉纳根在他的作品《海里的洞》提出了这个想法，这个平面作品在1969年被拍成了电影。他的概念听上去非常治愈，使人宁静。同时，它会让你进入一种现象。想象在壮阔的海水波涛之间产生一小片中空地带，形成一个圆洞，这个圆形的边界该是多么不稳定，随时可能被冲碎。一定是出现了某种超自然力量才可能让这个圆出现。当然，这也许不只是个洞，而是一根管道，管道就是由无数个圆堆叠而成。动画片《幻想曲》中，魔法师令水域相互冲撞，飞溅起白色的卡通泡沫。在查尔顿·赫斯顿出演的《十诫》里，他历尽磨难，并且战胜畏惧，带领希伯来人穿过红海。没有他的允许，海水不敢淹没去路。海水向两侧分开，形成一条狭窄的水路，就像是用铲子拨开的一样。

　　大部分时间汤姆都是在家里写作，他写作需要的材料在家使用起来也很方便。但是，有时候他需要在外面有个安心工作的环境，而他离了我身边，想掌握他的行踪就很不方便，比如说他坐上一趟出城的火车参加某个展览或者去拜访某个朋友了。这种感受对我来说就好像在无边大海里守护住那个洞口。成千上亿吨的水压过来想把洞口摧毁，但是，却有一股超自然力量在维持住这个不可能的、稳固的形状。但你不可能时时刻刻都固守原地，即使你可以时时刻刻守护在那里，亿万吨水压仍然可能把洞压垮。日子一天天过去，没有谁可以保证一天中只会碰上好运气。生活就是如此荒谬。他仍然病着。

Section
2

1

2010年3月27日

亲爱的朋友们：

　　自从去年7月至今，这还是第一次给大家写邮件。汤姆现在还是每三个月做一次体检扫描。上周，我们又去医院做了检查。这次的结果不太好，肿瘤已经在长大。因此，汤姆需要接受新一轮治疗。具体如何治疗我们尚不清楚，不过大概两周之后会安排一些化疗项目。

　　汤姆自己感觉还算良好，只是有时会出现晕倒和说话问题。他的写作进展得一直不错。艾弗继续茁壮成长，现在差不多快三岁了。玛丽安也通过了她的驾驶考试。但是，所有这一切都具有不确定性，因为接下来几个月将是另一段困难的时期。所以，我们想说，你们在背后的支持对我们而言是多么重要。请给我们写信、打电话、发信息、发邮件或来我们家坐坐、一起聚聚吃顿饭，怎样都行。

　　期待听到你们的回音。

　　爱你们。

　　这个春天，一场毁灭即将来临。对一个人的毁灭，包括他的智慧、他的经验，还有他的工作。而我则是那个旁观者。没有什么应得或者不应得，也没有什么更好的或者更坏的。寒冷已经折磨了大地数月之久。现在，花园又开始显露生机。透过窗户，每天我都会用马克笔把外面裸露的地面涂成绿色。我讨厌抒情，讨厌春天，讨厌万物生长，讨厌幻想，讨厌世界的一切。我讨厌所有正在生长的东西。这个愚蠢的世界跟我毫不相关，简直是浪费，既然它对我如此漠不关心，我也要以牙还牙。

随着街边的空气越来越厚，气温也在回升，藏起来的各种气味又在空气中飘荡开来。现在是3月。我是说3月11日。再过一个礼拜，汤姆就要接受下一轮的扫描。这是我正担心的事情。

今天上午，汤姆站在茶壶边，一边聊天一边泡茶，他说出来的句子文法上没有问题，却让人无法理解。我们注意到这和他之前的语言问题并不太一样。就好像语言问题会自己播种生根一样，又跑去占领另一片地方了。至今我们最大的困惑在于癫痫发作的强度。有的时候，汤姆发作了却根本看不出来，即使放到雷达底下也检测不出。但另外一些时候反应则会非常强烈。当汤姆变得很安静、词不达意的时候，他的喉咙仿佛被堵住了。但他并不害怕自己身上出现的这种状况，他总是在想各种办法测试自己，找出问题出在什么地方。他是自己最好的教练。虽然他现在癫痫发作的次数还不是很多，但这些加起来让事情的复杂度成倍增加，我们不清楚、困惑的问题也越来越多。他还是会说错字，话到嘴边又想不起来，只能换个说法。就像外来物种一样，汤姆的语言也越来越多样化。

扫描的结果在意料之中。在第一期化疗结束的九个月之后，肿瘤进入了复苏期，重新开始生长。

春天，紫玉兰花已经舒展开它的钟形花朵。汤姆的状态还不错。服用类固醇，每天两毫克，帮助汤姆重新掌控了说话的能力。汤姆感觉自己的精力有所恢复，不用那么费劲儿就可以完成一些简单的事情，比如说去接艾弗，抱起他。这种虚假的病情好转让我们恋恋不舍，但是并不能维持太长时间。面对时间这种物质流，你永远无法知道它能持续多久。我们只希望它能有多久就有多久，我们会一直保持

在这个状态。现在状态很好，因此，永远都这样下去吧。我们在做该
做的事情，并且清楚自己在做些什么。我们知道自己很擅长这么做，
就像是一群洗澡时不停拍打翅膀的鸟儿。

2010年4月10日

亲爱的朋友们：

自从3月底的那次信息更新后，事情变化非常快。外科医
生已经看过扫描结果，建议再做一次手术。幸运的是，这次肿
瘤生长的地方和上次一样，还是在大脑边缘。汤姆同一开始会
在皇后广场医院住院，手术安排在4月13日星期三。整个程序
和上次差不多，还是同一个主治医生。我们希望手术能像上次
一样成功。事情变化太快，来不及准备。汤姆将会有一段时间
无法行动，并且我们尚不清楚这将持续多长时间。

目前，我们面临着极大的压力。任何形式的帮助、支持、
关心、安慰，我们都相当感激。如果我们没能及时回复，请不
要挂心。

对于我们一家三口来说，你们的支持和关心真的相当重
要。感谢。

爱你们。

专家顾问团就汤姆的病情开了一个讨论会，没过几天便制定出一
套方案。他们追踪了癌细胞的扩散速度，决定对汤姆再次进行手术。

这种情况并不多见，大部分人不会在头上动刀两次。但是，汤姆大脑中的一些肿瘤细胞在上次手术中逃脱了，它们没有向思考区域更深处移动，而是转移到更表层的位置，就像植物寻找阳光一样。这使得对这些肿瘤细胞再次动刀比较可行。思考区域——我这次究竟有没有真的学到些什么？汤姆希望医生把自己当作一个生物体来对待，情绪良好。同时，我俩继续学习了一些基本的生物知识，不过也仅限于学校课本的水平。

我觉得自己是个骗子。我假装权威，在和那些外行对话的时候总是言之凿凿。可是，我并没有那么多结论可说。我的知识储备可能只够完成一次演讲。我可以拖延时间，可能会缺乏事实依据。也许我可以自如地谈论抗肿瘤药物或是化疗。但是，如果有人想进一步测试我的话，我很快会用些模棱两可的话搪塞或是打马虎眼。我们就像一群聪明的小鹦鹉在重复专家顾问们教给我们的东西，努力地记下这些陌生的术语措辞，然后转达给周围的朋友。我们就像被蛊惑了的孩子，这些文字就是我们的符咒或者护身符，仿佛我们的下半生都依赖于正确模仿这些口令和语气。

这种有意识的在乎以及不加修饰的渴望内含着一种意识形态的力量。我们认为，以一种不含偏见、不含错误期待、不容易引起误解的立场来谈论汤姆的病情以及我们对他病情的看法是相当重要的。我们试图不要让对话走偏，并且让用词尽可能少地受到主观态度的影响。我们正努力让自己不受伤害，从而使其他人也得以幸免。

手术初期我们和B医生的一次谈话情况完全乱套了。那次我不在场，汤姆当时明显心不在焉。回来之后，他只能回忆起一些片段，说某些东西在萎缩。某些东西，什么东西？某些部位，什么？一些坏掉的部分。肿瘤的区域？肿瘤床？周围？边缘？外皮。外皮？真的是在外皮吗？我们无法还原B医生当时用的是什么词汇，它的含义究竟是什么，但这又有什么关系呢？没过多久，B医生给我们打来电话，我和汤姆一起接听的。她先是和汤姆说，然后跟我说，挂了电话之后，我和汤姆又把刚才的电话互相重复了一遍，在通过我们的嘴重复这些单词的同时，检查出是否有哪些不对的地方。

面对这种情形，我们有一套自己的应付方式。傍晚，我们会去花园。花园在我们家后面，正好在艾弗的窗户下方，是个适合说话的地方。首先，我们面对面地站着，然后，把脸转向房子那面，肩膀相靠并排站立。植物在周边生长，颜色开始干枯下来。蒿草叶子在半明半暗的光线中摇曳，苘麻钟形的花瓣已经萎缩。再次手术意味着我们会再次见到K先生。我已经和他做了一个预约。但是，我并没想过会和他再次见面。

这天是星期五。K先生穿着蓝色防护服和一双已经脏了的白色卡洛驰。他看上去似乎比上次要年轻一些，虽然我不知道他到底有多大岁数。他可能比我年轻。真奇怪，我干吗想这些事情？他的手术刀已经进入过汤姆的大脑一次，现在他和汤姆一见面就非常随意。我努力聆听他所说的每一个细节。我还带了一支铅笔去做记录，但其实根本用不上，不过是为了提醒自己而已。对于这种谈话内容我总是记得非常清楚。

开刀是一门精准的手艺。K先生是一个有想象力的人，他先看了看核磁共振成像的片子，他知道那些模糊不清的色调和灰色到深灰色的变化是怎么回事。核磁共振成像是一种用于临床医学检测的单色成像技术，相当于人体的一张复印件。如果要说谁能解释它的话，这个人就是K先生了。他有上乘的设备、一支优秀的团队、一双灵巧的手，以及对物质和空间精确感知的能力。他是个手艺人。他可能会擅长蕾丝加工、贴面修复、模型制作，也许他还喜欢冒险，比如说滑雪，或者从高楼上跳下来。不过，我很怀疑他会这么干。我至少知道关于他的两件事情：细心和自信。人脑并没有很大，在这么局促的空间内，他表现得非常机敏。他清楚肿瘤所在的位置，以及肿瘤对其所在位置及周边带来的影响。切下去的一侧是语言区域，另一侧是情感，后面一点是愤怒。这里是他的地盘，我们是他的客人。

但是，如果对话脱离了有关事实和片子，他的谈话兴致马上就会下降。我试图去追踪他情绪变化的信号：一声轻微的叹气声、身体细微的挪动、鼻孔微微张开、微微撇嘴、一条腿的肌肉抽动了一下。每次当我们开始叙述性描述的时候，他这些身体信号就会表现出来。叙述意味着症状，症状意味着详细描述出肿瘤如何影响到我们每天的生活。汤姆习惯于去谈论这些。但基于目前的情况，显然把时间留给K先生的专业诊断比听我们讲日常琐事更有价值。

他说，现在不做手术显然是不明智的，问我们要不要周二做，我们点头。我们想周二就动手术。不需要去查阅日程表，因为没有比这更重要的事情。很好，他轻而易举地就让我们服从了这个医学体系，手法完美、高效、礼貌。我得给我朋友弗雷德打个电话。我们就这样开始了。接下来一个小时就是检查身高、血液、心脏、胸腔、体重、血压，所有该采集的样本都采了一遍，然后这些样本被放入旁边的一堆样本库中。汤姆的名字被问了一次又一次，护士把他的名字写了一遍又一遍。

我们目前正处于游戏中的关键节点。意识肯定是有形态的，就像大脑可以被画出来一样。意识也有物质、重量、大小和面积分布，它也有过去和未来。就像一个国家一样，会发生各种事件，并且这些事件是可以被定位、被确认、被研究的。同时，这些事件会对整个意识产生影响。我这里所说的整个是指汤姆能否调动他的记忆想起一首诗，能否理解诗歌中哪一句需要被采用，能否体察到措辞的差异并且将它们有意义地重新组合，能否懂得幽默恰当地开玩笑，能否合理地做判断，能否开车穿越马路，能否煎鸡蛋，能否使用语言去表达自己的想法，以及理解这一切对于我们的意义。这一切都有物质的根源，都是物质组成的，都处于危险之中，都在K先生的运筹帷幄之中。

汤姆住院前的那个周末，我们为艾弗办了他的三岁生日派对，邀请了七位小朋友和两拨大人。那天非常棒。汤姆在花园里给小朋友准备游戏道具。他在纸板上画了一头矮驴，是给找驴尾巴游戏准备的，还塞了一只袜子让孩子们玩找老鼠。厨房的桌上已经摆满了食物：香肠、鸡肉、鹰嘴豆泥、呼啦圈、胡萝卜、苹果汁、红酒。还有艾弗自己挑的蛋糕，上面有好几层奶油和草莓。那天大家都玩得很开心，玩了传包裹游戏，接着又玩了"轰炸大队"。我们疯狂准备派对的时候，艾弗在他的摇篮椅里睡得很香，等客人们来的时候，他也充电完毕，妥妥地起床迎接他的客人们。我们已经和艾弗说好，所有东西要和大家一起分享，抢、咬、掐这些动作统统不准，而且不准哭。我们开出的条件都很简单。每个人都过得很愉快。这是我们家所能承办的最大规模的生日派对了。

3

4月13日星期二，这一天是一个伤口、一条河和一个错误，全都是塔罗牌中有象征寓意的事件或是不祥征兆。从早上开始，我就感觉到各种事情都在和我作对。上午8点不到，我已经两次经过了那条河，一次是去医院为了手术前留给汤姆一个亲吻，一次是回家里带艾弗。孩子、医院、城市交通，各种事情交织在一起。手术时间是8点。我的心惴惴不安。

艾弗送到朋友家去了。我一次又一次地把他丢给别人。艾弗还是个孩子，需要有人照顾，所以我没有丝毫犹豫。但是，除了我可以体察到的一种焦虑感之外，还有某种难以名状的东西，非常僵硬，像是一种原始疼痛，无法将其归位。这东西肯定是源于我的身体里，因为我能感觉到它的存在。但它似乎在分裂，从我的体内分离到体外，自成一格。准备送艾弗去朋友那里时，我一直在数着秒数：作为艾弗的妈妈还有多少秒。可怜的艾弗，他并不是傻瓜。哪个妈妈会在家里戴着墨镜，在分离的时候也不亲吻道别呢？艾弗刚从家里被送走，我整个人顿时崩溃了。我浑身剧烈地颤抖，仿佛这个身体不是我的。我听到一个音调很高、不断哀叫的声音，那是我的声音，但听起来像是从其他地方飘来的。那个声音一会儿变大，一会儿停顿，一会儿发出刺耳的短促叫声，一会儿沉默。声音的主人听起来特别可怜。可是，相同的手术我不是已经经历过一次了吗，面对它我应该没问题的，我已经有过经验了。

朋友一直陪在我身边，不敢让我一个人在家里待着。她给我喂了一点加糖的茶水还有撒了盐的培根和黄油，但是我全都吐了出来。从早晨开始，魔鬼们一直在我头脑和耳边徘徊。我已经没有力气和它们纠缠，任凭这些蠢货在我耳边嗡嗡作响。它们对着我耳语：他会死的。它们说我会失去他。

我们之间隔着泰晤士河。这条河标志着家与医院的界限，我一天之中六次从它上面穿过，从南往北，又从北往南，就像得了强迫症一样。这一天的时间就在各种沟通不畅和语无伦次中逐渐流失。银色的河水是留给我们的测试和任务。每次水面变化的时候，我都会注意到，我的心又会痛一次。阳光下，蜿蜒曲折的河水恬不知耻地舞弄落入水面的光线，使自己看起来那么明亮。水流不断拍击河岸，整个城市的几何立方体，那些穹顶、楼塔、砖墙、尖顶，还有轮胎，都像传输密码一般向天空反射光束。它们在交流什么？它们说他会死的。它们说今天就是我们的末日。

我们到医院之后继续等待。具体什么地方我不太知道，我们等了多久，两小时？或者更长时间？我收到一条消息，汤姆的手术还没结束。这怎么可能？第二次开颅也不过是个脑部手术，还能有什么特别的？汤姆早应该出来了。我们不知道该干什么，也不知道该想些什么，不过此时与其盲目地待在这里或者胡思乱想，不如尽快离开。于是我和朋友钻进一辆出租车回家去了。手术这天之前我就给朋友打了电话，要他们过来支持我。我的手指按下他们的号码，可是我根本不知道该如何开口。我只听到自己的声音说，靠近一些，准备。但是，*如果他死了呢？我还没有准备好呢。*

不一会儿，快到家的时候，我们又接到了一个电话。不，事实上汤姆已经从手术室出来有一会儿了。他现在状态良好，他让我给他打电话。原来他在等我。之前的那个消息是错的。原来是搞错了，那就没什么可担心的。于是我们的车赶紧掉头奔向泰晤士河对岸的医院。

从车上到楼梯上，我一直在发抖。虽然我穿了一件外套，但外面的阳光根本带不来一丝暖意。这一天的顺序也完全不合理，我没有地方可去。休息室根本没有空间让人休息，每个休息室都是满的，但我需要一个地方让我躺下。每个小时都过得相当漫长，但同时又感觉自己被各种事情占满，真不敢相信时间怎么过得这么慢。不知道何时我们到了家庭室里。家庭室的空间极小，里面有一群女人，看样子都来自同一个亚洲家庭。他们的亲戚遇到了麻烦，他们都不相信他可以活下来。他们手里拿着裹了银箔纸的长条三明治，坐下来边吃边聊。

我又一次去了朋友家里，在她家床上躺了一个小时。她家就在这条街上。为什么那里如此安静？车在地面上发出的声音传到四层的时候已经大部分分散了。最终，安静让嚣张的魔鬼不得不服从。我真的爱上她的床了。原来，我从来没有注意过自己的床。我的床属于一个结了婚的人，上面沾着茶叶和小孩子的味道。朋友家的床是纯白和美丽的，上面放着枕头靠垫和其他舒服的填充物。床在拥抱我，我也很渴望休息，但总感觉有些不对劲。焦虑就像某种化学物质慢慢渗透到她的床单上。这难道是我的幻觉？我一遍又一遍检查床上，看有没有棕色的液体。为什么我看不见它呢？但我似乎的确断断续续地睡了一阵。等我醒过来的时候，我的电话正好响起。我可以去见他了。

相比这一天我遇到的各种奇怪的体验，真实发生的版本要缓慢无味得多。这一天和我之前所经历的任何一天都不一样，完全是另外一种体验。我的惧怕就像是河流和沼泽，没有坚实的地面，完全是靠空气在传播。我的这一天就像是汤姆所经历的世界在我神经层面的反射。而在现实世界中，一切都在有条不紊地进行着。手术依照计划完成，四周都干净无菌。关于汤姆手术的讯息都很务实、肯定、正向和正常。可以考虑拿一支红色记号笔在白板上写一行大字：汤姆很好，手术进展顺利，肿瘤已经被移除。然后，在汤姆的名字边上应该再加上一个小方框，里面画上笑脸。

下午晚些时候，手术漫长的流程就快要结束了。我终于在康复室里见到了汤姆。面前的他和原来没有什么两样，他坐在病房里，非常不耐烦，说话的语气也带着怒气。你今天到哪里去了？他头上还缠着一条富有喜感的绑带。他看起来很清醒、快乐，有些无聊，准备好回家了。我根本不知道该从何开始把今天发生的事情跟他说一遍，也不知道该怎么把这些事情和他那张刚缝合好的脸，把那些结结巴巴的话语和他**真正的大脑**联系起来。我一句话都说不出来，只是感到欣喜若狂，先是愣了一下，然后蹲到地上。我的嘴巴一张一合。我的舌头似乎有一股金属的味道。我今天怎么了？

在经历了汤姆的12个小时手术之后，我整个人还是僵硬的。可能短时间内都很难缓过来。朋友把我领回了家，把我安顿到床上，身上包裹了好几层毛毯。艾弗很晚才被送回来。这一天总算是要过去了。我不小心受到病毒感染，艾弗也是，还在隔壁卧室的地毯上吐了。

4

2010年4月13日

亲爱的朋友们：

手术进行得很顺利。汤姆可以坐起来、说话、进食、阅读。他看上去好极了。这全要感谢我们的手术医生。
爱你们。

随着冰岛埃亚菲亚德拉冰盖下的火山喷发，我们的生活也受到影响。北欧很多地区的人无法坐飞机了，虽然你可能会想这和火山喷发有什么关系。遥远的火山暗潮汹涌，随着时间的推移，内部的压力终究要释放出来。错过的婚姻、迟到的和解、压力重重的家庭，一旦有了麻烦，便是最糟糕的灾难。

冰岛的空气有着一种不可思议的永恒的纯净感。它就像是童话故事里飘出来的空气：纯粹的质地不断向上延伸，越来越高。它像玻璃一样扭曲和戏弄着人们的眼睛，以为远处的东西都近在咫尺，让你忍不住想跟千里之外的人耳语，但其实人家压根听不见你。很多年以前，我曾经在埃亚菲亚德拉冰盖拍摄这里的地貌还有苔藓。当时我走了整整一个小时，但冰川和我的距离看起来丝毫没有变化。当我最后到那儿的时候，待了没几分钟就转身离开了，乘兴而来败兴而归。那是一片充满哀号的垂直水域，里面到处是深渊，连着海的水滩，还有内陆湖，看起来像一个可怕的怪物。里面的蓝色物质就像海水在酝酿一场风暴，像是海藻的绿色物质，还有各种污秽，看起来令人毛骨悚然。里面的事物太密集了，我的大脑真的不太喜欢待在那里。

艾弗经常会把"灰"和"气"这两个字搞混，不过，他知道飞机，对飞机的发展也很感兴趣。我们坐在床上，听着收音机里在讲述北方的传说。我筋疲力尽，虚弱不堪，看着两扇玻璃外的天空打发时间，但只能看到天空和虚无，于是只能接受了无聊的事实。

汤姆手术后继续住院进行康复治疗。艾弗起了皮疹，尽管他还不会说这个词。我们两个因为受到感染不能接触汤姆。

我给汤姆打电话的时候，他听起来非常高兴。电话中，我听到馅饼、汤、点心，还有一群前去照看他的朋友。我有些嫉妒他们。汤姆有些轻微的失语症状，这些被我们的神经学家马特医生敏锐地捕捉到了。他总是非常仔细地记录、更新病人每天的状态和变化。

一个病人的床边可能上演喜剧，也可能上演悲剧，任何时刻这两者都可能发生碰撞。疾病或者健康随时会体现在病人身上。不同角度的叙述相互碰撞，最终可能会带来灾难性的演出，但也有可能剧情反转。在这里，相互不理睬的爸爸和妈妈可能会同时出现；有深仇大恨的人可能恰好碰到了一个多世纪的仇人正悠闲地坐在一个角落喝咖啡；来自不同圈子的朋友可能相遇在这里，交换电话号码，然后坠入爱河；不受欢迎的人可能会让探访病人的气氛变得尴尬，也有可能一个前来探访的人都没有。这大概是演出里最可怕的一幕了吧。

现在是汤姆手术后的第五天，他仍可以和我说话。我很开心。空气屏住了呼吸，天空湛蓝，没有一丝划痕，没有云朵，没有声音，没有小苍蝇，没有任何事物的打扰。这时候，鸟飞进来了，很快，空荡的天空将被这群鸟儿占领。这一刻仿佛史诗一般，就像中世纪的月食即将出现。河流将被染成红色，田间将获得大丰收，双头羊将会降临于世。对于我们这代习惯了飞行的人来说，奇异天象已经见怪不怪，每天的日子都在平淡中度过，从星期四到星期五、星期六、星期天，然后是下个礼拜。脚踩地面，我感觉到自己的身体牢牢地和地面相接在一起，内心升腾起一种神圣感。这是一种幸福。

生活在这个地球上最大、生活节奏最快的城市之一，我们的步调相对缓慢。今天真是完美的一天。接近晚上9点时，从我的床上向天空望去，可以看见天空中逐渐增加的色差：暗的、深的、浅的、黯淡的、白的、金色的，每一条都彼此不干涉。月亮看上去就像是从粗糙的纸板上剪下来的一样。天空中除了鸟鸣没有其他杂音。什么多余的都没有。这里是仙境。因为，他活下来了，我活下来了，艾弗也活下来了。我们并非没有变化。我们只是受伤了。

5

亲爱的朋友们：

汤姆已经回家了，他现在的状态不错。我们都很高兴能够重聚在一起。

很快，汤姆还将继续接受化疗。感谢你们的支持。我们非常期待见到大家。

爱你们。

菲力比肯山上的空气浑浊，山上的水流在光线的映衬下闪闪发亮。前方，道路蜿蜒到很远的地方，像一条银带，道路两侧的山坡向下倾斜，影影绰绰。这里没有其他人，因为风太大，空气太潮湿，只有黑头羊在低矮的灌木丛和岩石间聚集成群。它们的皮毛已经有些破损，并且很脏，和身边的凤尾草还有金雀花纠缠在一起。地面一点都不平坦，到处是小碎石、破旧的石碑残片，还有躲在山谷中寻找庇护的沙色草。道路边缘的铁丝网上缠绕着羊毛，和天空的颜色非常匹配。伴随一阵阵风吹过，铁丝网发出疯狂的响声。

艾弗从我身边跑开了，一边叫喊一边追逐着羊群。艾弗的身上沾了一层雨水，完全没有任何防护。虽然我知道这些羊群不会进攻他，但这些羊群的脸庞、黄色的牙齿，还有肮脏的蹄子让我不安，而艾弗是那么娇小柔弱。艾弗径直朝羊群大本营跑去，把羊群赶跑了。前面不远的地方传来树木被砍倒的轰隆声，这个声音非常烦人、空洞，像雷鸣一般刺耳。我朝艾弗喊道，*停住，快回来*。

我并不认为，这是我们最后一次到这里来。这个想法根本没有在我脑海里停留片刻。关于未来，我的意愿太强烈，比此时此刻更加强烈。空气、雨水，还有风将我们缠绕起来。我们正处于这条高山之路的能量中心，要将所有这些能量都吸入体内。我们的衣服就是珍珠，有了这些珍珠我们就可以发光。我张开的嘴角湿漉漉的，受风力的影响，我的声音刚从嘴里出来就被吹散了，于是，我只能朝汤姆的耳朵大声喊，*我们还要来这里，我们会把这条路再走一次，我们会回来的*。

6

今天是6月21日。这一年已经过去一半了。今天之后，白天将慢慢缩短，黑夜会越拉越长。今年的退潮比涨潮更紧迫。我可以感受到它的拉力。我们的邻居鲍勃在外面敲门。透过门上的磨砂玻璃，我可以看到他像个哨兵一样站住门外，手里托着一顶蜡色的帽子。那是个碟子，上面罩着一支倒扣着的碗，碗里是一个蛋糕。这是鲍勃的女儿在餐饮学校做的作业，蛋糕上有三层奶油，顶上装饰着蓝莓。真是太棒了。整日缩在这片多灾多难的私人领地，总有一种被人抛弃的孤独感，这个小小的打扰对于我们的意义远比一个蛋糕要来得珍贵。为了让朋友们能待在身边，每次汤姆的病情有进展我们都会及时通知大家，但没有什么重大变化的时候，我们也就很少和大家联系。大部分时间，在上一次扫描到下一次扫描这三个月的间隔时间里，我们会等着看汤姆有哪些变化，会发生什么事情。要对关心我们的人说些什么呢？于是我们就什么都没说。但是，什么都不说和什么都没有感受到并不是一回事。我们非常脆弱，很担心被大家遗忘。找到一个平衡压力、维持生活的方法并不容易。我们既要外界关注，同时又不想被这种关注过度打扰，这实在不是我所擅长的事情。

汤姆的头脑中已经在谋划对书架进行策略性调整。自从他回来之后，他已经把家里的书柜改造了很多。他把书按照类别放置。尽管我不太明白他为什么要这么干，但我想他这么做的原因可能是想强化他对每个类别的记忆。这些书籍就像造房子的砖块，汤姆用这些砖块把我们家的每一面墙都砌得密不透风。我们家总共有118米长的书架。我这么清楚是因为这些书架都是我亲手做的。所有的书架都满满当当，因为这些书架，我们的居家面积整整缩小了5%。过道的两面墙全是书架，有一面从地面一直延伸到天花板，一间卧室的两面墙上也是书架，客厅壁炉的两侧也都是书架，另外一间卧室的一面墙也是书架，还有靠采光天井的一侧墙上，去那里取书必须要靠爬梯子才行。我们家的书架分配并不平均。一块几米宽的破旧区域是我的，其他全是汤姆的地盘。汤姆是个藏书家，买书是他的习惯，阅读则是他的工作和生活。

汤姆的空间记忆依然很敏锐。当他需要找到某本书时，他总是记得那本书在什么位置，在楼上还是楼下，或是在某个书架上。更神奇的是，他甚至能记得某句话出自哪本书的哪个地方。只是现在大部分时间在读书的那个人是我。

自从汤姆的事情发生以来，我花在阅读上的时间要比以前少很多。我发现自己很难沉下心来，大部分时候只是眼睛一扫而过，总觉得还有更重要的事情在等着我做，读小说就更不可能了。为什么要浪费时间在那些编造出来的东西上呢？读报纸就已经很难得了。我凝视着过道里静静躺在书架上的那些书，心里想着要不要打开一本看看。看它们会有用吗？我听说有本书对处于人生低谷期的人非常有治愈作用，但是我最终还是没有去碰它。因为内心里我还是抱有怀疑。

我和汤姆之间的阅读差距越来越大。汤姆的表达能力依然非常好，不熟悉的人几乎发觉不到他的问题。他只是偶尔在语义表达上有些不准确，还有就是可能会把词语的顺序搞错。汤姆又重新回归工作。虽然需要比原来花费更多的时间去适应，但总归是开始回归正轨。忘记的单词越多，他就越想知道那些单词是什么，然后会用更多的时间去翻书研究，但我几乎就不去读。不对，应该说，我读的都是汤姆需要的书。我俩是有弹性的，当一个人缺少某方面的知识或优势时，另一个就会去补上。我的缺点是没有耐心，比较挑剔。我不去翻书是因为那些内容和我现在的生活没有关系，但是如果汤姆需要用到它们，那就有关系了。所以，我愿意去翻阅那些他需要的，我可以帮他找到它们在哪一页哪一行。如果汤姆在找什么内容的话，我肯定可以帮他找到，从不失手，然后读给他听。我已经停止使用我自己的那双眼睛，因为，我与汤姆一同思考。

汤姆回家之后又出现了新的问题。他说不出医院的名字，也不记得昨天来看望他的朋友的名字。他让我去同义词词典上帮他查Disaster（灾难）这个词。他们不能不收录这个单词，他说，这样做太疯狂了！后来发现，原来汤姆把disaster拼成了distaster，难怪他找不到。除此之外，体力上汤姆也承受了更多压力。虚弱、肌肉无力都在刺激着他。从关节、手指、小腿肚，到手臂的某些部位，他浑身各处都已经成为类固醇的战场。使用的类固醇计量逐渐变少的一个副作用是深层组织之间的缝隙处会产生巨大的疼痛。一个朋友问我，基于我们未来的财务状况或者家庭规划，我是否应该未雨绸缪，而不是等到危机到来的那一刻才着手行动？到来？我们怎么能够知道这场危机什么时候会到来？我们就像是身处刻有"危机"两个大字的巨石上，根本不知道哪里才是边界。

钱是我们家担心的一个问题。有时候在晚上，钱这个问题会不请自来地跑来骚扰。我们不知道未来会发生些什么。汤姆靠写作赚钱。但是，他还能写多久？什么时候会写不动？到那个时候我们家会变成什么样？刚开始，夜里想到这些事情的时候，我总是时常冒汗，甚至浸透床单。出汗是我遇到危机时的主要反应，我可以流好多汗，能流满整个大西洋、太平洋再加上江河湖海和游泳池。我就是一个奇葩，全身的皮肤都可以流汗、冒水，我应该被当作世界第九大奇迹去展览，被人们膜拜。我应该去拉拢一帮信众，让他们自愿服侍我，为我泡茶、烧香、按摩，用麂皮为我擦拭身体，为我牺牲自己。如果有人想见我，必须买门票。我需要赚钱，我真应该让人花钱来看我。

我有气无力地开始谈论这个话题。我们需要聊聊节省、规划、存款这些事情，尽管这些从来都不是我们关心的问题。现在聊这些已经太晚了。虽然我们没有债务，但毕竟要继续生活下去。这正是我辗转难眠的原因。我找了几个机构聊过，比如麦克米伦公司、公民咨询局，去填了几张表格。但是，汤姆对于和理财咨询师对话丝毫没有兴趣，他的关注点完全不在这上面。我相当理解他的反应，因此也不再试图做什么规划。汤姆主要靠演讲和写作赚钱，一旦他无法演讲和写东西，他的收入，也就是我们两个加起来的大部分收入就会消失。我们的房子可能被收回，我也会成为我们家唯一的经济来源，同时，还要照顾两个人。去年，我的收入已经少了很多，我自己都不敢看我的支票数目。

不过，比财务更重要的一个问题是，如果很长一段时间里，汤姆是靠演讲和写作为生的，那么，当有一天汤姆不能再演讲、写不出东西的时候，汤姆该怎么办？如果你知道，请告诉我。

夏天到了，我常常带着艾弗去游泳池和海滨浴场。今年没有哪个城市比伦敦更环保了。到处是树木和水池、水池和树木，斑驳的光点映射下来。孩子们喜欢在大太阳下聚集。公园里的戏水池成了周边居民的聚会场所。大人们成群地站在一旁看着戏水的孩子，小腿一般浸没在水中，双臂交叠在胸前。对于那些大一点的孩子，父母们几乎放心地让他们玩耍，或者假装在看其他地方。而那些孩子还小的家长们小心翼翼，不敢错过每一片飞溅的水花。他们脸上眉飞色舞，眼睛一刻都不敢从孩子身上挪开。

孩子们身上都是湿的，有的光着身子，有的穿着T恤、裤子，还有各种款式的游泳衣、校服。几个小宝宝没站稳一屁股跌坐了下去，几个光着身子的小女孩在玩侧手翻，一群三四岁的孩子骑着儿童滑板车绕着泳池威风地转来转去。这时，一个孩子不小心摔了，嘴唇撞到了水泥地面，出了很多血，引来不少人围观。男孩子们手里拿着水枪，射向天空，制造出一道道水弧线。泳池的中央大约有30厘米深，一群女孩在里面尖叫玩水，水花四溅。每天，这个世界上都在进行各种形式的社会互动，交易、打斗、性、哺乳、交友。每天，我们已知的世界都在被不断重复着。

艾弗是个谈判高手，他仔细观察着周围的情形，敏感地接收那些可以引起他兴趣和愉悦的信号，试图找到最佳切入点。比起身体感官的刺激，艾弗更愿意依赖大脑的判断。今天，他对泳池里那番热闹视而不见，倒是对一辆红色小卡车兴趣浓厚。一个小时之后，他就有了七辆不同的汽车模型，身边有一群小男生围着他，在泳池旁边一块相对干燥的空地上玩耍。

　　看着孩子堆里的艾弗，我内心又隐隐出现一些焦虑，我真希望他能和其他孩子一样，或者至少和某些孩子一样，会跑到泳池中间和其他男生相互挑战。这个年纪的孩子爱玩、爱干的不就是这些么？我希望艾弗能更加活跃一些，像其他普通孩子一样尖叫、跳跃，做其他孩子会做的事情，或者至少也到水里弄湿身体吧。但我怎么会这么想呢？这么想实在是好蠢。我自己从来就不会这么干，汤姆也不喜欢。艾弗穿着红蓝色相间的衣服，头上的太阳帽挂在后脑上。我坐在一旁，看着艾弗沉浸在自己建造的圈子里，用各种甜言蜜语劝诱、鼓励其他男孩，郑重地发表讲话，招揽新人。我与艾弗这一群人隔着一段距离，就这么看着他们玩耍，内心的焦虑不知道什么时候消退了。10分钟变成15分钟，15分钟变成30分钟，最后等到太阳的热度降下来，云朵在天际形成一条粉红色的线，我们才起身回家。艾弗骑上他的滑板车，绕着水池转了一圈，飞快地和新认识的小伙伴们告别。他和其他任何一个孩子没什么两样。今天玩得很不错，他对其中一个参加游戏的男生说。

　　当赫恩山的亡灵复活时，那场景一定不是斯坦利·斯宾塞所画的那样，而应该是像15世纪的画家路加·西诺雷利在奥维多大教堂的墙上画的那样。画中，那些死去的纯洁的身体，通过自身的力量从灰色光洁的广场奇迹般地出来，升到空中。地方议会重新修整了这里的路面，使得道路更加四通八达、畅通无阻。

今天，死亡的节拍到处尾随着我。在布里克斯顿、在斯多科威尔、在赫恩山、在公园里的各条小径上、在高街，到处都是死亡的脚印。像以往一样，死亡像一个计数器、一个打浆机、一个发动机，驱使血液在我体内奔涌，冲到我视野中，眼前的世界和过往行人完全换了样子。现在，死亡钻进了我的耳朵里，它驱使路上行人身体里的血液不断往上涌。这些人在我面前走过来又走过去，然后分别走进了商店，回到家里，又从家里出来，到街边买一张报纸、一杯牛奶和其他需要买的东西，然后回家去见他们的家人，享受死亡前的最后时刻。26、27、28、29……所有的一切都是平凡的，所有的一切都值得被尊重。81、82、83、84……

我朝艾弗望去，只有他身上听不见死亡的哼唱。我知道这是为什么。正如我难以看清自己内心隐藏的那个洞口一样，我无法客观理性地对待、评价艾弗。内心那个隐蔽的洞口是掌管我整个人的中枢，但我却从来没有认真地正面看它。曾经有一次，艾弗独自一人闯了进去，他翻滚扭动着身体，一边挤压我的脊柱，一边四下寻找，说是想要吃鸡蛋。现在，他在想，就是现在，已经近了。

艾弗身上有一种难得的觉知，他经常会念念有词地绕着我的屁股走。我妈咪给我做了一个煎蛋饼，煎蛋饼很好吃。煎蛋饼里有蛋的味道，所以我吃了它。我妈咪做的煎蛋饼是绿色的。它很好吃，很有蛋味。我希望它是三角形的。火腿是我最好的朋友。妈咪，快看！天空看起来好像牛奶。如果一头牛翻过身来，它的牛奶就会喷到天上去。

孩子学说话并不是一件稀罕的事情。但是，艾弗描述的是我们的世界，我不由得把耳朵贴得更近听他说什么。我们的世界并不安全。我弯下腰，试图捕捉他的每句话。从艾弗的话里，我听见了自己的回声。当妈妈的虽然经常会关注孩子的一言一行，但是，我往危险的境地前进了一步。我在监视他。他究竟对家里目前的情况知道多少？我必须了解清楚。

另一个房间里，艾弗正在用我之前教过他的话认真地向一个朋友介绍我们家成员的情况。*我的爸爸身体有点僵硬，有时候需要我妈咪帮忙。我不能给他帮忙因为我还太小了。*朋友打断了他的话，问了他一些托儿所的情况，虽然朋友对托儿所并不感兴趣。不，这不对。我需要听到艾弗说什么。艾弗应该继续说下去，重复一遍他刚才说的。其他人应该听听这个男孩对自己的生活、对他爸爸将要死去的看法，但也许他们宁死也不想听到这些话。尴尬总有一种超自然力量。

从艾弗的头顶看过去，他头上有一个很明显的旋，就像是头顶皇冠上的发电机。他的头发已经好久没修理过了，玩了一整天后，头发上已经浸满汗水，卷曲纠结在一起，蓄满了运动后的能量。在路上的时候，我已经被其他妈妈拦下两次，问我艾弗这发型是在哪儿剪的，她们愿意花高价给孩子剪个一样的。但是，想模仿艾弗头发的颜色几乎不可能。按照字母顺序不完整排列，他的发色包含了琥珀色、青铜色、黄油色、柑橘色、铜色、奶油色、亚麻色、金色、干草色、狮毛色、芥末色、橘子色、桃子色、粉牛奶色、藏红花色、稻草色、茶色、棕色。在某些光线下，看起来像绿色中带黄绿釉色。我有一件黄色的皮外套，不过现在穿皮衣出街太不环保。这件外套的颜色同样是非常夸张的黄绿色，尤其是在霓虹灯的照射下，看起来和艾弗的发色一样。

我和艾弗去参加了一个小朋友的派对。主角是一对双胞胎兄弟，两个三岁大、白皮肤、红头发的小男孩。女主人十分明智地没有把派对准备成有组织、有顺序的正式宴会。相反，房子空间很大，但并不是一丝不苟、井井有条，虽然有些脏乱，反而令人感到舒适。

小孩子们跑来跑去，就像是一部费里尼电影，充满了在地毯上摸爬滚打、嬉戏打闹的场景。每个房间的设计都细致地考虑到了小宝宝和不到一米的三四岁孩子的需要。有时候，孩子们会在三四阶的楼梯上排成一列，在过道里爬来爬去。我数了一下，房子里有超过30阶的台阶。地面的空间不是很大，不够孩子们像斯诺克一样横冲直撞，这样他们玩耍的时候就不容易伤害到自己。玩具在孩子们中引起了一阵小骚动，你争我抢，偶尔会爆发一下小争论，然后就各自玩各自的游戏去了，互不干扰。这些小家伙们一边玩，一边不断有人拉粑粑，客厅里发散着一股便便的臭气。孩子们一个接着一个被妈妈们从地上抱起来嗅嗅，然后从地垫上挪开。派对上来了好多妈妈，但神奇的是，没有听到一个妈妈提高嗓门教训孩子的，也听不到孩子的哭声，平日里的反应都被制服了。看来，孩子一多，孩子之间的化学作用就像吸水海绵，通过触摸和体会，孩子们能吸收到彼此的同情。艾弗也被影响到了，当我要带他回家的时候，他特别安静，就像是一个人陷入了深思。

所以，正如正在发生的一样，未来无情饥渴地吞噬现在。汤姆和我之间的交流越来越少。当一个人可以不假思索地说话时，他的思维意识和语言表达就像两条平行线，是同步发生的。但是，现在即使花费很大的努力去集中精神，他也依然有表达困难。虽然他的表达时好时坏，但根上的问题已经是永久性的，没有好转的可能了。

汤姆是以语言才华见长的人，可是现在，上帝要把他的这盏灯也灭了。他开始经常出现失语的现象，就像是一条走得好好的大道突然间出现路障，不得不从一条道跑到另一条道上。汤姆能够把单词串起来，就像巧妙地贯通断裂的绳索一样，他是一位即兴大师，一个把思想转化成语言的艺术家。**乐观、内容、出版、管弦乐团、梯子**。昨天汤姆无法说出一些词语，今天，他又成功地找回它们，可是后天呢？他会不会再次忘记这些单词？汤姆遇事从来没有慌张过，但是如果哪一天他真的这样了呢？我们目前生活的水准、保障大部分都依赖于汤姆在语言方面的创作能力，如果哪一天他完全失去了这方面的劳动力呢？没有乐观、没有内容、没有出版、没有管弦乐团、没有梯子。

汤姆的语言能力就像被捆绑住了。或许过一段时间他能把忘记的词汇找回，但这些词汇对他来说不再那么得心应手。当我写下**不在手头**，其实我想都不用想就能把这几个字说出来，我知道这几个字正确的顺序、如何拼写，也知道我可以得心应手地使用和表达它们，不需要调动大脑认知资源去思考。但是，对汤姆来说，这完全是另一种体验。他的拼写变得歪歪扭扭，经常会漏掉其中的字母或者搞错字母顺序。他的问题是如此复杂，让人很难摸清到底是怎么回事。有时候问题很不起眼，就像一段电子音乐里的一段跳失，有时候则非常超现实，另一个语境下的一段话突然像复制粘贴一样被强性插播进来，让我们都很惊讶，包括汤姆自己也无法解释。他的语言通道就像是遇到了交通阻塞，只是严重程度不同而已。当这个问题变成慢性病，时不时地发作，原本运转正常的生活顿时停住了。工作怎么办？什么是当然？汤姆明白工作意味着什么，并且他也知道怎么做。可问题是你怎么能像原来那样去写作呢？过去这两个礼拜里，拼写就是个大问题。于是，我在电脑上方贴了一条胶带，用红笔在上面写了26个字母，帮汤姆找到对应的字母。这么做稍微有点作用。

我们在公园里的一间咖啡馆吃午饭，过程中他提到昨天和马克的一番谈话。马克跟他说，**曾经一起聊天的时候是那么有意思**。当我听到这句话的时候，赶紧低下头，脸朝向面前的餐盘，额头向上耸起。这是个搞笑的姿势，其实是一种掩饰。我不可以直接表露出我的反应。如果那样的话，我现在立马就会变成一个痉挛的木偶，浑身的关节和连接处都会疯狂地抖动，没有人能够把我修复好。

曾经一起聊天的时候是那么有意思。我和汤姆相遇在一个聚会上。当时我离开荷兰来到伦敦，才待了一年时间。那时，我已经对旧有的快乐生活感到不满足，于是抛弃了它，想去找到另一种更结构化的快乐生活方式。如果说艺术家能够有结构感的话，那么，我就是那种缺少成熟的人际网络、对金钱没有规划、对居住地没有归属感的人。我在国王十字街有一个很糟糕的工作室，虽然是个兼职，但至少是我想要做的事情。对于那天的聚会我完全不抱期待。当时我是骑车过去的，我不是享乐主义者，而更像清教徒，自行车更接近我的内心。我觉得与其待在床上倒不如出门参加一下社交活动。因为在床上待久了，夜里我总是想往外面跑。我对于伦敦这个城市还很陌生，夜里在城市道路间骑行探索对我来说还是一件令人兴奋的事情。

我并不认识多少参加聚会的人，只有女主人和另外一个人，还有几个脸熟的。但是，我可以看出围着汤姆的那一拨是最好玩的。汤姆开心地喝着酒，愉快地跟我聊了很久，一点儿也不担心等下他还要开车回住地。那天晚上聊了些什么我已经记不太清了，我只记得其他一起聊天的人（一个女人还有几位男士）后来都逐渐散去。桌上散落着酒瓶盖、瓶塞、香烟、一些剩下的零食、勺子、拉环、橙子皮。我们说话的时候，汤姆的手里总是摆弄着桌上的杂物，似乎在强调什么，不停卷动手里的烟，把桌上的东西推来推去，手指在桌面上比画来比画去。他说话的时候并不看着我，而是专注于说话本身。所以，我们从词语开始聊起。第二天中午12点，汤姆给我打了电话。

过去的一个月时间里，我们赖以生存的水源不断蒸发，突然发觉水位已经如此之浅，接近干涸，词语和含义已经赤裸地躺在水塘底部。我们的水位在退却，曾经被水覆盖的地方在墙壁上留下一道道白色环形痕迹，我们马上就要被暴露在外了。

失语是和脑血管肿瘤相关的一种症状，不同人的表现和严重程度并不一样。过去的18个月里，汤姆平均每周会写两篇文章，差不多1000字到1500字。这算是最低水平，有的时候他可以写更多。撰写这些文章不能整天待在家里，需要走出去看艺术作品，看展览，思考并理解它们。生病后，汤姆写的作品依然清晰流畅、具有原创性、观点到位。有趣的是，汤姆的风格总是像电报一样——**为什么你总是爱写短句子？**我原来经常这么说他，现在说得更多了。他总是在和自己较劲：整篇读过去全是句号、逗号、破折号和点。但是，他的作品里所有内容读起来都像鲜活的语言，非常连贯。这些文字本身就包含了他对世界的理解和洞察，目的是为了尽可能清晰地表达作品想传达的内涵。你可以读读看，绝对物超所值。

可是，这样的沟通创作完成的时间越来越晚，他需要耗费原来的两倍，甚至三倍的时间和精力把文字写下来。当大脑想不起当然这个词的时候，大脑内部在做什么？大脑会到哪里去搜索替换词？汤姆总是很精明。他会等待、思考，继续等待。他很少放弃。我俩还坐在咖啡馆里，我的脸仍然埋在餐盘上，汤姆还在很慢很慢地说，这么多年了，我的工作就是寻找到最精准的表达，再把它们调整并整合起来。这是我的骄傲。此时，餐盘盖住了我的脸颊，支撑着我的脑袋这该死的重量。我的眼睛紧闭着。我没有看汤姆，没有看咖啡馆里的任何角落，也没有注意到外面的广场。

艾弗和我拼命赶去戴安娜王妃纪念园。我看着他玩耍。

*快来，妈咪，*他说，一边转过身看着我，*快来玩。*

我现在很伤心。

你可以一边伤心一边玩的。

快乐的世界和不快乐的世界有什么区别吗？这两个状态现在都真实存在着，在给定的边界内，所有的一切都被包含在内。每一件事情、情绪、感受都和它的对立面完美地重合捆绑在一起，它们之间的摩擦则造就了生活的样子。你不得不注意到这些。如果我们失去了这条边界，比如说，今天B博士打来电话说手术存在某个失误，那样的话，我们整个生活都将在瞬间灰飞烟灭。这就是生活的真相，尽管听起来和一滴水的表面张力一样不堪一击。你无法让自己再回到原来的状态，装作什么都没有发生过。

沙滩上，我跟着艾弗的脚步追上去。我抬头望着前面的艾弗，脑海里无法不去想汤姆。汤姆无法出现在儿子身边，和儿子共同经历他的成长。艾弗不能和爸爸一起体会现在的乐趣。这是同一个世界里的同一个时刻。正在死去的原子和充满活力的原子相靠在一起，但正在死去的原子的质量更重，超乎我的想象。艾弗正追着一支会吐泡泡的玩具枪跑。*快看，妈咪，是星星，好多好多的星星！*

9

亲爱的朋友们：

汤姆手术结束已经有三个月时间了。上次的扫描结果显示，后面的这次化疗没有起到效果。这个周一医院会安排另一种形式的化疗。这次是PCV化疗方案，公认的一种毒性更大的治疗方案。我们尚且不知汤姆的身体会有什么反应，大家都比较担心。

汤姆现在依然工作，只是速度比原来慢了一些。由于肿瘤一直在控制语言和说话能力的脑区，任何细微的变化都可以导致很大的影响。虽然目前汤姆身体上还算健康，但行动、思维都比原来困难许多。我俩都感到相当疲劳，除了艾弗之外。

这次的化疗又将持续好几次，所以接下来的数周甚至数月时间里，我们会非常需要帮忙。如果你有任何好主意请告诉我们，不管是关于饮食、儿童照料、维持正常生活、散心，还是谈话，我们都很欢迎。你与我们保持联络对我们来说非常重要。如果我们没能立即回复的话，请见谅。请继续给我们写信、打电话、发短信、写邮件、邀请我们参加聚会，或前来拜访。

非常感谢你的支持。我们非常期待见到你。

爱你们。

面前是一大片玉米地，这是这里再普通不过的景象。天空将玉米地平装进它的盘子里，几只小鹿的剪影打破了天际的水平分界线，一道道电话线在空中形成放射状，把天空分成无数份。我的右侧是一条只有一条车道的马路，左侧是一片树林，林子里面有一条马道。我的前方全是田地。这里丝毫看不出荒野的踪迹，到处都是整洁维护和用心修缮的人工痕迹。但是，你还是能感受到土地被人类入侵的踪影。曾经，这里的道路被荆棘覆盖，田野上遍布杂草，但不到一年的时间里，这些野蛮的种子就被勤劳的人类驱赶得无影无踪。前面一条连接村庄的道路中间有三所房子突兀地立在路边，这几所房子紧挨着，其中一所是我们一个朋友的家。玫瑰花沿着房子的砖墙向上生长。我们回到了一切开始的地方。

差不多是两年之前的晚上，已经是下半夜了，我被汤姆突发的一阵很严重的抽搐惊醒，然后家里来了一辆黄绿色的救护车把他带走了，就像带走了一只热带入侵的怪物。艾弗和我跟着一位急救护士坐在后面的一辆车内。那个护士一直在不紧不慢地聊天，比如说急救系统的资金被削减、第一急救队的作用。她一直试图让车内气氛不陷入沉默，不停地对我发问。*你是在度假吗？这小孩长得真漂亮。你是做什么工作的？*我记得我们的车在树林里穿梭，艾弗沉沉睡着，我们的车朝市区方向前进，看到了车灯，然后是路灯，再然后是天亮的光线，红的、白的、黄的、橙的、蓝的。

第二天一整天我们都在医院深处的病房区里晃悠。艾弗处于动物模式中，那天不断地要喝奶，不喝就闹。我以为我的奶已经变淡了，但没想到还是很甜。那天是一个公共休假日，医院虽然没有关门，但服务不如平常。这一天，我看着汤姆睡过去，然后醒来，然后又睡过去。他每次醒来的间隙都会更清醒一些，状态更好一点。我可以看见他的思维在工作，他的意识在发出召唤，恢复本貌。汤姆让我给他拿电脑。这时，我看见他手写的一行行字迹就像一队队无组织无纪律的小蚂蚁，很多拼写都是错的。

不过，白天里，汤姆的状态恢复得越来越好，他的说话表达和书写都恢复得很快。我有一种奇怪的感觉，就像上一秒还被一只神秘的巨兽给抓住，但现在我们似乎非常走运地逃脱了，虽然我并没有证据证明我们已经逃走。医生不知道那个夜里是否发生了轻微的休克，CAT扫描并没有给出明确的诊断。没有更多病情的进展，我就带着艾弗回到家里继续等待。夜色变得非常苍白，近似一种透明色。把艾弗安顿到床上之后，我面朝远方的玉米地方向站了好久好久，一直站到天色从玫瑰色变成血红色。我的电话铃响了。是汤姆的声音。他现在听上去已经完全醒了，又是原来的那个他，电话那头的声音令我安心轻松不少。

人是如何识别出另一个人的？最基本的方式是通过形状、颜色、轮廓、明暗、气味，以及声调的细微变化、毫无表情的面孔、声音的抑扬顿挫、内在知识底蕴、倾听别人说话时嘴角的变化、他与你眼神交会时的神情、当他一言不发时眼神中隐藏的信息。

那日，如同往常又是一个温暖的夜晚。汤姆最后被允许出院回家，他到家的时候已经很晚。他看上去和出事之前没什么两样，依然语速飞快地讲话，非常高兴。但他此时此刻显然已经非常疲倦，他的眼睛看上去像是蒙了一层新膜，肯定发生了什么。

自从那次事故之后，我们再也没有踏足那个山间小屋，当然你并不能完全把它理解成迷信。我们不相信这些，它更像是一种微弱的声波、受伤的回音、遥远的钟声。这次，我们打算在这里住四天，没有任何特殊安排，完全就是睡觉、到海滩边散步、度过漫长的夜晚。我们家现在处于高危状态，这是大家都知道的。随时随地都有可能发生可怕的事情。时间在混乱和不可见的空间里膨胀。我们似乎手中掌控着用不尽的时间，虽然如果按天按年去计算的话，我们拥有的时间已经越来越少。现在也没有例外。

重演。这天夜里汤姆又出现了一次严重的癫痫发作，等救护车来接的时候，他让我去床上躺一会儿，自己等着。救护车来了，五个人把汤姆围住，形成一道高墙。高大的医务人员几乎头贴在木屋的横梁上把汤姆架上救护车。我们一直密切地注视着汤姆，他用眼神回应。是的，很好。他的神智又恢复了。

每一次我们都是艰难地、一点一点地从死亡边上逃回，让那个眼看就要罢工的生命系统重新启动。一次又一次地目击汤姆癫痫发作，实在是一件过于折磨的事情。来帮忙的朋友都特别坚忍，但也都精疲力竭了。我的心就像无根的树叶，在风中起起落落。说不定会死的那个人是我呢。

癌症根本不会让你看清它的样子，更不会让你有时间去习惯它的存在。汤姆的病情在迅速恶化，就像是飞驰在高速公路上的摩托车，让你根本无暇顾及经过的风景。很多次我在想，这次我们真的遇到麻烦了。这次，此时此刻，我又要重复一遍了。并且这次我比以往任何一次都更有体会。但是，我也知道，在未来的某个时间里，我还会遇到其他让我手足无措的难题，并且，当回看现在遇到的这些所谓的麻烦时，会觉得微不足道，算不了什么。当再次回想起来，你会觉得曾经的这些麻烦都是可以克服的，甚至会感激它们曾经出现在你的生命中。可是，我怀疑，将来我想到现在的点点滴滴，是否能如此轻松地一笑而过。

从医院回到家后，我放肆地让自己咆哮发泄。我们需要其他应对策略。咆哮并不管用。要想维持住一个正常家庭的虚伪外表，你得去做其他人都做的事情，比如提前做规划、开车去某个地方、出去度假、放松。可是，现在这些对我们家而言都是奢侈品。我们已经被现实碾压得粉碎了。不安全感卡住了每一次行动的齿轮。每一次往前走，我们都要摔个底朝天。我感觉自己就像一个傻瓜，还不知疲倦地一次又一次冲上去。放弃伪装是否会轻松一些？肯定会轻松许多。放弃努力吧，再这么下去也没有用的。

就在我声嘶力竭地咆哮的时候，汤姆突然打断了我。我感到害怕。他说什么？我第一次听到这话从他嘴里说出。汤姆是我的天平，是我的港湾，是我可以安全容身的地方，是黑夜中给我指引方向的依靠。我感到害怕，他又说了一遍。他这么想没什么错。我一遍又一遍地重复，我在这里，我们在这里，我在这里，我们在家里。

这个周末我们把艾弗放在他表兄妹家里，他特别喜欢和兄弟姐妹五个人在一起玩。他会跟最小的弟弟组成一对玩火车轨道游戏，要么就在花园里玩玩具火车、玩泥巴。趁艾弗不在家，我们这两天可以睡到9点、10点、12点，甚至更长。但估计还是需要9点起床吧。

把艾弗接回家之后，他说了一句新学到的词，我为爸爸感到伤心。这是艾弗的小把戏。他为什么病了？他问道，难道是因为他有感冒吗？话音刚落，他自顾自地大笑起来。

10

我们差点就要错过这趟地铁。刚冲进去，门就在身后关上了。我和汤姆冲到座位上，隔着过道相对而坐。地铁已经开始启动，车厢内有人在吃东西，有人拖着沉重的袋子蹲在自己脚上。车厢里的人不停地上上下下、坐下去、站起来。没有人注意到我们。

汤姆的眼神正穿过车厢内的人群看着对面的我，新鲜地审视起我来。他刚才看见我冲进来一屁股霸占了一个半人宽的座位。此时，我两条腿随意懒散地交叉在一起。他看见我身上外套的黑色衣领没有整理过，两边高低不平，衣扣也没扣好。衣服的颜色很深，看上去接近黑色，但仔细看才发现原来是绿色的。这件衣服是汤姆在巴黎的时候给我买的，直到我们回到家里才注意到上面的细节。我的头发已经长得很厚很长，看上去很久没打理了。我能从汤姆身后的玻璃上看到自己的样子。

如果你亲眼见过汤姆，肯定不会把他和这么复杂的健康状况联系起来。他留着浓密的深棕色大胡子，上面有些斑驳的白色。嘴唇上修剪整齐的一撮小胡子不会让人误以为他是阿米什人或者不修边幅的疯子。他长着厚厚的像刷子一样的粗眉毛，搭配上一个老男人的发型，还有一双非常湛蓝的眼睛。当我们第一次相遇的时候，那双眼睛是最吸引我的地方。作为一个病人，他看上去非常健康。虽然体重很重，但他的皮肤很健康，他的头发烫过。更奇怪的是，我看上去状态也很不错。如果经历压力可以分成多个阶段的话，我感到自己正在经历的阶段是：越有压力我身上分泌的天然胶原蛋白越多，头发更多更密了，和艾弗在水池边待了一下午之后，我的双腿现在变成健康的小麦色。

我很难用词语去形容现在的自己。我的脸变瘦了，体重下降一点也不奇怪。眼角的肤色像是瘀青，出现暗沉，下眼线长了皱纹。我很早以前眼睛周围就是这样的，只是现在更加明显了。艾弗总是很早就醒，汤姆夜里会时不时地发病，这导致我长期睡眠不足，眼睛缺乏休息。我投入到他们父子身上的精力越多，放在自己身上的精力就越少。我很少去关注自己的感受、自己的需要，虽然它们有时候也会抗议。不过，我对自己看上去怎么样倒是关注多一点。似乎看上去不错能暂时让人忘记那么多乱七八糟的烦心事，给我一点助力和缓冲的空间。就像一名跑步运动员为了提高比赛成绩在试穿他的新鞋子一样。

我们的存在和这车厢里任何其他躯体的存在毫无区别。没有人会知道我们有什么不一样。这是死亡和我们开的一个玩笑。我们看上去似乎是自由意志的生物，比如可以自己决定住哪里、吃什么、穿什么、和谁谈恋爱、思考什么问题、渴望什么东西。我们在去见神经科医生的路上。**这真是疯了**，汤姆说。我点头。沉默。

11

我的工作有三部分内容：

1. 在汤姆去世之前，不能让他崩溃，要帮助他以自己的方式过完最后的日子。

2. 不能让艾弗因汤姆的死而崩溃，要帮助他以自己的方式好好地生活。

3. 不能让我自己崩溃。参见1和2。

就是这些了。

我是一个心气儿很高的人，我愿意做一切事情。为什么我这么争强好胜？我一定要做到这么优秀吗？即便是现在，我们也要快乐。但是，如果我不能说自己不快乐，这意味着什么？意味着我很享受现在的自己吗？活着就是为了快乐，这种想法已经在我头脑里根深蒂固，面对生命过程中突然插入的死亡，晃眼夺目、毁灭性的死亡，我必须将它一层又一层地包裹起来。如果这样做对我没有什么好处的话，那么，对我又有什么坏处？我感到我的思绪被扯得粉碎。这里空气好稀薄，我的头有轻飘飘的感觉。死去，就是全部工作的意义。活着，也是一样。活着，意味着为我们所有人而活，以我们每个人独有的方式存在下去。

我不会妥协。要么一无所有，要么拥有一切。失去一个人，就失去了所有人。汤姆，虽然危在旦夕，但他会和我们一起活下去。他的记忆、他的言语、他的作品都在塑造我们所拥有的一切，并将继续渗入我们未来的生活。对艾弗和我来说，活着意味着不因汤姆的缺席而丧失对生活的信心，不因被打倒而一蹶不振。没有什么需要生气动怒的。一切都存在于幻想中，一切都需要尽情享受。

我自认为是一个快乐的人。这和感觉到快乐有区别吗？我不知道。在危机出现之前，那些消极的情绪经常下沉到我够不着的地方，或者是我太懒没把它们翻出来。而那些积极的情绪像漂浮物一样经常处在情绪的表面。我常常在接近表面的位置，有时候相当活跃，有时候也只是懒散一点。坏与好现在都只是苍白的表达。根本找不出合适的语言形容现在的处境。

乐观主义是一个没有被研究透的主题。科学哪里去了？研究哪里去了？我们的那些兄弟动物，猫头鹰、螃蟹、倭黑猩猩，他们都是怎么去思考积极的一面的？那些乐观派面对压力的时候会怎么做？乐观主义更像是天赋。同样，我也无法摆脱它。我不是说我对我们的结果非常乐观，我知道结局是怎样的。我甚至知道这事很难。我们或许会逃过这一劫，或许不会。但不管怎样……我了解我们。

我是一个善于感恩的人，一直都是这样。我的家庭赋予了我自我平衡和保持沉着的品质。受到家庭环境和天性影响，感恩不过是我身上众多气质的一种。我把它和存在于这个世界上最基本的物理感觉联系起来，比如说照在皮肤上的阳光、气味、特定的光线，等等。而这些感觉相应地使我作为一个独立的个体——我自己——与非个人化的物质之间的拉力与推力变得更加清晰。我常常从物质的角度去反思自己的存在：一个和许多个，唯我论者和虚无主义。一切皆虚幻。

当我只有十几岁的时候，曾经非常自大，当然有时候也有些远见。我们家曾经在苏格兰的一个小镇上住过一段时间。那时候，我经常在放学后爬到家后面的小山丘上站一会儿。小山丘的名字叫维迪斯，我站在上面朝脚下的小镇望过去。我并不关心那些细节，比如石板的屋顶、朝山顶移动的斑驳光线，或是河流的影子，这些我都再熟悉不过。我在感受的是那里的地貌，它的面积和重量、溪流和瀑布。我可以从各个角度看到小镇如何栖息在这片土地上，看到这片土地的形状如何和发黑的天空贴合在一起。我可以看见那些已经被造好的建筑、田地、沟壑，还有一些无法准确描述、更像是随着时间逐渐被雕刻出来的景象，如植物的生长、裸露在地面的岩层、海岬。从我所站的地方，我可以一眼看清小镇的全貌。不管是从我这一侧的山谷看，从顶端看，从小镇的咽喉部位看，还是从它的侧面或是下方看过去。

从那时整天研究小镇的地貌到第一次见到3D模型，中间已经过去很多年了。那种体验和看3D模型的效果很像，不同的是，我所看到的不是构建的显示，而是一点一点在我脑海里被绘制、拼凑起来的，完全是存在于大脑里的想象视觉。我不用费丝毫力气就能做到。我能做到这一点是因为我们所看得见的任何物质，包括我自己在内，都没有本质区别，都是由相同的物质组成的。看见即存在。我们所看到的这个世界，即使是苏格兰边境上一个遥远、被人遗忘的小村庄，也是一个那么复杂、狂野、精雕细刻的作品。空间感是一种有魔力的

感知能力，所以，我说我曾经特别自大，但是在当时我并不知道这个
单词。

但是我说得太早了。关于快乐幸福的问题是之前的事情了。汤姆
还在这儿和我们在一起。我们不能假装逃离现实，我们也无法凭空想
象和感知一个我们不曾经历过的空间。想象是有局限的，当年还是一
个站在山顶的孩子的时候，我的想象是不受限制的。而现在，我只能
麻木地等待未来的发生。

汤姆此时在卧室里，他在给我找一本书。他打开书，给一首诗做
上标记。他曾经用心地记住了许许多多的诗，但是现在他无法读出来
了，包括燕卜逊的诗、拉金的诗、彼多斯的诗、希尼的诗、希尔的
诗。他知道每本书都在书架上的哪个位置。虽然他现在不能亲自阅
读，但是他清楚地知道它们的内容。他非常机智，并且现在他还能翻
到某一本书搜索里面的内容。他是在有意这么做，为了我。

现在，汤姆又跑到冰箱边上找吃的。他翻出已经不新鲜的生菜扔
掉，把鸡蛋放回去，又把牛奶随手放在一边，留出一点空间，继续找
零食吃。当他和埃里克一起从我身边走开时，我只能看到他的背影。
汤姆和埃里克正头靠在一起讲话。汤姆现在还可以像砌砖头一样一个
词一个词地讲话。一个单词代表着他脑子里想的一个东西。这里是一
把小刀。这是一只袜子。这是你要找的书。这个字是家。有了这些元
素，他又能创造一个新的表达去回应。

或许，现在我该谈论的不是快乐或者不快乐、乐观或者竞争，而
是，我们还在这里，我们还活着。这一页记录了我们的存在。事实
上，我也说不清楚究竟是我没有期望，还是我在压抑期望。我们还有
足够的时间去发现。

12

波兰的弗罗茨瓦夫的空气里混杂着动物、农作物和矿物原料的气味。这是我从未闻到过的气味，已经被污染得相当严重。这里冬季的夜晚，天空呈现的是煤铁燃烧时散发出的火焰和黑烟，在你头上形成一层黑炭色的薄膜。圣诞前夜，鲜活的鲤鱼在水中享受它们被宰杀前最后几个小时的自由。第二天，我从自己的那台小黑白电视上看到柴可斯鲁瑟斯③被执行死刑的场面。1989年最后的那天，我去了柏林，和许多人一起庆祝柏林墙的倒塌。

我曾经凭艺术学院给的奖学金在弗罗茨瓦夫生活了9个月，我的波兰语在那里进步很快。我爸爸会说很多种不同的语言，我在语言方面也比较有天赋，只是学习的速度就像蜗牛爬一样。但是，和我爸爸不一样的是，我学了很多诅咒和脏话，并且说话不注意用语的礼貌和语境。一个男人嘴里说出来的话并不意味着一位女士可以说出口。波兰男人说的最多的脏话和身体的亲密关系有关。我的波兰朋友马利克，他在说脏话方面是个高手。有一天我说个不停，突然他用波兰语略带责怪地对我耳语，**你说话太脏了**。从此，我把自己的嘴巴清理干净，不再乱说。

夜里躺在床上的时候，我还在想其他语言，波兰语、阿姆斯特丹的荷兰语、罗马人说的难听的意大利语。只需简单地改变句子结构和发音，一种语言就转换成另一种语言了。你可以在水中学会漂浮，你

---

③ 罗马尼亚共产党最后一任领导人，随着罗马尼亚共产党政权被推翻，柴可斯鲁瑟斯和他的妻子埃琳娜在1989年12月25日被处死。

就可以学会如何在语言的海洋里畅游，摆脱文法和含义的束缚。那个时候的波兰通货膨胀相当厉害，物价几乎天天在上涨。练习波兰语的最大动力就是为了更便宜地买西红柿或者几块湿的白奶酪。我必须找到正确的表达，才能阻止食堂打饭的大妈往我的土豆上放肉汁。至于在波兰的时候为什么坚持素食，我自己也不记得了。但这都是些小事。我也愿意尝新，懂得往前看。比如说，对于不懂的词汇表达我从来不会先专门学习再去尝试说，而是随便尝试表达使用，反正说错了也没有损失。明天我要尝试用波兰语买西红柿，今天买黑面包的时候，已经成功让小贩在洋葱上撒盐了。

词语就像猜谜、游戏、笑话，现在这些词语都可以为我所用了。

除了语言之外，还有什么其他的交流方式？让我来列一下：音乐、抚摸、眼神之间的能量传递、跑步和跳跃、做爱、做饭、友情，还有吃东西。当然，其他的方式还有很多很多，一下子说不完。我们可以设计出另外一种语言，然后通过它来进行交流。

我们正在谈论策略。一个策略是打破我们现在交流的语言的结构。汤姆发现，有时候他跳跃式地讲话比语法准确地表达更容易让人明白。虽然这中间可能有一些语义丢失，但的确是一个可以尝试的方法。这对他来说非常困难，就像是让他不打草稿直接口述一篇宣言一样。为了真正能够让人理解，现在他每次开口之前都必须把这些话在脑子里过一遍，非常努力地思考。而我们这些人，不假思索地就能滔滔不绝地说下去，并且思路清晰，这对我们而言易如反掌。今天早上，艾弗又跑到我们床上制造毫无意义的噪音。**爸爸说话又不清楚，爸爸是不是该吃药了？**

没错。

你是不是在故意不好好说话，艾弗？

没有，我在制造噪音泡泡。

三个月的期限又到了，该去看肿瘤专家了。我们转换到镇定自若的模式，不怀有任何期待、不害怕任何事情，相互陪伴，经过那些企图在我们到达医生会客室之前就要崩塌的台阶，走下三号巴士，往前继续走一段，验血、称体重、等待。因为意识到无论我们的感受如何都不会改变结局，心里倒是有一阵轻松释然。保持我们现在的状态，去生活、在一起，就够了。

检查的结果很不好（我是否又预先知道了？真是奇怪，有时候你根本不记得做过什么事情，但就是有种直觉，就像结果早已为你准备好一样）。结果不乐观，并且难以做出下一步的判断。那么我们现在该怎么办？听听其他意见吧。和外科医生谈谈，寻找其他化疗方案，所有这些观点都更保守。从最开始，我们使用的药物已经是最先进的了，现在反而倒退了，如果有一种药物真的效果那么好的话，我们肯定早就用上了。手术呢？第三次开颅，这样做可行吗？这个方案也被提到桌面上。上一次手术已经在汤姆的头上留下一个洞口，并且，已经深刻地改变了我的生活。如果我是一棵树的话，你可以在我的树干上找到当天的印记：2010年4月13日。它记录了我的结婚戒指上的一道裂痕、一次打击、一场考验、一个伤口。

从肿瘤专家那儿出来，我去托儿所接艾弗回家。我和其他家长并没有太多交流。我想这是可以理解的。我真的没有那么多精力去张开怀抱和他们拉家常。一些孩子的家长已经知道了我们家的情况，这多少让我轻松了一点儿。可是，托儿所并没有让我轻松多少。那是一幢现代风格的建筑，室内明亮大方，整幢楼都是精心设计过的，墙面是曲线的，被涂成向日葵的黄色。蓝色的地毯、生态显示器、塑料家具，都集中在这一个空间内，为未来的这些小花朵们服务。我几乎不能忍受。未来是不会手软的。

孩子总是代表了我们最原始、柔软的一面。在艾弗面前，我难以隐藏自己最易受影响的角落。我们家庭的创伤是一只怪物。我不能轻易地让它跑出来，跑到沙坑边上，或是衣柜边。在托儿所遇到的大人们有相同的习惯，就是大家交谈时总要留意眼皮底下孩子们的一举一动。这里并不适合去长篇累牍地倾诉痛苦。我也没有找到一个合适的方式和时机，让我能够放心地表达自己的情绪。当我这么尝试的时候，结果总是一塌糊涂，经常是哭到说不下去。然后，我就会迅速离开现场，在随后的几天里都难以从伤心过后的疲倦中恢复过来。

我已经有足够多的朋友，并不需要更多的朋友来支持我。可是，我还是必须坚持到托儿所来，除非我可以非常诚实，否则我会一直演下去：我是多么喜欢这些孩子的家长，艾弗是多么喜欢他的这些同伴。维持这种假象实在是好辛苦。可是，换一个方式，当他们轻松地询问，噢，你怎么样？如果告诉他们实情，我必须找到一个最轻巧、最轻松的方式。托儿所的老师们都相当慷慨，他们给了艾弗很多关注和照料，做了他们所有可以做的事情。

有的时候，我想告诉艾弗：

你看，我有一个三岁大的儿子，而他爸爸正在生死边缘，我看上去应该比我的实际年纪要苍老才对。但是，我之所以是现在的模样，是压力、意志力、疾病、健康共同影响的结果，无论你爸爸今天还能不能和我说话。

当我看着你这个鲜活的生命和你爸爸那个垂死的生命的时候，我有一种非常超自然的感觉。我不知道为什么我还没有发疯，还没眼瞎。但是，我相信我不会，我也不愿。不管现在怎样，我们既然已经拥有了现在的生活，那就顺着它继续向前漂流，去面对更多事情，不管是祝福还是诅咒。我不会被溶解，我也不会呻吟或者绝望。我不会慌张。但是，我真的已经彻底疲惫了。我的视野边缘已经变得扭曲，我的肌肉纤维非常薄弱，我的舌头变得沉重，我的双手没有一刻停歇，生活的压力使我失去好身材，这更加容易引爆我的脾气。我为此感到抱歉。它就像一根看不清的粗糙线条缠绕着你，但你甚至感受不到它的侵犯。我知道，这些话听起来肯定让你很困惑，就像是糟糕的育儿书籍，但是，现实就是这样，总有各种比你预期更糟糕的事情可能会发生。

（然后我记起来更糟糕的事情已经发生了。）

第一种情况，如果我对错误负所有责任，并且我还没有开始生气，那么，我们要相互道歉，然后亲吻对方并和解。我会努力去抹平情绪，亲吻你。我要学会不和你生闷气，不对你冷淡太久。我把内心的愤怒凝结起来，它是热乎又透亮的，而不是冰冷模糊的。我永远不会迫使你去猜测。

第二种情况，如果我发脾气是有缘故的，并且很快就要爆发了，我们要相互道歉，然后亲吻对方并和解。你看，结果都是一样的。我们最后都要拥抱对方。所以，要学会原谅。

汤姆说，他很勇敢，有时候你对他过于严厉了，不过，他总是不回避，而是选择直面挑战。我思考了许久。如果有时候我对他过于严厉的话，我回应道，那是源于对空虚的恐惧。如果他身边没有人和他说话怎么办？过来把你碗里的饭吃干净，或者现在马上下来，抑或者我已经跟你说过两遍了，现在该上床睡觉了。他会有什么感受？孤独。我不能忍受他这样。我坚持要他坐下吃饭，清理干净牙齿，整理玩具是要让他学会和普通家庭一样的日常生活规矩。我们家的情况对他来说已经够乱、够复杂了，必须让他养成好习惯。

我继续说下去，如果他敢和我犟嘴，说明他在我的爱中是感到安全的。对此，我不应该轻易剥夺他表达自己的方式。一个朋友的评论里是这么说的，即使是在一个没有脑癌干扰的正常家庭里，养育一个三岁大的孩子也经常容易让人发脾气。这话听上去太对了。可是，我突然意识到我根本不知道一个正常家庭该是什么样子。我们家不是一个正常的家庭，有特殊情况，所以我发脾气是情有可原的，这层事实倒是让我感到宽慰一点。

母子之间当然也有暴力的时候。母子关系是所有关系的试验场，暴力当然也包括在内。艾弗大概在他一岁大的时候就学会用手打我的脸。是因为不喜欢我了、无聊了、表示开心了、希望获得关注或者回应了，还是仅仅想听到动作发出的声音？原因我不得而知。艾弗的这种行为持续了好几个月，就像持续不断滴在石头上的水滴，都要把我的脸给磨破了。可是每次他要打我脸的时候，我大脑的信息素释放太慢，反应总是要慢一拍，每次都逃不过他的肥爪子。他的体重比其他同龄的孩子都要重很多，并且每次拍打我脸的时候，我们总是靠得很近。我最喜欢把他抱到床上，依偎在他身边，抚摸他的头发。啪。还有我抱起他的时候，感受他身体的温暖和怀抱里的重量时，他会不自觉地身子往后靠，和我保持距离。啪。又一下。因为艾弗，我的睡眠每次不会超过三小时，我也不能保证自己会有什么激烈的反应。我试过消极回避，气愤地摔门而出，和他讲理，甚至对他咆哮，**不要再打我的脸了！**可是，没过几分钟，我又回到我唯一想待的地方，我的脸距离艾弗的肥爪子只有几英寸远。啪。

现在，我又坐在艾弗身边，我们靠在一起看着夕阳慢慢下沉。他靠在我身边动来动去，身体忽上忽下，动作幅度越来越小，越来越轻柔、缓慢。艾弗睡着了。艾弗的眼睫毛特别浓密。当时生下艾弗后，他被送到我身边，我最先注意到的就是他轮廓精致的嘴唇，然后就是漂亮的眼睫毛。它们优雅的曲线盖在紧闭的双眼上，在眼帘上留下两排整齐的阴影。今天又玩累了。艾弗在这个小小托儿所的最后一个礼拜已经结束了。这周过得好吗，艾弗？你有没有玩得开心呀？是的，他冲着我半露微笑，过得不错。

人是多么不可思议的生物啊。童年已经距离我好遥远。他就像是个来自太平洋上无名小岛的男孩，成了这个城市的居民。他和我们的生命如此贴近，和我的脸颊只有10厘米的距离。此刻，他正在安静地呼吸，但是，触碰不得。可真是这样的吗？这一周简直是糟糕透顶，非常可怕的一周，太难熬，我简直难以细数。对汤姆来说，受药物的影响，他这个礼拜还算比较平静，没有发作，但是不断出现的休克影响了他的休息和吃饭。这周他的话也很少，有时候会稍微工作一下。不管怎么说，我们还在一起。今天是星期五的晚上，一周的结束，他儿子艾弗很开心，特别放松，现在准备上床睡觉了。我相信艾弗，他从不在我面前装假。真是特别棒。艾弗的生活动力反过来也会促进我们的生活动力。他可以很好地应对生活中的各种情况，我相信他，因为他是一个真正的大师。

13

你应该知道我是个大懒虫，总是在想尽办法偷懒。我不希望背负我现在所承担的这些角色：厨子、主持人、翻译、编辑、看护员、育儿师、看守员、司机、日历记录员、吃药监督员、策划人、看门人、担心的人、传输管道、学步车、帮手、组织者、唠叨的人、妈妈。

我们越来越接近虚幻。这听上去很傻很孩子气。但是，游戏已经走错，规则却必须遵守。虽然已经没有人记得当时发生了什么，但后果是致命的。有黑暗势力在针对他，并且他们做了一个秘密决定。汤姆要被送走，原因不明。他受到歧视，并且被告知不能继续和我们完成游戏。现在只是完成程序的问题。我们被剥夺了上诉的权利，单单这一事实已经足够让我们发疯了。我们非常喜欢辩论反驳，这是我们所有的乐趣所在。像从前的许许多多个夜晚，我们又一次相对而坐。汤姆坐在那个打开了的粉红色折叠沙发上，我坐在那个蓝色做旧沙发上。我们都是活着的，像你一样。可是，我们却即将要被迫从这里消失。

现在是8月的第一个礼拜。安迪来我们家小住，我们一起去外面走了走。我们慢慢走上山坡，找好位置，看天上飞扬的风筝。汤姆坐在板凳上，面朝着天空。其他人则全躺在草地上，一副热得受不了的模样。艾弗从我们身上依次滚过去。安迪和我把脚抬起来挠他，让他在草地上打滚，直到他开始放屁才罢休。

接下来的几天时间里，好多事情接踵而至。首先是汤姆的身体出现了非常罕见的情况，这让所有人都不知道该怎么办。这次不是晕倒，不是疲劳，也不是语言障碍，汤姆出现腹泻，并且还拉出鲜红的血。我们又立即跑回医院。我像一个不肯认输的二元论者，不断说服自己，不过是出了点血、拉了点屎而已，这和大脑的问题不一样，这都是些生理上的问题，医院对这方面很擅长，肯定每天收治很多有相同问题的病人。于是，我们跑到医院挂好号，尽量让自己平静下来，在医院的整个晚上都在不停地发短信：*完成了各种复杂的程序，起码得有xx吨重*。国民医疗服务机构（NHS）位于伦敦市一个不那么好的角落，好在我俩都睡了一下。至少第一晚是这样，我连续睡了七个小时。我已经记不得上一次自己连续睡这么长时间是多久之前了，感觉就像听到晨间的敲钟声，又像用一张折叠优美的干净毛巾将自己清洁过一遍一样。但是，第二天我去看汤姆的时候，他看上去非常痛苦。好吧，那就到此为止，我们再也不要受这种罪了。到目前为止，即使是汤姆大脑里的肿瘤还在长大，他也没有感受到明显的疼痛。

是食物中毒，医生告诉我们。原来，罪魁祸首是刚刚从埃塞俄比亚回来的安迪昨晚给我们做的柏柏尔鱼。这太疯狂了。艾弗没有吃。爸爸是不是把整条红鱼吃了？大家担心汤姆受到感染，于是决定把他转移到隔离病房观察。汤姆就这样在隔离病房独自待了六天，除了身体的疼痛、出血、便秘之外，这六个日日夜夜他不能走出病房一步，只能待在这个狭小的空间里，透过一扇窗户看伦敦南部的"屁股"，不熟悉的风景，不吸引人，也看不到边际。

隔离观察之后，医生确定汤姆患了结肠炎。虽然是个不大不小的问题，但好在可以治疗，不会留下什么后果。发生结肠炎的根源还不清楚，但可以肯定的是，大脑已经受到肿瘤的压迫，并且这个肿瘤随时可能因为其他生理疾病造成的负担而突然崩溃。汤姆的大脑目前处于饥饿的状态，这导致他整个人也变得羞怯、犹豫不定。在隔离室的小房间里被关了六天之后，他变得有些糊涂，语言表达也有些问题。他的精神比以往任何时候都要差。汤姆原来总是一个斗志昂扬、非常活跃的人，他称自己是漂浮者。可是今天是星期五，虽然他已经可以回家了，但我们还需要想法说服他离开。他担心回家后爬不上楼梯或者爬不上床。他抱怨换衣服，上车的时候也唠叨不停，一点也不想走。我面不改色假装镇定，可是，汤姆的转变就像是重锤闷声敲击在我胸口。这到底是怎么回事？他怎么就变了个人？

有一个细节让我感到不安。自从进了隔离病房之后，他跟我说话的时候不再看着我的眼睛。他的声音听上去单调呆板，不带一丝情感。*我在这里，我不停地对着他重复，嘿，我在这里，看着我！*我就站在他面前，很无礼地对着他挥手示意。*我这么好斗的样子完全是因为我感到害怕。现在我要让你摆脱医院振作起来，你至少可以望着我的眼睛。*我告诉他，他有斯德哥尔摩综合征，医院俘虏了他，可是他完全没有领会到这个玩笑。我们必须立刻离开这里。

我提醒他，他肯定想见到艾弗。没错，艾弗对他来说是一个难以抗拒的吸引。可是，人类对孩子的爱理应是持续的、在任何条件下都不会被改变的共鸣之一，所以，用它来刺激汤姆好转似乎不太可行。

最好的护士往往拥有神奇的即时评估工具——赞美他们的守护神。我们的护士茜拉意识到了汤姆的奇怪表现，她帮助我一起令汤姆恢复过来。*再次吹吹风，再次回到属于你的环境中，一切都将不同。让我们带你回家吃点好的，你也可以回去继续写作。所有朋友都可以再来看你。*我们对汤姆说这些话，但我并不知道茜拉是怎么想的，并且我感觉我们是在虚张声势。可是，这些话竟然起作用了。最后，汤姆悄悄地走出病房，他的脸像一尊石像，就像是在警告我这个潜在的敌人。不过，我注意到，还没等我收拾好他的袋子赶过去帮他，他已经钻进了乘客位坐下。这是个信号，意识到这一点，我像突然被电击了一样。我一边开车一边不停地和他说话，就像发射一连串的活力气泡。我打转方向盘，朝艾力分德路和卡斯特路的交叉口开过去。呼吸着一路的空气，真是再美妙不过。即便是我们刚刚从医院出来的时候，我也感受到那个我熟悉的男人正在慢慢回到我身边。他的回归就像是沿着一条蜿蜒的线条在向我靠近。他的身体在座位里更加放松，然后他摇下车窗。*啊，没错，*他自言自语，*啊，没错。*

就在我们离开医院之前，茜拉把我拉到一边，跟我说汤姆的新药怎么吃。他进来的时候已经在服用两种药，丙基戊酸钠和地塞米松，这两种药都是早晚各一次，由汤姆自己按时服用。现在，我手里的塑料袋里装着八种药，里面还有一张服用说明表。按照汤姆目前的情况，他根本没法遵医嘱自己吃药。真是令人头疼，但是在医院里说脏话是不对的，这里可不适合诅咒。汤姆的病房外面，有一个经常骂骂咧咧的老头，我们都管他叫"摔跤老人"。他就经常坐在自己的病床上拿着笔不停地写脏话，可是这是他的特权。那么不去克服意味着什么呢？不去克服意味着失败，那么，失败又意味着什么呢？

虽然我知道将来还会有更多没有经历过的情况发生，但我无法装出一副什么都知道的样子。我想我现在开始明白这一切是怎么回事，将来会变成什么样子。我是怎么想的？所有该说的话已经都说尽了，不管是以相同的方式说，以不同的方式说，还是以其他方式说。这么说似乎有一种安慰的味道。但我永远无法说汤姆失去了他的词汇。能怎样呢？不过是一些词汇而已。这本书里有88298个单词，但又能怎么样呢？

14

现在还是中午，我已经躺床上睡觉去了。疲惫只是借口，我真的已经受够了。我们家已经全乱套了，反正我是这么觉得的。一个平面上的三个点就能形成一个形状，产生一段故事。一到二，一到三，二到一，二到三，三到一，三到二。三点之间可以形成一个小小的丰富复杂系统。如果你在三点之间画一个图形，你会得到一条底边和两条支撑斜边。反之亦然。这是一个最基本的形状，就像一个帐篷。

两点之间，一到二，二到一，一到二，二到一再回来，如此反反复复无限循环，就像回声一样。这是一种让人发疯的节奏。如果你把两个点连接起来，你会得到一条线，线是点在空间中的延伸，它有宽度但它只能沿一个方向延伸。线并不是形状，它不是二维的。你可以不断地将线条在纸面延伸、延伸，一直到纸面被你戳破，线性结构是非常脆弱的。不管你从任何一个角度看过去，它都是一样的。昨天，我们和肿瘤专家B医生有一次非常重要的谈话，算是对这一个月来遇到的各种问题的总结梳理。这段日子，我们对病情的了解总是在B医生之前。医院的测试不过是又肯定了我们的猜测而已。对我们来说，知道到底发生了什么是很自然的事情，毕竟我们才是病源的宿主，并且我们已经和它相处了这么长时间。

整整这一个月时间里，我们目睹了疾病和健康之间的边界和相互转变。这层边界非常敏锐、柔软并具有弹性，不断循环缠绕形成新的现象。**这个也是！没错，当然是的！这个也是！难道你没有想过你会逃脱这个？**每一种治疗都会在另一个方面产生副作用，药物不断在旧病情的基础上制造新问题，就像新伤疤一样。四肢无力，这是因为类固醇太高，疲劳是二甲双胍或者化疗导致的，手抖意味着需要调整丙基戊酸钠的剂量了，脚肿是糖尿病的影响，大便不正常基本等同于结肠炎，而语言问题则说明类固醇太低。这是一种非常复杂的疾病。昨天我们和肿瘤专家聊了什么？我已经全记下来了，总共有12点，全都一一列出来。

我们顺着我的小册子进行下去，每当遇到有趣的点时，就容易跑题。大堆杂乱的信息终于被我们捋顺了，我们一遍遍重复，做标记，留心每一个事实。

肿瘤专家第一次跟我们提到阿瓦斯丁这种药物的名字。大概两天前我还在头条上看到过这个词，我有仔细读吗？没有，我一点印象都没有。就像传输履带上的包裹，单词一个一个从我脑海里飘过，有时候一些单词会从履带上滚下来钻进我脑子里。我对接收外界信息总是非常敏锐，现在它们又被放大了，我感觉自己就像一个新物种，我可以不用眼睛看就能嗅出我需要的信息。当然，我并不有意识地阅读，因为我的专注力太差，难以让自己集中精力去消化大段的文字。那实在是太老土的方式。最近这两年我已经磨炼出更现代的信息接收方式。我和汤姆都是极端跟紧潮流和趋势的人，总是站在最前沿。

阿瓦斯丁是下一轮对付汤姆病情需要用到的疗法。药物，这个词已经从我们的词汇表上被删除了，已经被更积极的疗法替代。药物不好，疗法更好听。使用阿瓦斯丁疗法的过程特别复杂，因为阿瓦斯丁是在美国通过药监局批准的，如果要获得，需要B博士针对汤姆的情况写一封申请，并得到基本护理机构（PCT）的特许。现在，我想起来了。原来，我是在地铁上看到有人在读它，阿瓦斯丁的每个疗程需要花费21000英镑。

15

每个人都是来来往往的旅行者。现在是8月的最后一周。朋友同事们都出去玩了，联络不上。我们一家三口就像是挤在一把雪橇上，而且是奥林匹克比赛的那种类型。不幸的是，我们是滑雪爱好者。

从第一天到最后一天，整个8月简直就像生活在难民区里。日历上几乎每一天都做了紧急事件标记，望过去就像是密密麻麻的擦伤和疤痕。在医院这个大环境里，从8月初到8月底，新来的医生陆陆续续上岗，直到那些去法国和克罗地亚的海滩礁石边度假的医务人员返回岗位迎接9月的考验。发出去的邮件没有人回复，短信没有人接收，各种检查治疗的日期一直不能确定，连一张便利贴也找不到，各种问题都被抛弃在空气中任其飘摇。与此同时，我和汤姆既没有工作可做，也没有任何社交活动，几乎完全与外界隔绝。我们独自乘坐在自己的雪橇里，沿着陡峭的山体，跌跌撞撞地往下冲。路边各种岩石障碍将我们撞得皮开肉绽，但是，即使如此你仍然不能放弃。这就像一场持久血腥的天主教运动，后面总是有更多的东西在等着你。三个礼拜的时间里，我们就一直在住院、癫痫发作、腹泻、失语、扁桃体炎、脚肿、身体僵硬、情绪低落、急救、咽鼓管堵塞和假期之间反反复复，每一个问题似乎永远都无法解决，并且假期里也无人问津。但是，我们不是游客。我们用身家性命和死神对赌，家里已经一贫如洗了。

在诺福克有一家工厂，那是我们正要去的地方。那里有一个没有帆的脚架，脚架的圆形支架就像站在地面的观察员在望着大海。整整一个夏天我们什么地方都没去，终于在夏天快要结束的时候，我们和其他几家朋友勉强凑了个时间出来一趟。但是，我没有告诉艾弗我们要去做什么，因为我也不确定到这里我们可以期待些什么，我不想让艾弗对假期失望。

这座工厂有七层楼高，面积非常大。最顶端是它的机械结构，一块巨大的砂轮已经被鸽子屎和灰尘加工得很平滑。往下走一层是休息区，里面有几张像是给死亡骑士准备的铁床，窗户上安装了临时窗帘，不过已经被太阳晒得褪色了。每往下走一层，环境就更舒适。第一层是最豪华的，里面有散热器、框好的水彩画，床边有落地灯、地毯和大型的深色木质家具。第一层是大多数成人和孩子睡觉的地方，大家聚集在一起相互鼓励支持，勇敢地对抗黑暗、鬼魂和蜘蛛网。并且，里面有足够多的毯子和餐具，足够满足一家小型野战医院的需求了。如果有战争来临，这里绝对是个不错的避难所。大部分的生活功能都被安排在一层的又圆又大的房间内，里面摆满了沙发、玩具、风琴、桌子、靠垫、纸牌、钢琴、书籍，完全是一个老式家庭的标配。

我们到达后的第一个早晨，汤姆又出现了一次大的发作。当地医院接待我们的医生叫达鲁塔。我并不很喜欢她。她穿着黑色的衣服，圆脸蜡黄，身躯有点前倾，臀部浑圆，看上去就像一个痛苦的雪人。我们谈话的时候，她一直双臂交叉在胸前，显然，她可不愿待在这里。现在是星期一晚上9点，汤姆已经恢复了很多。玛莎一直陪着我，我们在讨论要把汤姆从这个地方弄出去，因为任何有必要的治疗措施都要回到伦敦之后再说，那里有一群已经非常了解他的情况的医生。

和雪人医生的讨论相当漫长，我一直没有弄明白她想要表达的是什么，虽然她一直坚持汤姆不能出院，必须留下。**这非常危险，他还可能会发作，会有新的情况出现，即使没有新情况，CAT扫描的结果也需要进一步观察。**作为妻子，我处于劣势。而雪人医生则代表着医学权威。我们就这么被卡住了。

这家医院环境非常嘈杂。我们讲话的时候，睡在隔壁病床上穿着纸尿裤的一个波兰男人一直在大声喊叫。他从床上摔下来好多次，然后开始用手指在我们面前画来画去，一边骂骂咧咧一边抓窗帘。我对波兰脏话的了解相当不错，于是我可以给玛莎充当这方面的翻译。雪人医生能听得懂。这个波兰病人的干扰让她很不安，越来越慌乱，好几次叫其他护士过来管住他。继续留在这里是非常危险的，我们最好的选择只有逃跑。

在这个混乱的空间里，我的脑袋里一直充满了各种杂音，越来越无法集中注意力去理解她在说什么。汤姆还在逐步恢复中，根本不能跟上她的思路。他突然看上去非常虚弱。雪人医生的话中存在漏洞，她没有给病人和病人家属提供其他选择，也没有说明可能的危险后果。最后，我对她说，**够了，我们走了**。我们在那张绿色的知情书上签了字，表示自己承担一切可能面临的风险。我们在走廊里等待的时候，我看见女病人的房间装饰整洁，而男病人的房间则无法直视。

就在我和雪人医生争论的时候，柯蒂斯护士听到了我们的对话。**我觉得你做了正确的决定**，她说。她这句话完全是出于好心。说完这句话，仿佛她心中憋着的闷气终于释放出来，她沿着空荡荡的走廊飞快地跑出去帮汤姆找轮椅。我们惊讶地目送着她的背影消失在拐角处。

在返回工厂的路上，汤姆又出现了几阵小小的发作，吃药也控制不住。他说话的时候，声音止不住颤抖，然后又慢慢平复下来。我用手机把汤姆说话的过程记录下来发给急救处的女士听，看下一步会朝什么方向变化。现在是一个非常紧张的时刻，是我们所经历的最糟糕的时刻之一。时间已经接近午夜。我坐在圆形的房间活动区里，通过电话和急救人员描述汤姆的情况。其他人等孩子们睡去后，陆续从沙发上坐起来，合上书本，准备去睡觉，在我身后留下了谨慎的目光。童年时，家里出现小事故的时候，我感受过类似的气氛。那是一种从亲眼看见到想要逃跑之间努力保持平衡的紧张感，一种尴尬以及震惊的气氛。我多希望此刻不是这样的，我希望他们能留下，看看到底是怎么回事。他们在楼上的卧室里会说些什么呢？也许什么都不会谈起，也许会说一些非常可怕的话，也许是轻声耳语跟孩子们解释。随便吧。

我正在失去你。

是的，我知道。

第二天，一切又恢复正常，好像什么都没发生过一样。我在海里游泳，汤姆在沙滩上晒太阳，艾弗在附近玩。气温就像是吹风机开到最低档，吹来温暖和煦的风。现在海水还没开始涨潮，温度和海面差不多，只不过面前有大片的棕色沙滩作背景。温暖的空气几秒钟就把我们身上的水晒干了，空气和海水交替拍打在我们身上，让我们看上去就像根本没有被水弄湿一样。我和玛莎、莫在海水中齐头并进，三只脑袋露在海面上。突然，我用余光看到第四个人的身影，是个小孩，距离我们非常近。我很惊讶，什么时候冒出个小孩，我怎么没注意到？他看上去有一张滑稽的脸，头上像是戴了一只黑灰色的帽子，我细细看了看才认出他来。是一只海豹。它像人一样伸着脖子把头露出海面，肩膀在海浪下一起一伏，此刻，两只无辜的大圆眼睛正望着我们。我忍不住大笑起来。小海豹的狗鼻子和胡须颤动着，朝玛莎游了过去，一双黑色的眼睛闪闪发光。我们四个在海里一起游泳实在是太开心了，就像四个意识相连在一起的人，只不过其中有一个是替身而已。不知不觉，小海豹消失了，它可以在海里无拘无束地遨游，远远地将我们抛下。我们在附近水域里搜寻，希望能看到它的身影。

16

今天医院的人比往常多了一些。有时候这里几乎一个人也没有，但这种情况不常发生。今天没有什么特别，但是，你知道疾病的欲求总是难以满足。

艾弗早上6点就醒了。我无法改变他这个习惯。在他这具白色瘦小的身躯下，隐藏着一只倔强的时钟。他眼睛还没睁开就跑出房间，好像有一群看不见的黑夜精灵追在屁股后头一样。然后，他一头扎进我的床上倒在我身边，小身体扭动着，脸上带笑，特别舒服的样子。这个永远停不下来的拉伸动作长到让你怀疑他还要不要睡觉。他到底还让不让我睡觉？这还只是个前奏。他开始蠕动，然后不断滚动翻转身子，用他的小脑袋在我头边蹭来蹭去，就像是一头犄角发痒的小鹿在挠痒。最开始动作比较轻柔，慢慢地，越来越使劲儿，他的爪子、脚趾头、尖锐的手肘全都用上了，他整个身体的重量都在折磨我。光靠近我还不够。为了更好地探索我身体里的秘密，他一定要钻到我身上，在我身前凹出一个适合他藏起来的坑位。虽然和艾弗一起躺在床上是很美妙的事情，但现在我真的需要更多的睡眠，所以，每个早晨我都在与艾弗玩耍和睡觉之间挣扎。在床上我是艾弗和汤姆之间的缓冲区。睡眠对于汤姆而言更加珍贵，但每次汤姆都难以避开艾弗的骚扰。每当这个时候，趁着起床气，我就会毫不留情地把艾弗从房间里拽出去。我连牙也没刷，在7点钟把早餐送到艾弗面前。每天早晨如此循环往复。

早上9点半，做事利索的生理支持护工玛丽已经拿着文件夹和汤姆的拐杖等候在门口了。她的文件夹里放着上个礼拜的治疗记录，拐杖是三天前按汤姆的身高定做的。玛丽的出现让我们很意外，因为预约的时间通常不准。不过，玛丽能准时出现的确是个惊喜。上午10点，珍妮和她儿子亚历山大也到了。亚历山大是一个七岁的小男孩，他性格宽和，和艾弗也是好朋友。他有枪、炸弹，还有其他方面的知识。现在学校放假，亚历山大和其他一些小伙伴约好了过来和艾弗一起玩。于是，我们这些大人们也被收进了他们的队伍。珍妮烤了一个非常漂亮的馅饼带过来，我们围住馅饼赞叹不已。

既然大家已经到齐，我也可以出门处理其他事务了。今天，我的任务是去伦敦图书馆和苹果店。你无法想象我走得有多快，简直不可思议。我就像一束制导的激光，飞驰在各条街巷之间，你几乎看不清我，那些监控系统摄像头也捕捉不到我。我可能突然间偏离主路，瞬间改变路线，12点半我已经全部搞定回到家里了。查尔斯带来了午餐，玛丽已经走了，所以我们现在有六个人。

下午两点，F博士也出现了，他过来取汤姆的血样，同时也聊聊近况。F博士经常来我们家，这着实让我们吃惊，不敢想象这个城市竟然还有家访。作为一名全科医生，他的确是个榜样，把医院治疗和家庭治疗结合得很好。汤姆现在还处于迷糊状态，一般下午的时候他的注意力会差一些，比较难以集中。其他人都出去了，查尔斯在家里，珍妮带孩子们去公园了。下午4点左右，出院准备服务团队的露丝也到了，她过来测量浴室尺寸，以备安装浴室扶手。露丝总是一副可爱又慵懒的样子。她手里拿着卷尺就像其他人从来没见过卷尺似的。需要测量的时候，她就朝着要测量的东西挥舞着手里的卷尺，就像是拿着魔杖施法，但从来没见到她弯腰检查数值的精确性。她用一只红色记号笔在瓷砖上画了几个红叉，随便做了下记号。露丝过来的时候汤姆正好在睡觉，所以没有见到。亚历山大、珍妮和艾弗回来的时候，艾弗也已经睡着了。

下午5点，鲍勃过来了，他来安装我上午买的声音软件系统。正好汤姆睡醒了，他俩一起弄了一会儿也没有成功，不得不给位于中美洲的客服部写邮件，当然，并没有抱太多期望。珍妮带着亚历山大走了，剩下艾弗一个人在看电影。快到7点的时候，理查德过来给我们送画，这幅画是一位艺术家朋友还的债，他以前向我们借过一笔长期款项。因为他第二天就要动身去意大利，没时间亲自过来。

艾弗已经玩累了，脾气开始变得有点暴躁。我坐在床上给他读故事书，不过，心里真想把他扔给楼下被声音软件系统搞得一团糟的汤姆。门铃响了，是蒂姆过来打招呼。每天下午7点半，蒂姆都会过来小坐一会儿。现在他加入了软件折腾小组，然后是给艾弗读故事书，于是艾弗又收获了另一个更加有趣、有滑稽口音的故事。没多久，蒂姆走了。10分钟后，玛丽安过来了。晚上时，她是我的替班。玛丽安忍不住跑到二楼去看艾弗，于是艾弗又听到了另一个故事。艾弗是个让人难以拒绝的孩子，不断地腻歪你、诱惑你。我出门办了点事情，具体什么事情已经记不清了，回到家已经是两个小时之后。玛丽安也走了，家里又只剩下我们仨，一个已经睡着了，已经是夜里10点了。11点过后没多久，我也准备去睡觉了。只剩下汤姆独自醒着，准备完成一些工作。

17

论科技如何改变疾病（1）

这封邮件是汤姆第一次借助 Mac 语音识别软件发给我的。虽然有很多错别字，但这是一次胜利的宣告。汤姆、蒂姆，还有我对机器声音的友好语气都很满意，期待能有更多惊喜。

> 亲爱的朋友们：
>
> 　　团队④和我一起终于搞定了这个语音软件。它真的很棒。不过，我们还是需要一点帮助。它是只读存储（ROM），我不是说错误⑤，我也不是说它一直有杂音，基本上，它发出的声音已经接近我的声音了，但是我还需要更多一点，好的再见，他喜欢垃圾容易的目标……
>
> 　　爱你们。

论科技如何改变疾病（2）

我们都在客厅里，汤姆在试着写篇文章。他工作的时候，大部分时间都非常安静，一言不发，但是，当遇到他不知道如何拼写的单词或短语时，他就会大声读出来，然后电脑会自动转换成文字。这并不很顺利。

在我看来……

基本上……基本上……极……贝……塞……

---

④ 应为"蒂姆"，Team 和 Tim 发音相近。

⑤ ROM 和 wrong 读音相近。

呃……更多……更多……

已经……享受……享受……享受……噢，看在上帝的分上……
享受。

汤姆戴着耳机，大声说着，并且注意带重音。每次重复的时候，
他都会比上一次更大声。我还不太能习惯汤姆这样讲话的方式，忍不
住在想他是不是在跟我说。什么是爱？

重复……重复……重复……重复……重复……

论科技如何改变疾病（3）

我在楼上，汤姆在楼下写东西。他给我打电话。"但同样"怎么
写？他说。我发邮件写给你，我说。于是我发了封邮件，标题就是
"但同样"。但是我发出去之后汤姆没有立即收到，他有点着急，不想
等，又给我打了个电话。于是我又给他发了一条短信，内容是"但同
样"。随着一遍遍重复，单词也开始变形了。"担同样"，"旦同样"。
虽然我的确知道怎么拼写，但现在连我也不知道这是什么意思了。虽
然汤姆想不起来怎么拼写，但他知道含义。终于，我听到楼下传来的
仙乐般的声音：谢了。我俩都没有从椅子上挪动过。

论科技如何改变疾病（4）

少了一个字母P。我们在读乔治·佩雷克的小说。汤姆正试图写
下名字蓝·皮特。他写出了蓝，但是，他想不起怎么拼出皮特的P。
P，通心粉（pasta），桃子（peach），梨子（pear）。该死的，到底
应该怎么描述P这个字母才对？汤姆从来都不会动怒，他总是非常有
耐心，尽管我们的对话一直重复围绕着错误的字母和单词。我也几乎
不会动怒，但这是因为我能说出更多的单词。我听到自己的音调在升

高，徒劳地给汤姆解释P的拼写。

用这种方式去找到一个单词是非常耗费精力的事情。对于一个局外人来说，完全是无法攻破的迷阵。我们究竟在解决什么问题？我们到底在做什么？这些都不清楚。*让我自己来试试吧*，他说，意思是，不要给他看单词的第一个字母是什么。他的电脑上贴了一条胶带，上面写了字母表。其实，只要给他看一眼就能解决问题。*V.T.S……不对。你知道国际字母的代号吗？P是爸爸（Papa）？也不对。*他想不起来对应的代号，也想不起P。然后，他完全沉浸在他自己的思维里，在谷歌搜索里输入儿童电视节目标识。他知道蓝·皮特的双重含义，既是一个电视节目，同时也是一个海事信号。*蓝·皮特！成功啦！*汤姆一定要找到蓝·皮特这个单词，是为了写一篇关于萨恩勒丹在1662年创作的一幅题为"圣玛利亚皇家教堂西前侧，乌得勒支"的油画的文章。这篇评论最后如期完成并给了出版社。

一天只有这么长时间。在有限的时间内，你得照顾艾弗，找单词这事几乎把其他所有事情的优先级都往后推了。我们不再关注外部世界、政治、人文灾难、谋杀案、科学突破。在智利，一群矿工从一个像卫生棉的管道里被营救出来。除此之外，整个世界只有我们仨。

18

医疗人员来到我们家里。刚开始，他们来得很慢，分批过来，但是从来没有间断过。后来，来的人越来越多，甚至家里都装不下了，只好到外面去。这些人是负责医疗看护的，这有好处也有坏处。

每个过来的团队第一次见面总会带一份许多页的问卷要求我们填写。汤姆面对这一大摞问卷的乐观表现实在是让我吃惊，因为大家都知道他非常容易厌倦，这些模式化的东西尤其让人生厌。他可以以讽刺的方式对待这些表面文章，但是他选择不这么干，而是非常礼貌友好地接受了这些治疗师、理疗师、社工们的要求。我开始明白了，让一大群人到家里来帮助我们这个事情本身就是在自找麻烦。我们当然需要帮助。虽然我们家情况有些特殊，但并不代表没有人可以理解和提供帮助。我们是一个身处于危机之中的家庭，国家可以通过标准程序介入，来影响到我们这样的普通家庭。可是，一定要通过让陌生人来我们家这种方式吗？这种人不清楚病情的分量和我们的感受，他们怎么可能照顾我们？我不知道该如何去思考这个问题，所以我暂且不愿想它。

这些医疗服务人员成了我们家故事的新听众。究竟这些喋喋不休的谈话什么时候才能结束？虽然汤姆常常拿他自己的病情开玩笑，但他对此依然乐此不疲。那我呢？汤姆大脑的变幻莫测，口头表达的错误和缺失产生让人难以理解的跳跃，Mac语音识别自动转译的短语不总是准确的，有时候听上去会比较冒犯。汤姆总是不断地寻找聪明的办法绕过那些表达困难，但是，不管他再怎么聪明，那些难以表达的内容总是源源不断地出现。有的时候，你真的很难避免说错话，或让你想表达的意思不偏颇，被听众误解是常有的事。汤姆是个和自我大脑周旋的高手，他清楚自己在做什么，什么时候该放弃尝试，缩在椅子里安静地坐一会儿。那个在黑暗角落里的对手——大脑——越来越强大（意味着更糟糕）：更加离谱、更加无情、更加狡猸。Quicksilver®在转译速度方面并不是那么令人满意，在单词搜索处理速度方面，像迷雾、暂停、拖延、编织、摸索这些词汇比较容易识别，因为发音都比较清楚。但是有时候，它会输出一些莫名其妙的替换词，有些表达比较复杂的时候，转译的精准性也不够，不管怎么说，这个软件还是很有用的。

马丁是我们的职业治疗师，他的风度、肢体语言、幽默感和营造和谐关系的能力都给我们留下了深刻的印象。他一般会问的问题是关于走路、理解、吃饭、讲话、吞咽、穿衣、上厕所、精准的移动动作、汤姆如何写作等。他总是要尽可能多地了解细节。听汤姆向马丁拆分细述自己的一天，让我想起了理查德·斯嘉丽的《最棒的单词书》，这本书是艾弗的最爱，也曾经是我的最爱。我特别喜欢的两页描绘了一只熊的穿衣和吃饭，里面包含了一个普通美国人早晨起床后要经历的所有元素：裤子、拖鞋、牙刷、枫糖、华夫饼、高高兴兴地照镜子，非常简单明了。如果重新学习单词有障碍的话，这本书是有用的参考。但是，现在最重要的问题不是重学单词，而是康复。

渐慢，渐慢，渐渐慢。汤姆爬楼梯的能力下降并不是循序渐进式的，而是"厚积薄发"。通往顶楼卧室的楼梯既不规则又陡峭，我用耳朵估算着汤姆每次落脚的停顿变得越来越长。房子的托梁和木质结构承重后发出的吱嘎声更放大了他爬楼梯的困难。这种声音已经听了多少个月了？尤其是汤姆跟着我上楼时，我已躺在床上，而他还在爬楼梯，那种声音变得更加刺耳。如果艾弗没睡着的话，我想他应该也听得很清楚。我的心在剧烈颤抖。我感到头脑充血。我就像是一只被施了毒药的动物，知道自己气数将尽，随时准备跳出来进行最后一

⑥ Mac电脑的一款工具，能够通过缩写词快速找到所需内容。

搏。他能上得来吗？我的心头又一紧，心脏都要跳出来了。就在楼梯最后一阶的拐弯处，声音最重的那个脚步落下，我的心这才放下。他总是能爬上来的。他没有摔倒。只有他自己提出时，我们才可以去帮他，只有当那一天要来的时候，我们才会在楼下给他准备一张床。如果我明白汤姆缓慢爬楼梯的意义，那么艾弗也明白。我从来不会低估艾弗的智慧，如果我低估了他，结果总是证明我错了。

马丁所在的团队给我们家带来了浴室扶手、洗澡座椅、床面起降把手。他细致地教汤姆如何最大化地利用他的身体力量。比如，马丁会躺到我们床上给汤姆演示如何省力地从床上爬起来。汤姆尝试了一下，可是他完全做不到像马丁那样，并且他觉得这个姿势很搞笑。于是，汤姆给马丁演示他自己的创意起床动作。他先是躺在床上双腿弯曲，双手紧扣在一起就像是抓着岩石表面上的求生绳索，然后以脊柱为支撑，剧烈地晃动身体，通过意志和动力惯性让自己坐起来。我已经在很多个早上目睹过汤姆这样起床。汤姆的这个方法非常怪异，马丁从来没有见过类似的姿势。于是他自己也试了一把，结果没有成功，他自己倒大笑起来。然后我又试了一下，惹得他俩都大笑不止。在悬浮着灰尘颗粒的阳光下，我们一次又一次重复着荒谬的排练。**动作1：从床上爬起来。**

我们的房子不是平房，而是一幢有三层、包含三段楼梯、共含38级台阶的房子。当初我们买下它的时候，幻想着最顶层是汤姆的书房，他可以专心写作，中间一层是厨房、客厅和我的三张沙发栖身的地方，地面一层则放置其他的书，艾弗和他的玩具一起睡在这里可以不受打扰。我们三个人每人拥有一层，多么和谐。但实际上，艾弗拥有最顶层，中间一层，还有地面一层，我们只能在他的领地边缘寻找落脚的地方。

现在已是下午两点了，汤姆的语言表达还很不错。通常，这个时间段是他说话最糟糕的时候。汤姆非常开心有马丁的陪伴以及他的各种提问，他也很高兴他俩的交流不再限于对他病情的关注。马丁也为汤姆进行身体按摩，我已经目睹了很多次。使劲儿推我的手，用你最大的力气去推。往你的方向拽我的手臂。你能摸到自己的鼻子吗？然后能摸到我的手指吗？很好，非常好。用你的大拇指按顺序去触摸每一根手指。可以把你的眼睛拧紧吗？很好，非常棒。我想，有一天，你可能无法再用一根手指触摸到其他手指，它会在空中颤抖盘旋，你也可能无法用手指摸到自己的鼻子。我可能会目睹汤姆的这一天，但是，我不希望看到。

除了马丁和社会服务团队之外，朋友们的聪明才智也为我们的生活出了不少力。我们家的日子在继续向前。房子里各处安装了扶手，方便汤姆自由移动。不过，从一楼走到顶楼的卧室对他来说还是相当辛苦。他的手臂缺乏力量，带不动身体，他的大腿也很难迈开步子走上台阶。卧室的房门上还需要安装一个把手，并且房门需要重新加固，以保证可以承受他的全身重量。这些改造都非常复杂，不过，我们的进展比想象的要快。约翰带来了他的工具箱，仔细研究房子里的所有楼梯——最顶上的楼梯、大厅里的三级台阶，还有床的高度。汤姆和约翰检查了每一个光源点，修理了那些坏掉的，并且在每个光源点周围都安装了一个把手，就像是季节性登山运动员经常用到的活动锚。房间里所有可能的障碍物都需要被找到并尽快解决。动作2:进入卧室。作为基本的生活实践，这是非常必要的，否则的话我们会跌倒。当我说我们，并不是指我或者约翰，虽然我们知道，这些解决办法都是暂时的，这些改造都有时限性。同时，随着问题会进一步恶化，解决办法将变得多余。

日子一天天过去，有时候，研究某个办法会花费掉我们两周的时间，最后搭建好后，实际只使用了一次。还有一次，我们花了整整一个礼拜解决某个细节问题，直到要动工的前三天才发现无法实施。我们就像生活在高通货膨胀中，我们每天都要付出加倍的努力，然后第二天再加倍。所有的努力看上去都很愚蠢，但我们只是加倍努力。我打电话花大价钱让人来家里安装楼梯升降机。汤姆很喜欢，这对他上下楼有很大帮助。即使是三个月之后，升降机对他也是有用的。

我们小心翼翼地保持着生活平衡。世界是我们的支点。在这些动荡的日子里，社会服务保障计划提供的后勤支持对我们的帮助很大。从一个旁观者的视角看，我们现在的处境看起来肯定非常危险。并且，我们正在滑向灾难的边缘。我看见它正在逼近，但我依然像梦游一样，对它视而不见。我所听到的各种关于它的言论都不过是兜圈子，毫无意义。*我们必须要做点什么，我没有其他办法，你需要帮助，没有什么解决办法，我们必须要做点什么*……

汤姆被安排了几个家庭看护，他们每周来家里三天，每天三次。我家门廊上安装了一个密码锁，这样，这些看护也可以自由进出我们家。我努力错开艾弗和这些看护在家的时间，因为这不会是什么美好的体验。但想想就知道这个计划不太可行。预约了看护的日子里，我都会把艾弗送到托儿所去。除了制服不统一外，他们在任何事情上都没有一致的标准。他们让我担心的事情成指数级增长。在30分钟的时间内，我们必须了解他们，他们也必须同样了解我们。如果说所有的病人都是鱼的话，那么这30分钟就是喂鱼、清理水箱的时间。根本没有时间让这些看护了解汤姆真正的需要是什么。按照看护引导流程，我们被当作白痴一样去遵守上面写的条款。第13点：把病人安置到电视机前。这是在编故事吧。

对于到家里来的一些看护，我特别喜欢，对她们也尽可能热情，比如克莱尔、芭芭拉、尤素福。但是，我从来都不知道他们下次出现在我们家会是什么时候。整个看护体系里充满了不安全感。我无法深入了解他们的个性特点，不知道他们下次还会不会来，也不知道为什么本应该过来的人却没有出现。唯一确定的是，这些看护普遍缺乏专业训练，也缺乏耐心。这项看护计划的本意是让我从看护压力下解放出来，让我拥有更多自由的时间，不必被捆绑在家里。但事实上，我必须坚守在家里，因为我是防止这些看护乱来的最后一道防线。

加入看护计划的第二个礼拜，我打算取消这项服务，我实在是忍受不下去了。它会把我们整疯。在汤姆生病以来的这两年时间里，维持自主自决的尊严一直是我们最珍视、最宝贵的原则，并且我们也一直是这么实践的，这个规矩不能破坏。虽然我们仍然是坚不可摧的，但是，现在我们的核心原则受到了打击。这层打击不是来自癌症，而完全是人为的影响。一个看护大声地和汤姆说话，就好像他是耳朵不好使的老年人一样；一个看护根本没有注意到"不要把汤姆叫醒"的门贴提醒，还是去把他弄醒了；有个看护甚至不知道汤姆的名字；一个看护在离开我们家的时候用力地摔门，弄出很大声响，她出门的时候根本没有检查门是否锁好，结果那天我家的大门就这么敞了一天。

我在楼上，但要经常跑下楼去拿点东西。灯光映照在大厅里，光影斑驳，我走下去时感受到一阵微风迎面扑来，整个人都清爽了。不知不觉中，秋天已经占领了大街小巷，树叶婆娑的凉荫铺满道路两侧。到处都是一片迷人的景象。我们总是想法子应对遇到的每个问题，但无法预见的未来越来越庞大，越来越无法掌控。现在，我看见了它的真容。如果没有我，也总会有人承受这一切，或者汤姆可能会独自一人面对。我们的生活掺入了异物，遭受了打击。我感到头重脚轻，忘记了饥饿。我们所有的脆弱都挤在门厅里，迅速填充每个角落，就要把我挤出去了。空气在闪烁，显示着它的生命力和存在感。阳光吮舔着墙壁，慢慢地沿着地板向我靠近。房门是我们和世界的边界，现在，我们和外界之间没有任何阻隔。

第二天早上我醒来的时候，透过眼角看到一阵白色的闪烁，我没法让它停止闪烁，然后，远远地，我看见白色闪烁炸裂开来。

19

我和其他几个朋友一起去小区花园散步，汤姆没有和我们一起。我注意到一种现象，每次有人到家里来看望汤姆，他们会陪汤姆待一段时间，然后到某个时间点他们会示意希望和我单独聊聊。正如他们说的，不管花多少钱，他都难以有太大的好转，反而让他疲于应对。对于这种善意的评论和建议我已经见怪不怪了，虽然感觉像是一种背叛。渐渐地，我成了汤姆的代言人，我没有他的大脑和思考，所以我是个彻头彻尾的骗子，那些企图通过我来和汤姆交流的人肯定会失望。

小区花园曾经是公园高处那座老房子的苗圃。直到现在，花园的部分围墙还是当年的砖墙，有4米高。花园也基本维持了苗圃当年的格局，曾经的玻璃罩、温室、花园小径、果园都还保留着。过去的二十多年里，一批志愿者一点一滴地将这里重新设计修缮，留下了利他主义、无政府主义、长期共同利益、改造失误，以及无数双改造之手的印记。花园里随处可以了解到丰富的园艺知识，所有植物花草的生长都放纵不羁爱自由，颇具波西米亚风格，每一簇都长得相当茂盛，而且挤作一团。

花园外面，公园的草坪已经被修剪得整整齐齐，和里面杂草疯长的景象形成鲜明对比。这个下午的天空是青石板色的，马上就要下雨的样子。天空和被笼罩其中的墙体的颜色充分混合，色调饱和。大瓶的蓖麻酒里泡着红色和黑色豆子。每一个角度都难以看清全貌，每一条小路都不是笔直延伸而是迂回蜿蜒的，每一处边缘都装饰着瓷砖、罐子、砖块、石块、贝壳、木头和其他不知为何的东西，没有一处景色是重复的，没有一条线和另一条交叉。公园里的标记都是用记号笔写的。"工艺品"的标记是颠倒着写的。黄瓜藤顺着温室的屋顶非常写意地向四周舒展。黄色的南瓜花、葫芦藤、潮湿的草垛、玉米、各种辣椒苗，这些都是当地人的骄傲。这么美丽壮观的景象，自己以前怎么没有注意到？果园里有老梨树、枸杞、木瓜树、苹果树，还有其他很多说不上名字的水果。在一片神奇的地方，我们发现了一座给跑步者搭建的旅行帐篷营地，帐篷的绳子和靠近的树枝混乱地纠缠在一起，一直垂落到地面。一些绳子上还挂着银色金属罐头盖。潮湿的晚风中夹杂着白天游客折弄的草木气味。我们在野生种子区的池塘边找了几块木板坐下，这片区域有大约两平方米，上面密密麻麻地生长了很多种植物。所有的一切都在疯狂生长，黄的、红的、树皮、瓷砖、黑的、罐子、木板。我失神地望着眼前的景象，思绪完全不知道跑到了哪里。可是，我又的确记得这里的每一个细节，仿佛我不过是在通过我的身体为另一个人观察记录这里的一切。

用眼睛看见，用语言沟通，这二者缺一的时候会怎样？我和汤姆之间，已经维持了将近十年的婚姻和更长时间的友谊，我们所有的记忆都包含这二者。看见，即把正在发生的事情存储在大脑里，然后等待被重新描述、加工、过滤、审查，再转述给其他人听，准确地说是给我的另一半听。这种活动并非是我有意而为，当你不断重复着这么尝试后，这种事就变得非常自然。不管是平庸、美丽、无聊，都无所谓。我们两个一直这么互动。当我们分开的时候，这是我们让对方了解彼此生活的办法。我相信，其他夫妻之间也多多少少这样做过。我们不一定每次看到什么就立即让对方知道，可能会推迟到很久之后，因为中间又会有些无足轻重的细节冒出来，比如说一盒坚果礼物、一盒脆片、一团揉皱的纸、一捧羊毛什么的。这些小礼物都是比较随意的，并且你不可能拥有太多。汤姆很喜欢收到这样的礼物。它们不值得被人津津乐道，也没有什么特别，但它们让他感知到妻子生活里的点点滴滴。

看准时机。我在小区花园里看到了这句话。你能讲述的世界就是你所感受到的世界。复述反过来也是一种亲密的互动和愉悦。这种习惯已经深深地刻在我的肌肉中，可是，在不久的将来，我将没有人可以讲述。那会是一种什么样的体验呢？

20

我注意到，我们已经有一段时间没有好好说话了。有多久？一个小时？这可能还算正常。有时候，你只是不想讲话。

关于说话，除了一般性的问题之外，还有该说些什么的问题，比如有些什么新鲜事，详细描述发生在我们身上的灾难。汤姆之前答应过会和艾弗好好地谈一次，但是他一直没有这么做。我曾尝试给他制造机会，但这件事情我无法越俎代庖。或许汤姆不能也永远没有机会和艾弗这样谈话，所以，我必须承担起这个责任。汤姆在给艾弗读睡前故事时很难清楚地发音。**快上场去**，他对艾弗说。其实，他的意思是快上床去。我感到艾弗需要学习我和汤姆的另一个版本的沟通语言，这样他就不用依赖我的翻译，能够更好地和汤姆沟通，去体验另一个微妙的、需要逐渐适应的、并且有明确线索的故事。这个故事会如何发展，对他来说是否吸引人，我不能确定。但是，可以肯定的是，这个故事和写在艾弗的故事书上的完全不一样，没有幸福的结局、没有道德洁癖、没有节奏韵律，但画面丰富。因为我们总是在制造各种图像。我拍了好多照片。艾弗躺在汤姆的肥肚子上。艾弗用勺子舀谷物早餐，汤姆坐在他旁边喝茶。我们三个像往常一样挂空挡在公路上滑行。我感觉我们这两个大人必须足够聪明、有勇气，才能想到某个版本的故事能帮助艾弗去理解这些复杂的事情。但到目前为止，我想错了。

我意识到自己依然在幻想，在汤姆完全无法沟通之后，我们还能找到一种聪明的办法进行某种意义的交谈，可以绕开所有语言、口头、书面的限制。这如何能够实现？上挑的眉毛也算是一种沟通信号吗？还有什么可能的交流模式呢？触摸、叹气、笑声，可以吗？我们对对方都有很多期待。我们之前使用的那些沟通工具已经逐步不好使了，所以，我们必须采取这些可怜的、片面的办法，或者从零开始创造新方法。

沉默使人更加感到压力。汤姆越来越难以找到词汇去表达。我们度过了一个社交活动频繁的周末，我看到他热切地想要跟其他人交流，他的讲话时而流畅清晰，时而混乱停滞。当他和我在一起的时候，他需要养精蓄锐，这意味着他要保持安静，我没有机会和他说话。我明白每一次对话的意义和代价，但我还是感到嫉妒。最奇怪的是我居然也不小心说错话。"木材"说成了"麻柴"。*艾弗绕着公园的麻柴走。*我注意到当我说太多的时候就容易说错。这是一种自动的共情反应，就像我总想模仿跟我说话的那个人的口音。

自从第二次手术之后，尤其是最近这些天里，汤姆变得愈加内省。家里的空气中弥漫着一阵更深的沉默。我们在一起的互动比以往更加迟滞。当他在我身边的时候，我却感觉他不存在一样。但是我没有数据，无法去测量这种感觉的深度。他今天是否比昨天更加沉默了？是他先开始说话的还是我先跟他说话的？他独处的时间是不是越来越长了？自从他上次开口说话有多久了？现在有什么可聊的吗？

这听上去不可思议，但我已经成功让自己转型成为沉默侦探，懂得去研究我们之间每次谈话的模式和谈话的间隔。对于其中的变化我非常敏锐，只是缺乏一个敏感的工具去记录。我拥有许多经验数据，却无法科学地解释它们。如何区分可忍耐的安静和放弃谈话？如果目前的氛围无法改变该怎么办？汤姆和他的大脑是一体的。这意味着，他和他大脑里的肿瘤是一体的，他们已经共生了将近两年时间，彼此非常熟悉了。对于汤姆的细微变化，我就像感受自己身上的变化一样敏感。我感到生气。他怎么敢从我身边消失？为了支持他，我必须要求得到一些回报，而我要求的仅仅是他的陪伴而已。我感觉自己这个想法有些白痴。但是，这种沉默对我很残忍，并且仿佛是针对我个人的。这对我而言又是一种打击。我花了好几天——这并不长，真的不长——说服自己接纳了他的内省、孤独、分离是脑手术后的正常表现。他能享受大脑中的宁静，也是一件好事。

我的手机短信草稿箱里一直保存着一条短信。短信里这样写着：

一切都好？X。当我不在汤姆身边的时候，我每个小时都会给他发这条短信。他的回复通常是X或者很好。尽管我已经在努力克制自己的担心，但每次在家里看到汤姆坐着或朝窗外凝望时，我总是会问一句：*你还好吗，甜心*？话一出口，我顿时意识到不太妥。曾经，汤姆最喜欢这么问我。思考。安息。再生。有一次他甚至专门写了一篇文章，标题就是赞美*静坐在我的房间*。*我在思考*，他写道，*我不过是在思考*。我必须让他做他想做的事情，我必须让他成为他自己。

寡言也可以变得精致。原来，当我们实在没什么可聊的时候，汤姆总是能找到话题。汽车里是绝佳的环境，我们两人安静地并排坐在一起，真是一种奢侈。晚上，我们从外面开车回来，我把车停在房子外面。我打开车头灯，我俩就这么安静地坐了一会儿。如果当时下雨会更好。你可以看到路边的白桦树皮反射的光线。当我把灯关掉的时候，那棵树的形象依然清晰地出现在我眼前，那优雅光滑的白色外表就像一条直线。我们依然坐在车里，一句话也没说。开始下雨了，雨点敲击在车顶上。道路隐没在黑暗里，这个景象是如此接近，如此熟悉，仿佛也带走了我们的思绪。我们活在真实的时空里，我们现在就在自己的车里，这是我们家外面的街道，这是我们生活的地方。

21

化疗室里最常见的是病友家庭之间的"同志"之情，但是今天我们估计错了。今天是第一次遇到反例。我们让其他人感到不安和抓狂。坐在我们对面的一位穿着皮革的女士和她沉默的丈夫并不喜欢我们。他们在我们之前就到了化疗室外，打扮得就像是皇家艾尔伯特音乐厅的常客，手里拿着报纸和矿泉水，很有经验地提前过来占位置。我们明确地表达出不满，但这还没结束。大多数情况下，我们会在家里吃好药再出门，到这里，在这里坐着，等待，用生理盐水冲洗，但今天出了些状况，化疗仪出了些问题。汤姆感到比较疲劳，心情也开始不好。在一天当中的这个时候带他出门是最糟糕的，我们一大早被叫到这里来，但一直等了一个半小时，运送细胞毒性药物的小推车才过来。化疗室的工作人员人手短缺，因此，各种事情的时效性都受到影响。

一名借调过来的护士笑盈盈地朝我们走过来。哎呀，你看起来很累，她声音明亮地对我说。我已经在这里白白等了一个半小时了，我还等着回家接儿子呢，今天是我的生日。汤姆从不抱怨，他不认为这么做有什么用，但这么多年我学到了一些直接表达的艺术，并且越来越精通了。那位笑盈盈的护士开始不停地对我们重复，你们有线吗？你们有线吗？线？她指着汤姆说。我俩都很困惑紧张，就像是过海关的外国人。汤姆要求对面的夫妇把音乐声音关小一点，这样他才可以听清楚护士的话。这音乐多好听，你怎么会不喜欢听……那个穿皮革的女士发出一阵嘘声，继续玩她的填字游戏。过了没一分钟，她又以一种缓慢又慎重的腔调对着化疗室里面说，再也没有比听不到收音机更坏的事情了。我看着她。你想听就自己去调大声音，他听不见护士说话有什么关系。她没有回答，眼神回到手中的报纸上。真是对牛弹琴。他们的目光再也没有和我接触。这就像是坐上一趟长途汽车，但是乘客都晕乎乎的，大家都坐在这里，但心并不一定在这里，而是在其他地方，总会有些无聊、尴尬和小冲突。

房间里人来人往，我们一直对那位穿皮革的女士视而不见。一个坐在角落的男人一直在盯着我。我和他对视了一次，便移开了目光。此刻，他正怀着浓厚的兴趣看着我，就好像一个昆虫学家在看一只甲壳虫。没有看我们的时候，他好像是在睡觉或者休息。他的头向后倾斜，但当他警觉的时候，他那双灰蓝色的眼睛就会盯着我们。他应该超过65岁，白色衬衫熨烫得一丝不苟，衣袖在手肘部位向上挽起，有一条线——现在我明白护士的意思了，这根线穿过他放在双膝上的枕头。他也许也是这里的常客，但他很安静，手里没有拿书，也没有拿报纸。我们这边的小骚动似乎是能引起他兴趣的唯一亮点。他的头发暗黄，比他身上的衬衫颜色还要黄一些，脸色苍白。

为了分散注意力，我坐在汤姆身边，放低声音在他耳边为他读诗，收音机的背景音已经被调小了很多。我给他念了托马斯·哈代的一篇平庸作品、威斯坦·奥登的《罗马的衰落》、一首拉金的作品，还有其他的一些。今天的确是我的生日。虽然我并不是特别在乎过生日，但今天的经历没有比平时好到哪里去。

1865年，摄影师爱德华·福克斯拍摄了两张照片，把它们放在一起就形成了强烈对比。一幅是《冬季的板栗，巴克斯泰德公园，萨塞克斯》，另外一幅是《夏季的板栗，巴克斯泰德公园，萨塞克斯》，完全是从同一个位置进行拍摄的。在两幅作品的中间，原本还有另外一幅作品，但已经遗失了。这幅消失的作品很可能记录了冬到夏的转变。

一棵树需要多长时间才会掉光叶子？这能不能成为记录的一种表现形式？大约从8月的中下旬开始，就进入了夏季末期，树叶开始掉落。但是，树叶掉落的快慢和树种有关。对于肯宁顿公园里生长在人和狗大本营之中的榆树来说，它们的根部渗入排水管道，每一片树叶的血管和关节都能吸收营养，它们叶子掉光的平均速度会怎样？相比一株生长在新罕布什尔州塞尔伯恩的老橡树，站在高高的原野上，暴露在风和猛烈的气流中,这些榆树的叶子会不会掉落得慢一些?每一株树要花费多长时间才能脱落全身的叶子,展露出自己的骨骼轮廓?有办法进行跟踪吗?

树叶依靠自身说话和发声,悦动时发出兴奋、尖叫和噪音。你觉得它们掉落下来需要多久?我想知道。我明白这里面有很多影响因素,比如说异常情况、风、天气、疾病、干旱、季节性变化等等。但是,你如何能够注意到第一片树叶掉落的时刻?谁会去记录?当叶子飘落下来的时候,谁会上前接住它?这不是一片普通的调皮的叶子,而是一个信号,真正的变化来临的信号。秋季,秋天,已经来了。它随着我们一起,从今年的8月一起进入秋天。

回到家之后,我和汤姆聊了很长一段时间。聊天是我们最喜欢的休闲活动。我甚至都没有意识到,现在他还能跟我聊这么长时间,真是难以置信。我们坐在沙发上聊天,用书本把沙发调高,这样可以方便汤姆起坐。放在最下面的是最厚的艺术书籍,包括乌菲齐美术馆和皮蒂宫作品全集,还有赫米特博物馆、梵蒂冈、卢浮宫、国家艺术画廊、奥赛博物馆的艺术书籍。这些书排列成了一道"博物馆路障",每一本书都有12厘米厚,这样艾弗就没法躲在沙发底下的空隙下玩灰尘和网线了。汤姆大笑起来。*你太棒了——你怎么这么动(懂)我。*我即便没有听懂他说什么,还是能知道他想表达的意思,有时候,我就像是他的嘴巴和他要传递的信息,可以很快地领会他的意图。这正是为何我不想让他一个人孤独地待着的原因,因为我可能会错过什么。

朋友们也不想让他生活在孤独之中。家里总是满屋子的人,保姆、帮手、厨师、来陪伴他的人,以及以防万一过来帮忙看护他的朋友。汤姆是家里的马达,着急地驱动着所有事情的进展:继续,再来。上一次出院的时候，我本希望可以休息几天，让他适应家里的环境，适应有艾弗在身边，但是他不愿意。回家的第二天上午10点，我们已经坐在书桌前开始写文章了。那是一篇有关语言和疾病的文章，我帮着他一起查笔记，猜测他的意图、查找单词、复述给他听、推敲每一个用词，直到我们找到最准确的那个为止。

现在，我想现在就要说了，汤姆说。我拿着纸和笔准备好了。我需要四样东西。他提前做好了自己的功课，在笔记本上写了单词，应该说并不是真正的单词，像是单词的拓片，成堆的字母，还有用铅笔轻轻绘制的线条。他拿出他的笔记给我看，他说不出来，但是我知道如何解码。它们是：演讲？安静但是仍然有声音？噪音？什么都没有？他表达得很准确。这四个阶段是按顺序排列的，他已经在尽可能形象地跟我描述了。

工作到一半的时候，汤姆停住了。这个肿块是什么？汤姆头上有手术疤痕的一侧长出了一个小山丘。我用手摸了摸，里面长了什么东西。几天前我就注意到他头发下面隐藏了一个小包，现在已经明显长大了。我们感到很困惑。我们一直以为头骨就像摩托车安全帽一样，只可能粉碎不可能扩展。我们把这个现象记下来，之后去医院的时候告诉了B博士。这到底是什么？B博士的手指在肿块上面快速移动，然后她轻轻分开汤姆的头发，她的眼睛这时眯成了一条缝。

22

面条，鸡肉和蒸粗麦粉，柠檬芝士和培根，猪肉馅饼，扁豆汤，三层蓝莓蛋糕，儿童即食套餐，通心粉，半只鸡，甜菜根和苹果沙拉，大黄甜品，香肠，火腿，奶酪，通心粉，水果馅饼，鱼饼，面包布丁，无花果，谢菲尔德馅饼，羊肉砂锅，烤鸡，烤苦菊，菠菜鹰嘴豆蛋挞，博洛尼亚肉酱，大米沙拉，板栗和芹菜根，鹰嘴豆泥汤，香辣鸡翅，羊角面包，牛肉炖，面包，鱼香小牛肉，焦糖洋葱蛋挞，鸭子，桃子，很多的奶酪，一篮奶油小蛋糕。

过去这两年里，朋友们经常往我们家送吃的。他们有时候会留下来和我们一块吃，但并不经常。赞美所有的食物，赞美所有带来食物的人。

23

变化多端，这正是我们家生活的特点。汤姆的意识状态变得没有规律，意识凌乱几乎是白天的常态。昨天，他的声音变得非常搞笑，我不是说他的词汇用语，而是指他的语调，听起来就像一个笨拙的卡通人物。但是今天早上他的声音又变得不一样了，不知道明天又会怎样。我不喜欢听我的声音，他喃喃地说，太难听了。我们可以针对变化做一个控制实验，科学家们甚至可以来我们家，和我们一起住上48小时，把我们连接到一个三向监控器上。我们家有一个空房间，他们可以把实验仪器放在里面。应该给我一份充分合作奖金。我可是拿过奖金的，大概在几年之前——才几年之前？——在另一段人生中，我所拍摄的一部影片得了奖。我拍摄了出资方的收藏品，把那些收藏品放在黑色的背景上，拍摄得仿佛触手可得，然后我将它们轻轻拿在手里，触摸感知，再接一段黑色的间隔。每一段间隔都像一次长快门，就像在拖动长锚转移到另一处地方。影片展现了藏品的触感和所有细节，以及包含大量单调画面的记录。但影片就是影片，没有改变什么。但是，我们的生活不一样，每天都有太多事情发生，我们的生活就是一场现场直播，没有人可以导演它的发展。

不管哪个科学家来我们家做实验，都可以记录我们一家人之间的对话和各种生活片段，比如说艾弗看着你，仔细听你讲话时流露出来的体贴认真的样子；他心血来潮时的兴奋和沮丧；也可以来拍我绷紧身子的警觉模样，同时强调我有多久没好好休息过了；还可以测试全家人一天中不同时间段的血糖浓度，追踪我们每个人的运动情况，监控我们一家人的心率一起跳动和分开跳动的时候是什么样；记录一天之中，我究竟会对他喊多少次*亲爱的，你还好吗*？并且标记一下说这句口头禅的时候我到底是在哪个房间，我的音调有多高。真的，请来我们家记录下这所有的细节吧。汤姆已经足足睡了两天，这两个晚上我都是跟艾弗睡的。艾弗的房间只有一张单人床，我和儿子睡在里面，这种感觉很不寻常但相当令人放松。这是任何一个普通家庭里发生小摩擦、小冲突时都会出现的现象。

我们家现在出现了高度的两极化。汤姆的说话能力变得非常不稳定，就像一个荒地探索者，他独自一人在那片蛮荒地带艰苦前行、寻找出路。与汤姆恰恰相反，艾弗的说话能力发育特别快，他就像是一个欢快的小工匠，带着他的工具箱，热情地学习各种语言的工艺，毫无畏惧地发挥他的想象。他们两个人都像是在悬崖边上行走，要在不断的移动中形成平衡，并且不能停步。汤姆是一个发明家、一个创新者、一个开拓者，艾弗也一样。他们俩都在成为一类人的典型代表。

艾弗的思考能力还是像面团一样，可塑性非常强，也非常聪明。小孩子学习知识的速度和能力让你无法想象。今天是艾弗进幼儿园大班的第一天。**蓝天鹅在你头上，蓝天鹅在你身上撒尿**，艾弗回家后一直自言自语。他不可以再说这些了，蓝天鹅是小班的话题，现在既然已经到了大班，他就应该不再提蓝天鹅了。新获得的信息和旧有信息的储存会发生冲突，这时候，就需要把已有的信息搁置到一边存储起来，等待将来某个时刻再发掘或使用其中的意义。

我看着艾弗在空地上玩得起劲，他正把染色的水射进竹子做成的排水沟里。他说，水在向下流，不会往上流，水沾湿他的短裤和鞋子还有衣袖。小孩子一般都特别讨厌衣袖被沾湿。我听到他说，**你有没有看见过雨的丰收？** 不知他从哪儿学到的，雨可以被比作麦穗，联合收割机里面有一个动词可以使用，语气语调可以直接表达不可能的意味等等。他只是因为好玩才玩这些文字游戏。他的视觉、智力和语言能力发展得很协调。他又在桌子上放了两个空的依云矿泉水瓶给我看，一只里面有一升水，一只里面有半升水。**这只是爸爸，这只是我。**

大脑从来都没有停止过对日常生活的管理。在我们的家庭实验中，我会要求科学家去观察一下我的大脑。感觉它就像是被煮熟了一样，形态变了。它不是很有弹性、适应性，也不聪明，不像容易揉捏的面团或是某种易拆解重构的现代艺术媒介，更像是某种人造的、已经逐步被废弃的物质，比如战争时期曾经流行的酚醛材料，脆弱易碎、易开裂、坚硬、颜色发黄，已经接近寿命的末期。

24

我的爱是神秘的，因为汤姆的语言非常奇异。与汤姆沟通的感觉和说世界上任何一种语言的体验都不一样。对于他的表达，你既能了解他的意思，又觉得相当陌生。

这天晚些时候（为什么那些人这么晚才放过我们？我都要哭了），我们试图省略一切语言，发明一种超越文字的沟通方式。我们没有多少时间唉声叹气了，但还没有笨到无法学习。大脑是双手的指挥中心，你不能像训练舞蹈团一样训练手指的移动。不，我们正在寻找的语言必须绕过大脑（想笑就笑吧）。多么聪明的主意啊，我们要靠智取。曾经有一天早上，我们俩在厨房里，汤姆计划用颜色来解释他拿走了一套塑料碟子。这个（红色）代表这只，这个（橄榄色）代表这只，这个（灰色）代表这只，这个（藏红花色）代表这只。我们相互对视，自己都觉得这个办法不太可行。你肯定明白，如果一套餐具包含9种颜色的盘子，这种方法肯定就不行了。

经过一番讨论之后，我们整理出一张词汇表，尽管我们对此并没有抱多少期待，并且事实上也没有多大的帮助，我们还是列出了一串主题。我们的计划是省略主语，减少猜测，缩小动词范围。我们的单子上列出了目前主要的主题，我把单子打印出来贴在墙上，它可能会在那里待上好几个月。当有需要的时候，我会把单子上的每个单词都念出来，心中默默祈祷这次需要的单词一定不要跑出我们圈定的范围才好。如果要找的单词凑巧不在列表内，那没有办法，只能在浩渺如烟的词汇大海中继续寻找。我们每日主要的沟通就靠这样一张表单，它的词汇量非常有限。虽然从一个旁观者的角度你可能会说我们的交流范围在缩小，但是，我们完全不这么看。我们每天都生活在一个没有边界和形状、自由变化的状态中。我们就像是从池子里蔓延出来的某种奇怪黏液，肆意流淌。我们交流的内容比以往任何时候都更广泛，沟通也更充分。

医疗

写作和工作

我的电脑

可做的有趣的事情

我的身体

在我死后

玛丽安

艾弗

食物

衣服

朋友

音乐

照片

户外

阅读

诗歌

眼前的一个问题是，我越来越成为整个家庭的代言人。许多关心我们的人想要了解汤姆，想知道我们的整个历程，最方便的方式就是直接问我。当然，并不是所有人都这样走捷径。我们有一个坚实紧密的小团体一直陪伴在身边，他们和我们一起接纳和适应点滴变化。这就是生活，不管你投入多少时间，永远都是不够的。几个星期前，具体时间我记不太清楚了，我和朋友们一起忙碌地整理词汇，有的形成小组进行讨论，有的单独整理。我们就像是汤姆的抄写员和亲密雇员。汤姆希望在他还活着的时候看到他的一些"项目"出版。他是项目的总编辑，其中涉及庞杂的目录。我们的工作是将他口头表述的想法结合他的写作整理成册。在他的指导下，我们重写了某些篇章、规划重点，重新拟定框架结构，把电脑上所有相关的文件都仔仔细细地整理了出来。只要我醒着，项目就在运转。这项任务对于我而言相当有意思，很有成就感，但同时也让我感到沮丧。不管怎么说，这是我的工作。记得有一个章节特别困难，我们反反复复推敲了不知多少次，有可能第二天还要继续重复同样的事情。最终，这个章节整理得非常好。他特高兴地说，*最终，你会明白一切*。

作为一个长期为报社写作的撰稿人，汤姆的文字必将超越报纸的短暂生命周期。我们的出书计划还在进行，已经找好了出版商，出版日期也在敲定中。汤姆的作品读起来似乎很简单，但他的写作是对话性的，是他深沉语调的反应。现在，它们即将被整理出来，即将成为一件像样的作品。它们代表了未来。

这个月底，汤姆的一篇作品将会在《观察家》上发表。他将用5000字的篇幅清晰精准地讲述他在疾病胁迫下的生活，这是他作为一个活生生的人的自我观察，而不是灵魂的呓语。这篇作品是从风暴中心发出的声音，不仅谈了语言，还涉及其他许多话题。我们主要的担心在于汤姆可能会有出人意料的表达、细节上会有瑕疵、流畅性不够。他让我来把控语言。他是个完美主义者，对修辞、节奏、语感都非常挑剔，现在也一点没变，只是曾经听话的文字工具现在变得滑溜溜、轻飘飘的，像漂浮在空气中的水银柱一样。这篇文章是在那些几近崩溃的日子里写出来的，它是团队协作的成果。终于完成的时候，我们都兴高采烈，像一群喝醉的酒鬼一样。好多个星期里，我们在家里大声地朗读他的文字，声音在房间里回荡，就像是在读一篇史诗。我希望艾弗能用心地把它记下，将来再讲给我听。

汤姆总是会大声念出他写的东西。我习惯在夜深的时候听到他朗读的声音。他就像是在演讲一般，检查每个词汇，斟酌它们的表达效果，不断测试读者对这些词汇的反应。他的大脑就是听众，每个词都从他口中被引导到舌尖，说出来，然后在空气中回味一阵。一直到汤姆确认所有单词和他想要传递的信息严丝合缝才会作罢。汤姆的作品被复制出来、打印出来，这是这个礼拜最大的成功。下周会发生什么呢？汤姆的作品是和公众的对话，那我们之间的私密对话？如果对话中只有一方会说，而另一方只能靠其他方式形容的话，这类语言能延续多久？我们是只有两个幸存者的民族，我们的语言正在消亡。将来，也许，东海岸大学的某位研究人员会捡起我们的历史，分析我们的对话，然后将结果以数字化的形态保存起来。

在等待门诊的时候，汤姆让我把他所有朋友的名字列出来，并且分别写上他们是谁。我对汤姆的这个要求感到费解，于是试着和他再次确认他是否需要我为每一个人写一段简介，这听上去似乎是个有趣的尝试，至少是一个恶作剧的好机会，但是，我想错了。最后我才搞明白，他要的东西比我以为的简单多了，不过是把人的姓名都列出来。这份名单从家人开始，汤姆、艾弗和我，都没有写姓氏。当这张名单写完的时候，纸面上的字形成了一条歪曲的线。汤姆现在想不起名字，有时候是名，有时候是姓，有时候两个都想不起来。尽管如此，他依然记得他们的长相，也记得他们和自己非常相熟，只是忘记朋友的称谓多少让他感到难堪。有时候，他也会忘记我的名字，对此他会跟自己生气。我说，**我不在乎你叫我什么，因为我知道你认识我**。汤姆的混乱主要体现在语言能力上，他的情绪和智力都没问题。

接着，汤姆又让我写下一串反义词。**黑暗——光明，大——小，对——错，高——低，满——空**。我们曾经做过这个练习，我知道几个礼拜之前他自己曾经在本子里写过。所以，当我把这些反义词写出来大声念给他听的时候，汤姆相当感兴趣，他说，**啊没错，这个有意思**。但是，今天他的说话表现比往常要差，当要读出一对反义词的时候，他总是在重复，**大——小，大——小**，他每一次说的时候重音都不一样，并且每次重复都像是在念完全不同的词。似乎其他的反义词，**快——慢，宽——窄，轻——重**，都需要遵循特定的形式和反义词规则，只有大–小可以被说出来。名字——朋友——反义词，汤姆对这方面有天生的热情和才能。我在本子上写的时候一直倚靠在汤姆身上，他就像个沙袋一样。我们把所有写下的内容过了一遍，候诊时相互陪伴是非常开心的事情。透过他的话语和语气，我可以体会到汤姆的幽默：上面的一组反义词，下面的一组，胖的一组，瘦的一组，填满的一组，还有空白的组。

情况就是这样。正如我说过的，没有乐观、没有内容、没有出版、没有乐队、没有梯子，但依然闪亮。汤姆的词汇量已经下降了很多，词汇意味着事物，意味着个体的人，还有饮食、穿着、树木、工作、国家、发音、副词、动词、名词。**主语，亲爱的**，我总是在问，**究竟主语是什么？**

一段早先的对话是像这样的：

主语是什么？你是在说你的工作吗？

比这再近一点。

你的写作？

再近一点。

你的整个生活？

远一点。

我们始终没有把这个问题解释清楚。除了主语的问题，还有谈话与谈话之间的连接句。类似这种的东西。一方面，另一方面。所有这些东西。一边说，一边用手臂做出老鹰俯冲的动作，这是"户外"的意思。思维在驱动口头表达。即便在我们无法正常交流的时候，我们也是这么做的。有时候，我会祈祷沉默。我们常常在不着边际、特别有趣的语言世界里越跑越远，不断循环，最后可能会到达话题的终点，也可能会跑题很远，然后，我们会找到一片高地休息片刻。我们的对话完全取决于谁能更专注在谈话的主线上。当我有足够耐心的时候，我会是主要讲话的那个，除非疲惫把我击败，否则我可以滔滔不绝地说上好几个小时。有些朋友对我们的这种对话方式非常熟悉，其他一些人则完全看不懂，也完全无法参与进来。

我们在朋友的家里坐了一晚上，一直待到曲终人散。今晚的话题包括亚当·菲利普斯，前不久汤姆还评论过他的书；如何避免孩子玩耍时把家里搞得天翻地覆；一个我们大家都认识的熟人；画廊的重建（我们的朋友正好是建筑师）；汤姆的语言能力——这个话题已经被讨论很多次，连他自己都有些厌烦了；当然还聊到了美食。对于每个聊到的话题，汤姆都非常投入，所有话题他都参与，从来不甘心只做个听众而已。所以，每次谈话中一旦涉及一些名词，比如建筑师、画廊、乐高、哲学家、性别、书籍、意大利香肠等等的时候，汤姆就会开始跑题，我们一起经过一段冗长迂回的是/否问答环节，半猜测半推理地搞懂他想说什么。我们大家一边聊天，一边喝酒，这时，我注意到身边的汤姆在纸上小心翼翼地涂鸦。画面上有一棵树、一个结、一只钟、一台电脑和一台打字机，这些图案像是"看图说话"的作文题。汤姆的这个新爱好完全不同以往。我可以感受到他在尝试一种新的集中注意力的方式。靠着他的肩膀，我知道此刻他很放松，完成沉浸在他的世界里，就像很多年以前，他对开放式的八卦夜谈也充满兴趣一样。

我觉得自己有一种天赋，但或许这种天赋同时也是一种缺点。我感受不到害怕或是遗憾。当然，悲伤是有的，一边是3岁的艾弗，一边是快53岁的汤姆，我感到一种难以名状的压力。但这就是我们一家，这正是我们真实的状态，承认这个事实让每一件事情都变得更容易了。我怎么可能同情悲悯自己呢？这里没有所谓的客观。从我的角度来看，我们已经做得非常好，并且一直很棒。谈话中，艾弗一直想要汤姆说出斑马这个词，但最后，斑马、动物、孩子、玩具、车轮、木材这些词，汤姆一个都没有想起来。

25

在糖尿病护理室，汤姆看上去非常虚弱。房间里的灯惨白刺眼，这么多天以来，我好像是第一次清楚地看到汤姆。尽管我们家里也非常明亮，但这个房间仿佛被光点燃了一样。早晨，阳光透过空气中的尘埃和雨水，从大窗户外照射进来。我和汤姆都穿着新买不久的衣服，汤姆看起来有些颓废和不修边幅。他就像是一支生长在花园里的超大玫瑰，终于在花季快要过完的时候开花了，开出了紫黑色的花朵。他的眼神看上去有些暗淡，头发已被汗水沾湿。

汤姆的体态总是处于动态之中，对于一个像他这样的大男人而言，他的身体奇怪地混合了韧性和脆弱的双重特点，使他的身体得以保持活力。现在，他的身体看上去松松垮垮，肌肉松弛下垂，身体不再紧实。他的体内除了重力之外，还有其他作用力在作祟。重力将他的身体往地面方向拉，而同时，癌症在反方向使劲。这是一种离心性疾病，对他身体的所有部位都造成了破坏：头发、眼睛、腿、牙齿、指甲、骨头、脚。同时，我也怀疑，在这灯光下，自己看上去是否一样糟糕。

由于长期使用类固醇，汤姆患了糖尿病。而糖尿病不过是许多种并发症之一，其他还有癫痫、水肿、疲劳等等。如果你上过医学院，了解起来会比较容易，但是如果你没上过医学院，你也会慢慢地察觉出来。不管怎么说，糖尿病又给我们增添了更多的麻烦和压力，因此，必须严肃对待它，但我们现在对它还不够重视。

我们一大早就坐在诊疗室里。汤姆很无聊。身边的护士来来去去，经常一惊一乍，但汤姆总是一脸漠然。他的目光一直在我左侧徘徊，眼神仿佛静止了一样。这些天里，我看见他越来越常出现这种呆呆的神情，每每都要把他喊回来。*我在这里呢*。我每次都忍不住打破他的沉默，因为我不想在不得不分开之前就放手。有时候，为了引起他的注意，我朝坐在身边的汤姆挥手，感觉我们之间隔了汪洋大海，我在这头，他在那头。我知道，他这种沉默要么是因为跟不上我们的思路，要么是我们语速太快。不过，更乐观一点，应该说更准确一点，他还拥有自己的思维。他需要把宝贵的分分秒秒用在他关注的话题上。他知道我对付得了糖尿病这些杂事，所以他没必要为此费心。

我在观察他。他会不会摔倒？我默默地想。他还没摔倒过，但不代表未来没有这个可能。他是睡着了吗？他还能不能从座椅上站起来？从座椅上站起来要求复杂的肌肉配合，需要他的双腿和前臂协调完成。他是个要死的人了。他看上去就是这副样子。他的皮肤蜡黄了多长时间了？他看上去就像工匠手中被随意揉弄的雕塑瓷胚。

然后我意识到诊疗室里还有其他人在，包括F医生和糖尿病护士。他们头脑中应该和我在想着一样的事情。我注意到F医生轻巧地挪动到汤姆后面，他张开的手掌放在汤姆的前脚掌上，敏锐地感受汤姆上身任何细微、不易察觉的重心偏移，这种偏移可能导致汤姆像一尊底座不稳的雕像一样突然从椅子上倒下。我知道摔倒是什么感觉。一个人摔倒可能完全是出于无聊。此时此刻，我有一种强烈的想法，我想要躺倒在地上被人拖到别的角落。

在诊疗室里，我们的对话从讨论汤姆的病情慢慢转移到了汤姆这个人身上。汤姆似乎默许了，于是关于汤姆的话题继续进行。我们在这里待的时间越长，我的观点发生的转变越大。我已经改变立场了。我几乎完全是以一个外人的眼光在看待汤姆。我是这里的一个参与者，但他不是。之后，我和肿瘤学家B博士之间进行了一次谈话。他看起来变得越来越内向、退缩，她说，他的话越来越少，对于病人的亲人而言，病人的这种转变是最令人感到不安的。但是，这是大脑自我保护机制。不，这不是真的。

在我的字典里，有的词汇是不受欢迎的。类似"旗手"这样的词汇和短语是我最近形成的表述习惯，但这种习惯形成得很缓慢，就像是一队哀悼者在慢速前行。我很抗拒类似看护员、保守治疗这样的词汇。单亲家长，虽然我从没使用过这个名词，但这个我也不喜欢。晚期，我从来没有说过这个词，尽管我知道它指的是什么时间范围。脑损伤，不，这种词汇永远不要出现。虽然这些都不是新概念，但我已经犹豫了很长时间，还是没有想好如何把它们安置在恰当的地方。做是一回事。坦率地说，开始做事是一件非常简单的事，远比给思维一个妥帖的称呼要简单。

思维如何定义？对汤姆来说，这是一件微妙又想回避的事情。对我来说，使用特定的语言体系是有意对抗我的内在意识。习惯一个新的称呼，通常需要适应一段较长的时间，然后才能大声地把它说出来。我原谅自己常常省略元音，因为这么做很奏效。于是，我尝试再进一步：我的脑子里还在想事情，突然间被什么东西吸引住了，我转身，清晰地看见我身后站着的那个东西，忍不住喊了出来。那儿！我很惊讶，是"看护员"。我终于认可了它。它就像个熟人一样在路上跟我打招呼，这感觉不错。是的，这正是我要找的称呼。

我躺在路面上，像一只年迈迟钝的瞎眼鼹鼠，等待一辆卡车把我撞倒。在我这只鼹鼠的意识深处，有一种感觉，就是在卡车真的要撞上我的时候，我有办法对付它。我不会说我有办法逃跑，或者有一个完整的方案。我唯一有的想法就是，自从整件事情发生以来，我已经长了两岁，我还没有在路上躺上两年，真的被卡车撞上过呢。

26

2010年9月1日

亲爱的朋友们：

有一些新消息。9月4日将是我病情确诊的两周年纪念日。

这两年里，发生了很多事情。我的身体状况还算马马虎虎，但是从上个月开始，出现了很多问题。我的语言能力已经受到了严重损伤，这影响了我的写作、阅读、讲话。我也尝试了很多奇葩的方式来对付语言能力的缺失。

身体灵活性也差了很多，给我造成了很大的不便。这是长期服用类固醇的影响。我现在移动得很慢，特别是上山或爬楼梯。但是，行动不便的好处是，有很多朋友过来看我，这让我略微好受了一些。我完全不是一个宅男，每天我都要出门转悠，但是，我现在的体力非常让我失望。我的化疗也还在继续。

我现在还在继续写作，不过速度非常慢，写作时间主要在夜里。我希望可以继续工作。玛丽安支撑了我们一家人。艾弗和我们生活在一起，我们也和他在一起，他很健康，在一天天长大。

爱你们。

现在是午夜时分。我们刚刚到家。艾弗裹在一件厚夹克里，已经睡着了。我像拖麻袋一样，懒散地把他往床上拉。虽然已是深夜，我整个人还特别清醒。把艾弗安顿好后，我就跑到桌边和几个许久未见的朋友聚在一起聊了起来。我思念他们不安的眼神、温柔的动作，还有对我们一家时时刻刻的关注。我们是一群奇怪的人。在这个小空间里，我们吸引了所有人的注意。这需要消耗相当大的精力，而当众人散去独自一人的时候，疲惫感席卷我的全身，把我吸入一片辽阔的空洞世界，就像是置身于雾气茫茫的海滩上。有时候，当只剩下我和汤姆两人的时候，我会突然闪退到大脑空白模式，清醒但无思绪，完全的空白，浅浅的呼吸。汤姆坐在我身后的台灯下，异常安静。

在这种模式下，我光脚站在镜子前，听见有人两次叫了我的名字，但是，镜子中我没有看到自己的样子。上帝——那是什么？我感到脚底板受到汗水的刺痛，就像有电流通过。就在转身的时候，我感到害怕极了。我不明白这个声音是谁，又来自何方。它听起来相当遥远，就像是从一个空荡荡的大厅里发出的，声音在空气里回响盘旋。它又来了，它不是一个词，而是一句话。是汤姆的声音，他在叫我的名字。

我从来没有听过有人这样叫我的名字，声音里包含了那么多悲伤，让我再也不想听到。我抱住汤姆。我明白，这只是音色而已，我当然明白。汤姆开始想不起我的名字。他在努力说出一个单词，感受它在舌头上的感觉，想唤醒对我的名字的记忆。这个名字该怎么发音？他犹犹豫豫，还是不确定该怎么发音。从语义表达到沟通机制都转变了，从此开始，我们今后的生活将完全改变。这就是疾病发展的历程，理性思考一下，遗忘不过是疾病发展的正常表现。但是，我们不去想它，因为疾病是波浪形发展，我们总是起起伏伏。就像漂浮在水面上的幸存者，不断地被人提醒"危险还没有解除"。我们必须清理残骸，挑拣出有用的东西，利用废料建造出一个新的替代物。一个替代物，这意味着，我的名字可以像其他任何单词一样被忘记，比如门、外套、指甲、船。我们真的没有办法将它牢牢抓在手里。也许你以为我们可以办到，但是，我们没有。你永远无法跑在疾病发展的浪潮前面，提前预测并为将要发生的事情做准备。也许如果我们做到了，那么我们可能无法像现在这样紧密地生活在一起。也许，我们会被淹没掉，一个接一个，分别被淹没掉。但是，某种程度上，我们仍然奢望在到达终点之前可以记得神圣和熟悉的自我。精彩。神奇。但是，为什么要不被遗忘呢？在过去的两天时间里——两天！——我们失去的比之前一年当中忘记的总和还要多——所有的名字都忘记了。我和汤姆一起重温那些他写过评论的艺术家。关于这些艺术家们，他有许多话要说，他现在还对他们以及他们的作品记忆清楚。但是，他们的名字……斯塔布、夫拉克斯曼、布莱克、胡克……这个名单还有很长，他都想不起来了。房间里，这个声音又一次响起。这次，他在说一件新的事情，听上去更清楚、更柔和一些。*我的儿子，他说，我说不出我儿子的名字了。*

27

站在博克斯山上，我们暴露在所有恶意的和善意的辐射中。树叶和草叶锋利的边缘挨着我们的皮肤擦过去，如针尖般的雨滴冲刷在我们身上，地面的小石子刺激着我们的脚底。我们忍受着。我们自愿来到这里，因为我们一直都有新的想法，其中一个便是到户外去。我的笔记本里有许多内容重复的清单，户外这一条是写在"感到愉悦""立即想实现"的短期清单上。把这些想法写下来很重要，否则很可能因为某一天遇到的压力，我们就会忘记曾经拥有的生活乐趣和生活方式。这种努力是很棒的，但是如果努力得不到相应的回报，就不是什么好事情。快乐来自于努力所获得的回报。

我们的短期清单上有：埃夫伯里石圈：完成；摩罗族：完成。因为汤姆是一个对舞台剧痴迷的人，他曾经看过无数演得相当糟糕的作品，看一场他很熟悉的舞台剧会便于理解、更好地享受：未完成。剪头发：完成；音乐会：完成。这场音乐会演奏了拉亨曼的作品，大卫也参与了演出。我开车送汤姆过去，演出结束后大卫和玛莎再把他送回来。我独自品味着这个平常的夜晚，感觉就像口中的甜味久久不散。户外：完成。所以，现在我们在博克斯山。

一条白垩土小道从地面上矮小的植被之间穿出来。我们面前是一片开阔的景象，只能远远地看到一个县城，那里可能是萨里。这也许是人们到这里来的原因。不过，这里和闹市区相隔真的很远，在一片柔和的灰色调下，只有一片看不太清楚的建筑，大部分时候我都不知道自己具体在什么位置。这是一个观看核弹爆炸的理想地方。这里有绝佳的景观位去观看一个规模较小的蘑菇云升上天空，然后吞噬难以想象的量级的空气。在我反应过来自己是在哪儿之后，我把手抬到眼睛上方，想象着我手指的所有骨头都裸露在外，可以用肉眼看见。

我们是和希瑟还有JK一起开车出来的。他们准备了一场小小的盛宴，有香肠、软软的白奶酪、绿芝麻菜、小馅饼和装在瓶子里的好茶。希瑟陪着汤姆在草地上散步，他们穿过由度假小木屋组成的户外探险者营地。这里已经被遗弃了，没有探险者。我们给汤姆找了一片可以坐的草地。就在我们其余人准备席地而坐的时候，天开始下雨了。我知道艾弗讨厌这种天气变化，他不喜欢天气的变化束缚他的手脚。我尽可能缩成一团，好留出空间让艾弗躲到我的外套里来。但是，他套上一件成人风衣一个人孤独地跑到附近的一条小道上，风衣的衣袖拖在潮湿的地面上，让他看起来就像一只淋湿的猿猴。汤姆穿着他的外套，戴着帽子，一副挺开心的样子。但是艾弗很不高兴，抱怨着为什么他必须跟着我们一起来这里。的确，为什么呢？我不会责怪他，但是，我也没有什么表示，不愿去管他。只要我愿意，我就会坚持下去。我坚持，只为了有足够的时间让我把美食吃完，然后我就投降，回到我们密封的车内暖和暖和。

当雨停了的时候，我们又跑到石堆上，踢着倒在地面上的树干，用粉笔在地面上画出一条条线。这里只有我们。路上出现了几只蜗牛。艾弗在被雨水打湿的草地上发现了一只飞盘。于是我们开始玩起来，我们把飞盘扔给汤姆，他又朝我们扔回来，如此不停地往复。我们每到一片新的地方玩起来，汤姆都在画面当中。在我们心里，汤姆一直在和我们一起玩游戏，同时，他也是一个旁观者，一直密切地注视着我们玩耍。

28

2010 年 10 月 5 日

亲爱的朋友们：

如一些朋友已知的那样，汤姆因为胸部感染目前已经在盖斯医院住院。

根据目前的情况，他至少需要住院一周。

他现在精神状态良好，我们希望可以让他保持这种状态。感谢那些周末过来探望的朋友们。因为你们，他的周末过得很愉快。

如果你能短暂地探访，我们非常欢迎。当然，卡片、照片、短信等等，我们都非常欢迎。电话有时候可以接听。

如果要知详情请给我打电话。

感谢大家一如既往地支持。

爱你们。

那是一个死气沉沉的夜晚，我把我的丈夫和我的生活都送进了医院。汤姆在喘息，他那张有双下巴的脸涨得通红。我给他围上了围巾，又戴上帽子。汤姆的体温烧到了38摄氏度，对于他来说，这是一个危及生命的温度，必须马上住院。但当时，我们并没有觉得太紧急。应该说我们当时处于一种高度幽默的状态，有些神志不清。感觉就像是在进行一场疯狂的公路旅行，一路咆哮过去。夜里如丝如绸的雨水淹没了大象区⑦的道路，仿佛永远没有尽头。车开到了医院，一从车上跑下来，我就试图给汤姆找一把轮椅，但这真是一项受虐的任务，就像是用超市里的购物车去装一条河流的河床。最开始我没法解除轮椅的刹车，成功之后我又推不动轮椅，等到终于可以推动之后，我要推汤姆上楼去病房，但电梯前那扇对开门只开了一侧，我费了好大力气才把关着的那侧门给打开。汤姆的身体完全偏向轮椅的一侧，我难以控制轮椅。正当我朝相反的方向使劲时，透过玻璃，我看到远处走廊的尽头有一名护士的剪影在灯光下朝我们靠近，她按下一个按

⑦ 伦敦市中心泰晤士河南岸的一片区域。下文中的大象和城堡区与之类似。

钮，我进去了。汤姆伸出他的手杖，仿佛那是一根救命稻草。就在厚重的大门即将关上的时候，我把汤姆拉了进来。汤姆的眼神流露出淘气的神情。他很有趣地看着我狼狈地在大晚上对付这扇愚蠢、滴水不漏、欺软怕硬的大门。这不过是我们在生与死考验的边缘经历的又一段插曲。

开始给汤姆做体检的时候，瞬间许多护士不知从什么地方冒了出来。我被她们出现的速度惊呆了。我可没开玩笑。我们应该再早点进来的。之后，我们和晚间值班医生聊天，汤姆为我们做了引荐。这是我的朋友。

艾弗说，我的肚皮里有一种悲伤的感觉，因为发生了一个问题。

这问题没法回答，于是，我伸长脖子好奇地瞪着艾弗的肚皮。

我说，下次悲伤的感觉再来的时候，告诉我，我会想办法帮助你。把感觉说出来，或是拥抱一下，用眼睛注视一下，都是很好的。但是，你知道，艾弗，有的时候人就是会感觉悲伤。

我是为爸爸感到悲伤的。

我也是。今晚我们一起去医院看看爸爸怎么样了，带上钓鱼游戏吧。

汤姆已经住院十天了。我们把钓鱼游戏带到他的病房，还有一点寿司和茶。这听起来是个不错的计划，但是根本没用。

当日程表上同时出现照顾艾弗、照顾汤姆、跑医院的时候，基本意味着我将要累瘫。我试图合理有序地安排好这些事，但是每一项内容都太坚硬、太分裂、太错误。自从上周过半以后，艾弗还没有去过托儿所。今天，我刚参加了一场和汤姆有关的会议，艾弗一直放在他堂兄弟家照看。他在他堂兄弟家把所有东西都玩遍了：泥巴、摩托车、汽车、蛋糕、香肠，所有东西都被他搞得乱七八糟，他却一副很坦然的样子。我过去接他的时候，艾弗玩得又热又累，但是特别开心。现在该去医院探望汤姆了。已经有些迟到了。艾弗看上去比原定计划玩得更累。

访客时间和平常没有区别。对面是同样的一张双人侧翼床，同样的男人。病房里远一点的位置，一个亚裔病人和他家人在一起。不知为何，虽然我很喜欢这间病房的气氛，但是我从来没有和这个病房里的其他病人打过招呼，或是交换过眼神，或是分享带来的点心。从来没有发生过。隐私是如此重要和脆弱，需要被轻轻地遮蔽起来。曾经在波兰去往克拉科夫的旅途中，我住在一家学生旅舍。当时，对面下铺住的一对年轻夫妇很明显是在度蜜月。但是，他们的预算非常吃紧，所以，晚上他们没有出去吃饭，妻子拿出晚餐摆在床上，那是一顿包裹在罐头和包装袋中的复杂而精致的晚餐，有鲱鱼、咸菜、鸡蛋、俄罗斯沙拉。那个丈夫连手指头都没有动一下，因为他妻子很自觉地从下铺给他喂饭。他们吃得很慢，就像是坐在一家人头攒动的餐馆里吃饭一样。这间病房里也是一样。

汤姆的音调比平时更高了。他现在讲话困难，也很难控制自己讲话的音调，所以，每次我们讲话的时候，就像是在病房里进行广播，艾弗在的时候噪音更大。艾弗每次见到汤姆都很高兴，汤姆也很高兴见到艾弗。这对我来说，就是最好的报酬了。他们会一起吃饭。

汤姆总是说我没有给他们父子俩拍足够多的视频。所以，当他们俩吃饭的时候，我没有吃饭，而是在给他们拍视频。他们吃完饭后，我清理干净，陪他们出去玩钓鱼游戏。我不玩游戏，只是给他们拍视频。艾弗不知道该怎么玩，过了一会儿，汤姆抱怨儿子没有按规则玩游戏。于是，我命令艾弗不许耍赖。现在汤姆需要用我带来的电脑工作一会儿，而艾弗又想去上厕所。这真是麻烦。艾弗有时候还会在尿布里拉粑粑。艾弗有一些难以改正的毛病，但是，他爸爸活着的时间越来越短，我的感觉是，现在不是纠正他的合适时机。死亡和拉粑粑加在一起已经够麻烦了，不需要再增加烦恼了。当艾弗想改变的时候，他自己会变的。可是，艾弗的这种习惯有种愈演愈烈的趋势。拉粑粑的时候，他喜欢穿着尿布，靠在一把椅子上，手边有一本书可读，并且过程中不受打扰。他喜欢我陪着他在一个单独的房间里待着，一直到他拉屎完毕。但是，今天晚上，他的要求又不一样。他不想去厕所，他要在病房里，在他爸爸身边拉粑粑。为此，我和艾弗发生了一场带有火药味的小争论，然后，艾弗拿上书跟着我进了厕所。这层楼只有一间公共厕所，于是，我把门反锁了。我们可能需要在里面待上一会儿。

20分钟过去了，我的心情越来越差。我已经坐在地板上盯着墙壁发呆很久了，根本记不清到底有多少人试图撞开门。没有一个人想到先去试门把手。这里太令人窒息了。我想和汤姆待在一块儿。艾弗还在读他的书，他还没开始撒尿。今晚的亲属探访时间马上就要结束了。我努力压低声音，催促艾弗快一点儿。现在，我要么是对他狂乱咆哮，要么就是歇斯底里。我必须逃离这个地方。艾弗很放松，他坐在坐便器上，一边拨弄着边上的冲水装置，嘴里编造着各种对话。终于，**这是一团好便便**，他说。我从艾弗身上取下一团粘满大便的尿布，体积太大，马桶的冲水装置没法消化，于是，我只能把它揉成一团塞进我的挎包里。然后，我们朝病房走去。

汤姆还在电脑前工作。他还在研究我们进厕所之前他想复制的那段话的位置。这没什么奇怪的，汤姆已经几乎无法写作了，写个字可能要好久，但这个真的需要消耗这么长时间吗？我不明白，他既然叫艾弗过来看他，为何还想着工作？为什么他要这么干？这是他的孩子。但现在已经晚了，不是说现在时间太晚，是探视时间快结束了。汤姆察觉到我在想什么，抬头看着我。我还有一些事情要做，他平淡地说。艾弗开始哭起来。如果你带艾弗去散步的话，我能帮你在电脑上复制。这时，艾弗干脆躺倒在病房的地板上，哭的声音更加响亮，更加饱含情绪。我闻到了挎包里的大便气味。所有访客都已经走了，其他病人都快要入睡了。复制这一段文章只需要花费我两分钟时间。你必须带他出去走动。你只要带他出去，这些让我来做就行了。汤姆试着下床，但是他无法转动身体。此时，艾弗哭得更大声，令人揪心。我真想打人，打他们父子其中一个，或者两个一起打。

不如把我杀了，我压低嗓音说，我承受不了，简直就像死了。

那就走吧，再也别来了。

我没有选择，我也没法赢。死亡赢过了我，赢过了孩子，赢过了我们所有的期盼。

你应该早点把他带过来，汤姆说，他现在太累了。谁让我今天还在为你参加一场该死的会议。

现在，艾弗红着脸，绝望地哀号。在蓝色的光线下，这个得了癌症的男人在嘟囔抱怨着。护士们忍不住朝我们的方向看过来。他们是对的。他到底在搞什么？我努力想拼凑出汤姆要说的话，铅笔芯从我拳头里散落一地。走，走吧，他发出嘶嘶的声音。我另外找到一支笔，写下他那只颤巍巍的手要写的话。

结束了。结束了。现在，所有东西一把收拾好，包、鞋子、帽子、电脑，都一次性收拾好。我们要离开这里。我希望我再也不用带艾弗到这里来。他们俩亲吻告别。汤姆站得很稳，身形坚实而沉默。我在想，他宁愿要他的写作也不要我们母子。文字是可以流传保留的，而我们，可以做任何我们想做的事情。我们不听话，我们都太任性，尤其是艾弗。艾弗才是未来。

送我们到门口，我对汤姆耳语道。

我要回家，艾弗开始哀鸣。

求你了，你再也不要让我在这个地方同时照顾你工作又照顾小孩。这根本行不通。我的包里还装着他的大便。我给你带了吃的，给你拍了视频，你根本不知道这些事情需要我做多少准备。你根本不能想象，你不懂。

走，离开我吧。

我不能，你知道我不能。我不会这么干的。

我们像平常一样吻别。我们又往大门的方向走远了一些，穿越两道玻璃幕墙，我们又发出几个飞吻。高一点的是给我的，低一点的是给艾弗的。艾弗很认真地和他爸爸飞吻道别，但我却陷入一种无法察觉的风暴中。

现在，艾弗知道妈妈要带他离开医院，他的精神又上来了，脑袋瓜里有了新主意。他要到楼下大厅看那个护士给病人喂药的自动机器。我们极少往护士的杯子里扔钱。我们手气不太好，从来没有成功让护士手里的药掉进病人的嘴里。⑧

我的喉咙仿佛有团火在烧。在尝试了四次之后，我们还是没有把硬币投进去。不过，艾弗的注意力已经转到了外面的救护车队。我们开车到大象和城堡区的时候，他问，什么是'你什么时候死'？在夜幕下，我沿着城堡区绕圈，夜里我经常这么干。死就是这一生再也不和我们在一起了。死就是停止，然后走了。我们都有一次生命，艾

---

⑧ 英国工程师、艺术家蒂姆·亨金为盖斯医院制作了一台护士给病人喂药的游戏机，参观者可以通过投币控制护士转身和给病人喂药的速度，类似国内商场中的抓娃娃的游戏机。

弗，会有很多美妙的事情发生，然后有一天，它就停止了。

我们到家的时候，艾弗已经睡着了。真可惜。我心里还有一千个道歉要告诉他，我想抱着他，抚摸他的头发。我为自己对事情的处理感到悲哀，我为我的脾气、为他爸爸、为我们家的灾难感到悲伤。但是，现在他睡着了，我没法说出这些。对艾弗来说，入睡是最美妙的事情。可是，对于我而言，则是个遗憾。我没有找到机会跟我的宝贝解释，心里很不舒服。今天我们犯了个错误，既然无法道歉，我就开了一瓶红酒。如果汤姆足够机灵的话，他现在应该会给我发消息。但是他不那么机灵了。癌症夺走了他的机灵、语言和意识。

等等，不过……在我猛喝了两大口红酒之后，我给他发了一条消息。他立刻打来了电话。他的声音听上去很沉重但是很稳，还是汤姆的声音。一听到他的声音，我的问题立马就解决了。和对方聊天就是治愈的良药。多么简单的事情。我们只要张开嘴巴就好。我记起来。我们犯了个错误，我说。

是的，我们犯了个错误。他重复着我的话。

好好睡觉。

好好睡觉。

爱你。

爱你。

明天见。

29

汤姆让我给他带一件晨衣到医院去。

以下是我们的对话：

这是一件美好简单的东西。

你有一件。

我有一件。

是衣服吗？

不完全是。

（他是个分类强迫症患者。）

吃的？

不是。

比电脑大？

是的。

它很简单。

你喜欢它，我也喜欢它。

（它们是我们早上穿的。）

你在厨房用它吗？

不一定。

许多人都有一件！

它是一件非常简单的东西。

我喜欢它，但是你不喜欢它。

（他要的是他的第二件晨衣，我觉得那件看上去很邋遢。）

190

当我们最终找到他要的东西——那件蓝色的晨衣——我会开始毫无理由地抱怨他的分类方式和误导性的对话方式。不过，他有一个非常好的习惯，就是当你做对事情，或者恰好想到他要找的那个问题点或单词，他会说，*是的，简直完美。*

感染让汤姆的大脑必须承受更大的压力，并且对语言能力造成更大损伤。汤姆很机智地利用了一些炒股短语去代指他的思维状态。在不同的语境下，这些说法不完全一样，你听到的越多，越能清楚地了解他要表达什么。*这种然后另外一种，不是这样的，还差一点。*

汤姆有时候会以第三人称的方式讨论自己。他也可能把我叫成艾弗、蒂姆、珍妮，或是其他的名字。绿色也可能是红色的。当他说，*一种方式但不是另一种方式*，我知道他的头脑还可以清楚地思考，只是无法用言语表达出来。在*一种不同的方式*这句话里，他是在说，他知道我们在谈论什么。关于艾弗，他说，*他我可以做到，但这是唯一的*。意思是他可以大声说出艾弗的名字，但是没法说出其他人的名字。艾弗的名字可能会变，但是他也可能把所有人都叫成艾弗，这是汤姆记忆里唯一剩下的名字。明天也许又有其他名字会回到他的记忆中来。有好几次，汤姆说，*艾弗旁边的*，这是他在叫我。他经常将物理空间的概念引用到谈论抽象事物上面。

想让汤姆把关于我的记忆一直保存在第一位是不可能的。曾经有一次我跟他抱怨，然后，我和他含蓄厌恶的眼神相撞在一起。他冷冰冰地说，*好吧，最好我什么都不说*。偶尔，我能感受到他对我生气，不过并不会持续太长时间。我不懂为什么他这么快就不生气了。如果我可能在阻碍他呢？如果我没有完全地站在他那一方呢？

看在上帝的分上，我是另一个人。我说，我不是你，而是另外一个人，这是问题所在。他完全忽略掉这个事实，或者说他只是承受不

起清醒地面对这个事实的后果，因为现在他把理解话语和实现意志的任务都交到我的身上。他当然可以这么做。换成我，我也会这么做。我们都会这么做。如果可以的话，他会一个人包揽所有事情。但是，他现在做不到，仅仅是因为他不方便去做。

出于他自己的某些原因，艾弗同样不愿意承认我的自主权。我问珍妮：

艾弗知道我是一个人吗？每次他把我的脖子当成台阶踩过去爬到我的头上，我都要疯了。我坐在沙发上，他会从背后扑过来压到我身上，简直要把我粉碎了。我发现没人看孩子真是太难了。

他并不是真的喜欢这么做，而是因为他不想和你分离。珍妮说。

但这种方式实在是太粗暴了！

没错，是很粗暴。分离就是很困难的事情。

我似乎从原来的世界消失了，进入到另外一片领域。我可以听到一些别人听不到的内容。我可以和汤姆，还有艾弗交流，但是，其他人的对话对我来说几乎都无法理解：尖叫声、颤抖声、破壳而出的声音、断断续续的噪音、音调极高又缺乏内容，就像是风穿过老化的管道时的声音。他们在谈论些什么吗？听起来不像。

30

将来有一天，艾弗会这么说：

在我三岁的时候，我妈妈变了。她变成了一个疯狂的人。她对我的照顾还马马虎虎，也很有趣，但是，当她生气时，特别生气的时候，我会试着躲开她，你搞不懂她怎么就生气了，有太多原因可以瞬间将她点燃。她生气的时候会高声尖叫和咆哮。这种方式也许有好处，但也有些吓人。我会哭。爸爸有脑瘤、糖尿病，并且他的身体非常僵硬。所以他不能够陪我玩，他说话也一塌糊涂。从那一年的某个时间开始，他变得没法和我说话了。

汤姆又回到家里了。而我似乎处于对艾弗使用暴力的危险之中。我是一个消极的人，我的存在是为了支撑起整个家。尽管朋友和亲人们都尽其所能在帮助我，但是，我已经没有更多资源了。这个世界上没有什么能改变我们家的情况。睡眠不足在侵蚀着我的大脑。汤姆日渐消瘦、逐渐离我而去更加速了这种侵蚀。早上6点，他的大脑里有各种矛盾、不合理的要求，渴望把我从床上弄醒，而我的大脑还没来得及醒来。叫醒正在酣睡的人，这种行为本身就是一种暴力。在我的意识逐步清醒稳定之前，这样动荡的状态可以无限制地进行下去，并且形式多变。但是，当时针朝八九点之间行进、早餐已经备好时，我就必须把他从床上拖起来。这就是我们家早起的典型模式，除非有特别的事情发生才会被干扰。这种干扰可能是因为很小的事情，比如他拒绝起床、动作太迟缓，或者做了三岁小孩才会做的傻事。然后，突然间，所有的东西都飞起来了。砰，爆炸了。

暑假结束后，今天我该回学校上课了，所有东西都得准备好。我忘记了是因什么而起，但我记得后面发生的事情：我就像是一个旁观者在看电影，我站在自己的身旁，看她的一举一动。这不仅仅是一场闹剧，更是一场灾难。我听见自己发出一阵刺耳的噪音，这让我的咽喉很不舒服。我把鞋子扔到楼下，一边呵斥着一边把艾弗的衣服往周围扔，又愤怒地把艾弗的牙刷掰断成两截。我看到我的面部肌肉、腿部肌肉、手臂肌肉，还有我的整个身体，看上去几乎萎缩了好几英寸。我先是假装要离开家，砰的一声把大门关上。没过多久，我又转身进去跑到楼上的卧室床上躺着，身体不住地发抖。我不能控制双腿。我听见艾弗因为折断的牙刷而无助地咆哮。**修好它，是你弄坏的，修好它，妈妈，用胶带**。我一把抓起他，强迫他把鞋子穿好。我想伤害他，我发誓我的确想这么干。我诅咒，我祈求，我祈祷。时间已经是9点10分了。这不是他的错。他没有任何错。所有人都没错。这太遗憾了，没有人要受到责怪。艾弗的衣服还没穿好。他才刚从床上爬起来不久，但是他的脸上已经挂满泪痕，就像是独自流浪了一整天的小孩。汤姆还没有起床。我必须要给他打胰岛素，测量他的血糖水平，让他把该吃的药给吃了，还有早餐、益生菌饮料，给将要来家里陪伴他的朋友写一些注意事项，联系药剂师纠正一张错误的药方，开车去上班——我能开车吗？这是个开始。等我到学校之后，要听别人说整整六个小时，然后回家，做晚饭，带全家到伦敦北部过周末。

但是，今天早上9点，以上所有事情都没有发生。这个世界已经悄然被分割成好几部分。30分钟过去了，我还没有出门，而是和艾弗坐在台阶上。外面的街道和平时没有任何差别，排屋、砖墙和灰泥混合在一起，呈现出灰色和棕色。邻居经过家门口时，我把嘴唇张开，就算打招呼了。对面的桉树在去年修剪了枝条，看上去还是和平常一样丑。垃圾箱还是和平时一样，一只猫咪躲在后面。我迈不开脚步，我感觉我的腿非常长，小腿就像是农牧神的腿，又瘦又脆弱。我的脚踝脆弱无比，把艾弗放在膝头后，我又感觉自己很柔韧。咸咸的眼泪顺着我的脸颊落下，落到嘴里，那味道特别浓烈炽热。艾弗亲吻了我一下，我也亲吻了他。我们俩都在等待着什么。刚才，我们都还处在一种可怕的骚动之中，现在，那股骚动跑了，我们俩彼此看着对方，都在等待着接下来会发生什么事情，就好像有人要做决定一样。

艾弗看起来很漂亮，是我给他穿好的衣服吗？什么时候？一件带着褐色条纹的黑色上衣，淡蓝色的羊毛帽子卡在他耳朵上面。我想起什么来了。我想起他躲在椅子下面，双手抱头，两腿缩得像乌龟一样想离开我。那是我的儿子，在恐惧中想要躲避我。

坐在这里，感觉真的很有意思。我又一次亲吻了艾弗。这次不是应付。很好。我站起身坐到一堆地垫上，跷起腿，感觉浑身清爽轻盈了许多。我是一个农牧神，一个动画片里的农牧神。我喜欢这个角色。我打算放弃。艾弗挣扎着要爬到我腿上，我没有动，随他折腾。他又用手臂缠住我的脖子。今天我不会带他去托儿所。他又爬到我的膝盖上。我今天不想去上班了。他在摆弄我的衣袖。我不打算去给汤姆准备该吃的药。他倒在我身上，朝我微笑。瞬间，我原本处于风暴之中的大脑，就像触动了一处隐秘的平静水库，发现了一些隐匿的治愈物，让我这么长时间以来，第一次感受到彻底的宁静。

曾经有一次在医院里，我用了吗啡。那种感觉就像是飘在一团和煦的云层之间。虽然用的剂量没有多少，但已经足够了。没有人受束缚，没有人被胁迫，没有人被威胁，没有人打算离开。汤姆不会，艾弗不会，我也不会。楼上，汤姆独自一人安静地吃早餐，以便避开我的愤怒。面对一种不受控制的情绪和行为，他采取的回应方式是奏效的。我以前见过他这样。他只要感觉到安全就行。艾弗需要他在家里。还有我，我也需要他。

伊恩按计划来了，但我还醉心于和艾弗玩耍。我不想停下来，我很怀疑自己能不能站起来。艾弗和我躺在地上，像两只小熊一样不依不饶地玩作一团。为什么我以前没这么和他玩过？显然我刚才打过电话的，现在洛克斯也到家里来了。你好。一个医院照料人员也到了。你好。他是一个长相非常优雅漂亮的尼日利亚人。我之前从没见过他。我告诉他这里不需要他的帮忙。有人给我倒了一杯茶。**谢谢，请把它拿到楼上去。**这是我喝过的最棒的茶。有人把艾弗带到楼上玩去了。有人给托儿所打电话。有人跟单位请假，是请今天的假、这个月的假，还是这个学期的假，甚至更长时间，我不知道。

31

蓝色房间里的人造灯光发出绿松石的颜色。我们的客厅里有许多处蓝色的点缀，和芥末黄的窗帘一点也不匹配，这条窗帘是我唯一的定做物品。我拿着另外一条窗帘当样品，辗转找到了厂家。能够找到这种复杂工艺的生产者，并且将其传承下来放置在家里，算是一种荣誉。我坐在地板上，月亮已经升到方形的窗户中央。房间里相当安静。现在我的头脑不再紧绷，我不必担心有麻烦事情发生。

艾弗出生后第一次来到这个家、第一次进入这个房间时，我们把他放在其中一张沙发上，端详着他。当然，他已经睡着了。住院待产之后，家里产生了一股难闻的腐烂气味，里面混合了动物污秽的味道、变冷的膏药、放了很久的水，还有说不上名字的纤维和螨虫的尸体。把艾弗放下的时候，就像打开了一个开关，原本令人难以忍受的环境立刻笼罩在温暖的光照下。就这么简单。我忘了当时除了端详艾弗之外，我们还做了些什么。或许烧水泡了茶。这些都是刚发生不久的事情啊。

汤姆在书桌前写东西。回到家里之后，他的语言能力又有所恢复，他又可以回到电脑前写文章了。他在写关于卡尔帕乔的《圣奥古斯丁在工作室里》的文章。圣人转向窗口，一只小狗追随着他的目光。汤姆工作得相当投入，就像一个珠宝商人，小心地将一个个词放置好、修改好，停顿下来看看文字的摆放效果如何，是否达到了需要的表达效果。这就像是在铸造符文。人们会猜测被记录下的文字和符号的含义，每一个符号或文字都是根据直觉排列的。汤姆的直觉很好，他知道他想要说什么，然后再去思考含义，或者不去想，把整个句子重组一遍。有时候他会让我把某些段落重读一遍，利用声音来思考为什么某句话是错的。有时候他会被某个问题卡住，不过，当他重复了一遍又一遍之后，他发现在一个语境之下可以表现多层次含义。但是，思考论证的过程相当缓慢。

把今天的写作成果打印出来的时候，汤姆的眼神非常有自信。这么多天以来，他终于可以在晚上写作了。他工作的时候我也感觉平静。他今天晚上可以打字，我们俩都很高兴。今天早上他还很不客气地说，我不能打字。我也很直接地回应他，不能打就画出来。

我拉开窗帘。冬天！冬天已经来了。我们必须用塑料膜把一切都包好，客厅里需要重新铺上地毯，窗户需要增加隔温防护，要让儿子穿暖和一些，熬好汤。我们能熬过这个冬天吗？也许不能。我在想为什么我感到满足。我们所有的防御加在一起也无法稳住这艘毁灭之船。但是汤姆还在台灯下做他的事情。写作。这是他喜欢做的事情。只要他还有一口气，他就会一直写下去。他的笔耕不辍终将获得回报，就像是一只蜘蛛在编织蛛网，又像是一只生活在树荫里的小鸟一次又一次叼回树枝，编织自己温暖的小窝。所有的努力都有一个目标。即使在现在这样的身体条件下，汤姆依然干得相当漂亮。这真的是意识的奇迹，我是它的见证人。我们是智慧的生灵，这真是一种幸福。

32

亲爱的朋友们：

如果你有任何闲暇，不管是早上、下午，还是晚上，如果你有时间且愿意陪汤姆聊天、跑步，帮他处理一些日常杂事，请给我发邮件。

你们许多人已经给我们帮了很多忙，没有义务再帮我们做更多事情，我们对各位的帮助和付出心怀感恩。

如果你愿意尝试来帮汤姆一次，那样很好，如果你可以定期或者不定期地过来帮忙，也请告诉我。周五的名额总是爆满。

如果我没有立即回复你，请别担心。因为我需要一些陪艾弗的时间。有时候，我也需要一点独处的时间。

我们在经历一段不确定、艰难又怪异美妙的时间。我们在等待药物的消息，让我们一起期待事态如何发展。

爱你们。

家庭护士在厨房里。她时不时到家里来，每次都会说一些重要且敏感的事情。但是，这一次，她问汤姆，从0到7分，你如何评价目前的生活质量？

我看着汤姆肿胀的腿脚，皮肤也肿得相当厉害，表面显现出一种光泽，肉不像是肉，更像是一只皮囊里装着一条形状像腿一样的东西，皮肤就像是记忆海绵一样，上面仍然保留了手指按压的痕迹。这是水肿，是身体不能正常运转时出现的一种现象。汤姆平静地坐着，侧对着家庭护士，然后用漫不经心、略带无聊又若有所思的新声音回应护士的提问。这是一个很荒诞的问题。从表面上看，我们每天的生活——噢，上帝，噢，上帝，每时每刻都在处理事情。但是，总体，总体而言，还是很棒的。我们觉得很有趣。

我的头脑抽搐起来，想着刚才汤姆说的话出神。即使面对这么严重的表达困难，他还能如此精确地表达自己的观点。是的，我们的确觉得很有趣。

1至7分都可以。

33

在威格林山上，两个朋友陪着汤姆一起穿过草地往三角柱的方向走去。这里是方圆几英里内的最高点，风力很强劲。从这个地方，威尔特郡像圆形漩涡一样向外扩展，从上往下看，就像是一条嬉皮士裙子，随着季节变化，上面变换着绿色或黄色的补丁和装饰，边缘则是棕色的。艾弗刚刚睡醒。他因为被我们从暖和的车内带到这大风的郊野，还在伤心郁闷。他现在处于一种愤怒冷漠的情绪之中，不肯继续走，也不愿意被人抱着走。我也表现得很冷酷，劝告他最好安静一点，又在他耳边吐露一点小小的威胁。我把他拉到我的风衣下面，好让他躲开大风，让他安静下来。我们的散步到此结束。不管情节有多无趣，今天的故事已经接近崩溃。艾弗这个小恶魔怎么也不肯屈服，他整个人燃烧了起来，那气焰比我的还要灼热、还要强大。我们现在还相依相伴着，我不可能简单地把他干掉然后就地掩埋尸体。我想拍一张照片。他却一直痉挛般地尖叫。请让我再拍一张照片。我拍了，一下快门，两下，然后我放弃了。我们转身往停车的方向走去。

看到汽车他马上就平静下来，他知道自己赢了。我们看着远处越来越小的三个身影。他爸爸走在两个朋友之间，他们穿过草地，往森林和地平线的方向走去。如果汤姆一个人可以继续走下去，逃离现在的一切，这会是件好事。我会鼓励他这么干的，即使我会因此失去他。如果他真的走了，我们还剩什么呢？在这大风里我们还能将哪些碎片残迹拼凑起来？怜悯，一丁点儿都不剩了。我真的很反感线性的东西，艾弗，我说道，就像是沿着一条坡道走下去。你知道所有的事情，会发生什么，却无能为力。艾弗一手拿着饼干，一手拿着饮料，此时，他正坐在后座一边吃零食一边开心地用靴子踢前排座位。他喜欢和我待在一起。车外，风还在继续嘶吼，但在车内，我们被保护起来，剩下的世界好像离我们很远很远，就像是在屏幕上观看一样。

我查看着自己刚才拍的照片。汤姆靠着树干，裹得严严实实。他看起来就像个宇航员，挣脱了这个世界的束缚。这张照片是倒置的。我只看到很小的一部分，只看到了照片中的事物，但是汤姆看到了全部，包括我也在里面。

34

下面一横，上面一横，中间一横，边上一竖。艾弗在黑板上写字母E。他之前看到了一个小写的e，便说写错了，这才是正确的写法。秋季的天空下，阳光一尘不染。到目前为止，今天这一整天都特别艰难。我已经哭了很久。现在是下午3点，我们还没有出门。

脑部肿瘤的大小意味着汤姆需要以40度倾斜的方式才能戴上眼镜。他用左手戴上眼镜，脸上呈现出一种滑稽的效果。我很诧异这样眼镜也能戴稳。虽然看上去相当滑稽，但很管用。一切都看上去很自然。他现在的眼镜戴法似乎是最佳的，从这个角度看过去，周围一切都有最好的视角。我给他拍了张照片：他的眼镜歪斜，身体前倾，正在翻阅一本书。他看上去就像是一个扑向食物的怪物，现在，他在研究这个房间。*我喜欢这里的所有东西*，他说，手里挥动着几张CD。*我也喜欢这些东西*。他脸上露出惊喜的神情，环顾四周，指着某处，声音变得柔和起来。我顺着他的目光看过去。*这个真漂亮……这个太漂亮了……*

我们被自家的收藏给包围了。我很诧异这些东西怎么还在老地方，而没有交给经销商。除非我去捡起它们，或是踹上一脚，这些东西就永远没人去碰。我几乎没有清理任何东西，也极少打扫干净。角落里的灰尘积聚成团，艾弗已经可以拿它们当球玩了，并且用胶水把它们粘在玩具火车的烟囱上。一个家里拥有的东西之多简直令人难以置信。我和汤姆一样惊诧。我们一直认为我们不是物质主义者，但是，我们有孩子，我们以一种不那么规矩的方式珍惜家里的物品：数量超级多的书、一堆玩具车、CD、分类的物品、纸片、无法辨认的东西，都等着我们去清理、利用，能够注意到这些东西就不易了。它们不再重要，已经许久没留意到，直到汤姆今天又把它们翻出来。但是，我明白他的乐趣，他珍惜我们家里的这些杂物，它们都是我们的家人。他在唤醒它们，关注它们。

我刚刚才意识到，汤姆已经无法独立完成洗澡这件事了。我帮他洗澡、洗头的时候，就像是对待某个反常的事件，有趣但最好敬而远之，就像它对我来说并不重要一样。现在汤姆不能独立洗澡，这意味着以后更加不能。我努力使自己专注在洗发水上，好让我的双手保持忙碌。但是在我心里，我可以感受到有别的东西在活动，就像是一只小虫子在泥土里钻来钻去。我们和我们家的生活都将受到影响。这只虫子的头部很坚硬，尾巴冰凉。在尼日利亚，当我还是个孩子的时候，我的脚掌上长了寄生虫，我看着它在我脚掌的皮肤下面划出一道白色的移动轨迹。我妈妈用一根针挑穿了它的身体，一点一点地把它挑了出来。给汤姆穿好衣服又花费了一些时间。不过好在我们总算是办完了一件大事，可以去晒晒太阳了。

我沿着公路朝一个废弃的海湾开去。这里已经不再开放。现在已经接近黄昏，我们花了一点时间找到进去的入口。我们把车停好。道路一直向前水平延伸，汤姆自己也能稳稳地走。我不介意享受沉默，只是安静地走一走，可是，汤姆安静不下来。虽然口齿不清，还是阻止不了他滔滔不绝。他现在进入了诙谐模式，想要交流的欲望促使他喋喋不休地进行各种解释、评论，谈论着他的各种惊奇发现，并展示他苛刻的幽默。一个朋友今天刚到家里看望了他，一路上，汤姆一直模仿他，学着日本能乐演员的方式模仿朋友脸上那副哀伤同情的表情。可怜的G，他说，我告诉他："其实还挺好的。"

他这番表演让我忍不住大笑起来。他听上去相当开心，这也感染到我。我感觉到我的脊柱在延长，我的脖子逐步放松下来。我们的手挽在了一起。

我办不到，不过我可以试试另一个方向，效果是完全一样的。这些天里我常常听到他这么说，不过直到现在我才明白了他的意思。

你是说也许你的口中说不出单词，但是你的头脑知道那个词。

没错。

你是说你原来拥有的所有词汇现在仍然都在你头脑中，只是你无法说出来，或者有那么一小部分无法说出来。

是的！

但是像诗歌、歌曲，这些都还在吗？

不，不行，我没法记得它们，一点都不记得。

我没有说话。他的语气听上去那么自信，并且带着耐性、礼貌和自嘲。我特别懒，他总是这么说。这些天里，汤姆的绅士气质发挥到了极致，就好像一个不能进行正常口语表达的人必须通过其他方式让同类感受到他的魅力。口语表达需要高度的精准性，甚至不能浪费一个音节。我很欣赏他的勇气，这表示他愿意让我知道他的情况和状态。他话语间的幽默感还是不减当年，就像苏打水在渐渐冒泡。疾病并没有影响到他的个性。一场飓风可以毁灭一切，却留下一幢房子，里面的墙壁、房顶、门窗，甚至是窗帘都完好无损。只有像汤姆这样的即兴好手才可能在灾难中幸免于难。

汤姆，等到你完全不能开口表达的时候，你仍然拥有自己。你的大脑、意识还是会陪伴着你，因为你就是你。我知道这意味着什么，我知道你的心里装着整个世界，你会没事的。

没错！非非非常常对。

所以，这就是你所说的了不起、很棒的生活吧。

是的。

是的！

阴云已经散去，太阳又出来了。公园里空荡荡的，只有我们俩。

你知道，对付癌症这件事让我们每天都疲于奔命，我们必须保持交流，我是说这样的对话，不断地相互确认，因为我现在可以思考，这里就像是一片我可以触达的洁净地带。这让我记得我是有多么信任你。因为我了解你，所以很自然会这么做。有时候，面对各种要做的事情，我会忘记和你对话，不过现在我感觉好多了，好太多了。这是我们可以一起前进的唯一方式。我们必须记住。

是的！

好吧，事情就是这样了。星期一，我们一起在这条道路上散步。星期二，我们听说医院会为一种叫阿瓦斯丁的新药提供研发资金资助；汤姆的身体右侧功能开始失调。星期三，我们只走了很短的一段距离，不到15米。我们本来要到餐馆去庆祝这个消息，却差点无法走完这段路。星期四，我们待在家里。星期五，我们又在家里待了一天，汤姆没法走到厨房，所以我们把餐桌搬进了卧室。星期六，汤姆无法走到厕所，四个人协力把他抬下了23级台阶，送去了医院。

35

艾弗最喜欢的郊游地点是帝国战争博物馆。我可以理解他的这种痴迷，但还是不能完全摸透。不过，按照他自己的说法，他对战争的热爱是非常强烈的。他把后缀加到其他喜欢的博物馆上，比如自然战争博物馆、科学战争博物馆、霍尼曼战争博物馆，就像是通过这种方式把它们并入自己的兴趣版图。这是他的第一个笑话。尽管艾弗在家里很少关注战争主题的内容，但重型装备、大炮、飞机、火箭，还有巨型卡车对于他这个年龄的男孩子是很有吸引力的。也许是这个单词本身让他感觉深不可测。上帝才知道孩子们在想些什么。男孩子们喜欢听爆炸的响声，仿佛所有的凝视和火焰的能量都聚集到了那个声响中。

今天我带艾弗来博物馆是因为他一直在家里撒娇磨人，而坐巴士去博物馆非常方便。汤姆留在家里工作，安迪陪着他。他们俩各得其所，都很高兴，尤其是艾弗都乐上天了。不过，今天我出游的兴致不高，博物馆里唯一适合我的地方可能就是20世纪40年代的房子和潜艇的复制品展厅。在其他展厅里，我不停地移动，就像一只在广场上低头觅食的鸽了。我的注意力现在接近为零。

即使是这样，我也仍旧注意到一些新东西。我前方的一个低矮展示台上放着一件杰里米·戴勒的展品，名为"2007年3月5日，巴格达"。那是一辆汽车被炸弹袭击后留下的一片残骸，它不过是那天停留在穆塔纳比街道上的许多车辆之一，现在，则成了这里的艺术品。那次爆炸中，共有38人丧生。这个遥远之地的物品被"运输"了过来，可以近距离接触到。我不是在一个基督教信仰的家庭里长大的，并不相信"变体"⑨这种说法。但是，奇怪的是，这次我几乎可以相信了，一种物质可以转变为另一种物质，物质可以在同一时刻有两种不同的状态，就像身体和鲜血。我看不懂展品介绍牌上的文字，不知道其他的展品是什么含义，只知道本体论的复杂性。但是，我看着它却感到心神激荡，我觉得自己被困在那里无法移开，直到艾弗抓住我的手——他想去看潜艇。

在潜艇展厅的时候，我收到阿瓦斯丁的消息。潜艇里的显示器已经坏了好长一段时间了。每次船员死亡都是因为压力计被破坏，水下音频被鲸鱼的噪音给干扰了。我对潜艇厅没有抱很高的期望值，只是跟着艾弗走。我拉着他，好让他不会离开我的视线，就这么玩一下午吧。没有我的影响，他探索周边环境的能力让我敬佩。展厅的空间很狭窄，很受小朋友们的欢迎。我收到阿瓦斯丁消息的时候，艾弗正在船员的简易窄床区，他轻弹着另外一个小女孩坐着的铺位床褥的边

⑨ 原意是指基督教圣餐仪式中，面饼和葡萄酒虽然保留了饼和酒的外形，但实际上已经转变为耶稣的圣体、圣血。

缘，正和她眉来眼去呢。

阿瓦斯丁药物资助已获批准。

我长长地舒了一口气，身体后退时不小心撞到了另外一个家长。这是怎么了？世界分裂了：公共／私人，家庭／世界，孩子／父亲，死亡／推迟死亡。到处是爆炸和爆炸的余波。有爱的创伤，有死的创伤，不管怎么说，都是创伤。只有遗忘才能让创伤停止。我感到喉咙里在号叫，但我压抑住了。我多么希望自己可以和刚才被我撞到那个家长互换身份。他是个法国爸爸，这次是带孩子过来参观博物馆的。我多么希望我是他。

潜艇展厅的空间太狭窄，以至于听到这个消息让我无法呼吸。艾弗的游戏该结束了，我拉着他跑到外面更宽敞的有火炮的展厅里。汤姆和安迪在家里已经高兴坏了，我的头脑还处于激动中。这个消息可能意味着某种不一样的结果，也可能没有任何影响，但我们必须要试一次。我们总是在进行下一次尝试、再下一次、下下次。这次，将是最后的、唯一的一次。有人觉得这值得尝试，所以，我们理所当然不能错过。

36

那天之后，又有其他朋友陆续到家里来：罗拉、蒂姆、汤姆、珍妮、罗格、查尔斯、理查德、马克。我已经有些累了，让他们在楼下闲聊，独自回到了卧室。不过我还在听他们说话。我想"远程"参与他们的聚会。汤姆温厚的大舌头一说话就自带幽默感。他的声音听起来就像圣诞老人。汤姆现在说话有许多特点。比如突然的停顿、语音含糊，有时候又像小步快跑，偶尔像电流迸发，在某些节点会出人意料地爆发阵阵大笑。朋友们都被他说话的魅力给迷住了。他们叽叽喳喳在聊些什么？他们关心的话题：记忆、争论、地位。他们在回顾那些即将失去的领地。对汤姆来说，越到病情后期，他说得越顺畅，流利是伴随黑暗来的。

艾弗已经完全睡熟了。我躺着，专注地听着楼下的声音。我就像是墓碑上的一尊石雕，用我的后背守护爱人的墓地。他们现在在聊什么呢？听不清楚。声音飘来飘去。我躺在床上像个孩子一样偷听大人说话。小时候，我总觉得这个时候的对话才是最重要的。现在，我感到和小时候偷听时一样兴奋。这是唯一重要的谈话。

第二天，汤姆的脑部出现了疼痛感，他很久没有这种症状了。我们不知道该怎么办。每次手术之后，医生都会给他开一些止痛药，但是，只要他还有意识，可以表达，他就会拒绝用止痛药。我吃下的止痛药都比他多。大脑不过是个无情的流浪者，是个傻瓜，它怎么知道痛为何物？但是，这次它真的痛了。很痛。

汤姆试图给我形容疼痛的情况。但是，疼痛就发生在我们的信息处理中心，这导致我们赖以沟通的主要工具失灵了，我根本没法知道他想说什么。从他的动作上看，症状像是发生在手术伤疤附近的地方，眼睛后面的位置。我担心他的视力，汤姆的眼睛看起来很可能会受到影响。

我已经数不清汤姆用过多少种药了。丙基戊酸钠、地塞米松、奥美拉唑、二甲双胍、美沙拉嗪、氯巴占、速尿、阿仑膦酸。我想让汤姆吃止痛药之前先吃点东西。很多药物说明上都写着，*随食物一起服用*。但是，光是这些药物就让人不想吃饭了。

汤姆用勺子慢慢将玉米片送进嘴里。我站在他身后轻抚着他的背。少许牛奶滴落到他身上。艾弗这时也跑了过来。*我也要，*他用一种抱怨的声音说。我给他也倒了些玉米片，他靠在汤姆身边坐下吃起来。*我呢？*于是我又同时轻抚着艾弗的背。我们三个就像是在进行一段美食节目真人秀的拍摄，我扮演的是类似于旅店标志或者一张塔罗牌的角色。**一个女人同时抚摸着两个男人的臂膀。**影片的内容则是一个男人慢慢将玉米片送进嘴里。一点牛奶滴落到他身上。我就这样抚摸着父子俩的后背很久很久，眼睛始终盯着窗户外的树。

37

现在才早上8点而已，但汤姆的病情又开始发作了。我从睡梦的黑暗中被拖入深深的暗流，一直到这阵发作停止，我才慢慢缓过神来。是不是每个早上都是这样醒过来的？也许是吧。我也说不清楚。心里稍微踏实了一点。现在当问题出现的时候，我不再像以前那样急于把问题压制下来，不会逃跑也不会哀求，只是坐在那里。

我抿了一口咖啡。艾弗已经吃完早餐。汤姆吃过药后坐在沙发上。他现在的坐姿显得体型巨大，被沙发上所有的靠枕挟持在中央。他像一个被包围了的巨人一样说话、比画，指挥着整个房间。但是，大部分时间里，他都是睡着的。过去的6天里，我每天都看到一些东西从他身上消逝——应该说是崩溃。他站不起来，不能独立行走。我似乎可以预见最后的情形。我们希望维持一个完整家庭的努力，随着黑夜白昼的流转在慢慢溜走。

清晨6点，暗色的地板上出现了大片面积的尿液。这还是第一次

208

发生，但没有什么好惊讶的，事态不过是在慢慢发展中。

艾弗几乎是飞着进房间的。他从一个房间跑进另一个房间，声音在空气中穿流，忽高忽低，就像是两种叙事穿插重叠在一起。他小心翼翼地将飞机模型拿在手里，平举着让飞机巡航。艾弗知道声呐、雷达，还有其他关于破坏的词汇。他会说死亡之语。喷气机和另外三个乐高火车模型是他的解说对象。他在模仿怪兽电影里灾难即将降临的情节。和之前两个小时相比，艾弗现在的状态可以算作正常。出于习惯，我告诫艾弗，嘘嘘，小声点。

没关系的，汤姆说，这样挺好的。

通常，我感觉汤姆受不了艾弗的"完全启动"模式。艾弗就像是一份包含了太多不同音乐元素的乐谱，就像19世纪一些疯狂的浪漫主义音乐流派，充满了乐团合奏和大合唱。汤姆现在拒绝听这类音乐。马勒已经一去不复返了。不过我也不怎么喜欢他。但是，我注意到他也不太爱听其他一些音乐了。汤姆现在需要一些更纯粹的音乐，它们可以很复杂，但是，声音应该是单线或者双线的，并且没有歌词。巴赫、拉莫、库普兰、德彪西都是适合他听的类型。此时此刻，我们正在听的就是巴赫。

快看，妈妈，艾弗说道，这里是缓冲区，然后这个喷气机这样过来，让整个城市都烧起来了，但是火车没有被烧到。它们到水里去了，它们在水里很安全。水不会燃烧。这是协和式飞机，妈妈看，这是协和式飞机，妈妈，妈妈，它的噪音非常大，轰轰轰轰轰轰轰轰轰。它过来了，火车很聪明，它们很安全，呢呢呢呢呢呢呢啊啊啊哪哪哪呜呜，撞击击击击。没有任何东西可以伤害这些火车，消防车就要赶到，它们会把水好心地洒到城市上。这里来了一些日本人，这里发生了爆炸，但是火车已经在水下了，所以它们是安全的。呢呢呢呢呢呢呢呢啊啊啊哪哪哪呜呜。

沙发被升高了30厘米。我们和儿子一起坐在上面俯瞰窗外的港湾，还有他的火车、消防车。额外增加的高度扭曲了沙发原本的功能，把沙发变成了一个壁架。我喜欢这样。只要没有其他坏事发生，我、汤姆，还有艾弗，我们三个待在这里就很好。如果我身体往后靠，我的两腿悬在半空中，就像是阳光下坐在码头边的年轻女郎。这种想象对我来说是很甜蜜的，但对汤姆来说就未必了。因为这张沙发既是他的床、座椅，又是庇护所。医院的病床还没有到，必须要通过社会工作部门层层批准之后才会被送到我们家中。等医院的病床送到我们家之后怎么办？现在家里的三张沙发又要放到哪儿去？每张沙发我们都很喜欢，它们各有用途和价值。那张黑绿搭配的沙发是为我准备的，那张老式的粉色沙发是汤姆的，还有一张破旧的蓝色沙发是艾弗的。不过，我们现在大部分时间都一起坐在这张粉色沙发上。如果医院的病床送到家里来，它会有用途，但是没有任何价值。它会在这里放一段时间，然后被送走。没错，那一段时间。

我将一只胳膊绕到汤姆的肩膀上，另外一只手握住咖啡杯。天色亮得很快。我们正对着窗户坐着。我们都准备好了。它来了。它真的来了。太阳突然从对面的屋顶上溢出，像一面破裂的铜锣，插入窗外的大树上，变成黏稠的液体和强烈的光线。那是一株大刺槐树。当我第一次透过这扇窗看到它的时候，我便决定要这所房子。黄石灰色的光照形成许多椭圆羽状的倒影，烙在窗玻璃上，光芒反射到我们身上。我们像被一群华丽的东西包围住，感到一阵炫目。突然之间，我体会到一种无限的安宁。这种感觉来自于哪里？因为我们在一起，在我们自己的地盘上，我们相依相偎。这是我们的灾难。除了灾难之外，我想不到其他任何的词来形容。艾弗的喷气机中间粘了一圈胶带。它现在发不出声音，艾弗只能人工配音。他将飞机停在汤姆的肚子上。**撞击击击击击**，呢呢呢呢呢呢呢啊啊啊哪哪哪呜呜。飞机再次起飞，大角度倾斜向天空飞去。艾弗拿着飞机不停地在空中盘旋，过去又回来。现在他把飞机从一只手转移到另一只手里，然后用他那只空出来的手抚摸着汤姆。艾弗抬起头看着我们，眼睛睁得大大的，眉飞色舞。我们、这个地点、飞机、光线——我必须拍张照片。这种感觉令人感动，全身放松，但是，汤姆正在离我们而去，真的在离开我们。**好美，汤姆说。**

　　蓝色的房间已经达到了高潮。随着早晨的阳光越来越强，墙壁色彩的饱和度达到最大值，和这些光线相得益彰。在任何情况下，我都拒绝向命运屈服。我虽然不相信，但眼前就是一个例子。当时选择墙漆时，在色表上无数的颜色之间，我恰好选择了这个蓝色。

　　两个小时之后，我打了一个电话，然后把汤姆送进了医院。我没法提前知道该这么做，但是，趁汤姆在睡觉、艾弗放在邻居家的时候，我做了这个决定。一旦决定，就马上执行。我不知道怎么做。我做的一切事情都被金色叶子的光芒镀上了一层金色。今天是星期六，但不知为何所有的外联服务部门都有人在。我给B医生打了个电话。她给我拨了回来，又给登记处负责人打了个电话。负责人此时正在病房接电话。不久，她给我打了电话，说有空病床。为了拿到病床，我们必须赶到医院立即认领。行动的催化剂马上起了作用。这股能量在我们俩体内释放出喜悦。尽管汤姆几乎走不动，但我们必须赶紧离开家，不能失败。失败意味着病床会落到其他人手里，汤姆会成为其他人的手术对象、工作和问题。他是属于我们的，他不是一个问题，他也不是别人手里冷冰冰的工作。我们不能一直这样等下去，要想个办法行动起来。

我打电话给蒂姆，他马上就赶了过来。没过一会儿，门铃响了，又来了两个自愿过来帮忙的人。我们四个人帮汤姆下楼。蒂姆走在最后，防止汤姆向后摔，马特扶在汤姆一侧，汤姆可以靠着他走，我帮他挪动脚步，走在前面的是康托尔，他是负责前方联络、清理路障和加油打气的。**继续走，继续跟上我，就是这样，非常棒。**

我看出汤姆的右脚已经不听使唤，必须要靠手往前挪。他的右手也在颤抖，不停地抖动，在空中轻轻地挥动，似乎不知道该放在哪里。汤姆的大脑对他的右侧身体已经逐渐失去了控制权。他的右侧仅能够进行有限的牵引动作。这些都是可以看见的，而没有被看见的是，我们四个人现在都是汤姆的臂膀，他在指挥我们怎么做。汤姆的注意力高度集中，动作精致而缓慢。这时的他，是汤姆精华的高度浓缩，是一个令人难以置信的、代表着他的思想结晶的、全新的自我存在。他的思维促使他走下楼梯。

意识的透明薄膜就像最薄的油酥面皮，又像是一层金箔，相互之间轻轻摩擦，然后粉碎，化成一片尘埃。我无法让自己把眼睛从汤姆身上挪开。他铆足了全身所剩无几的力量，推着他的身体一步一步地往台阶下走。整个帝国正在崩塌。画面是如此壮观，令人难以置信。虽然我的眼睛记录着这画面，但我还是不敢相信。我将见证这一切。一人统领，三人协作。四个人在楼梯上尴尬地纠结到一起，就像是挤入一幅画面狭窄的油画里。13级黑色的台阶，一个转弯，经过左侧书架，一段很窄的过道，又是三级未上漆的木质台阶。然后是一长段平地行走，经过折叠式婴儿床、摩托车，又有六级台阶，现在走到石板地面了，我们已经置身于秋天的空气里。他的右脚犹豫了一下，离开路缘坐进车内。黄色的叶子在风中摇曳作响。就这样，一个男人离开了他的家。

Section
3

1

2010年11月1日

亲爱的朋友们：

有两个消息。第一个是，汤姆这个周末在盖斯医院住院，因为上个礼拜他身体右侧半边的活动能力退化得非常快，继续让他留在家里是不明智的。

汤姆的精神状态很好，我们希望他能继续保持下去。如果你有空过来看他，他会非常高兴。他还住在原来那间病房。卡片、照片、文字都非常欢迎，有时候打电话也不错。

第二个消息是，化疗药物阿瓦斯丁的医疗资助金已经获批，汤姆可以得到治疗。我们上周获知这个消息，大家都非常高兴和惊讶。化疗安排在周三开始。

现在是非常时期，相当动荡，但同时又非常了不起。感谢大家的帮助，汤姆这段时间才有可能努力练习说话、继续写作。

爱你们。

医院8楼，我们来到了一个完全不同的空间。高大的建筑体在它的底层形成一股气流，但是随着直梯快速上升，这股气流的影响越来越小。病房内，我们的呼吸和其他人的呼吸亲密地混合在一起。病房的温度是恒定的，但是，刚从外面进来的我还没有适应。衣服穿得太多或者太少都不舒服。在这个使人感到安宁的地方，与外界严密隔绝之下，汤姆反倒变得昏昏沉沉，完全失去了之前的那股神气。自从踏进这里，他就没法在无人帮扶的情况下移动了，身体上的问题越来越严重。他看起来很奇怪，却又似乎容光焕发。

关于具象化，汤姆有很多想法，尤其是在艺术领域。成为照片中的一个形象，这是一种怎样的体验？他仔细剖析具象化带来的压力，它的表现张力，以及和表现相关的庞杂内容。生理上的自我的形成过程是令他感兴趣的话题。应该说，汤姆的"生理自我"让这个话题丝毫不枯燥。

对于自己的身体，他有很多东西要学习尝试。不理解自己的脚的感受会带来无尽的影响和不安定因素，但是，精神上，这是一个全新的世界，汤姆在里面步履蹒跚。他现在必须在其他人的帮助下才能移动。但他不是被随意摆布的一个物体、一只装在麻袋里的狗、一个在睡袋里的男人，他更像是一个君主、一个寡头政治的掌权者、一个来自异域外邦的实体。被囚禁在这种状态中的生活是如此寡淡无味，除了升降床、毯子、绑带、轮椅，再无其他。但是，我又忍不住觉得，这是一种如此聪明的安排，需要双方机敏的配合，一边是汤姆，一边是他的护士。汤姆需要发出指令，然后护士提供他需要的服务。对于陌生人接触身体，他不再羞涩、尴尬。这是实情，有些事情以非常直接的方式在进行。这不是一个道德问题，是他的身体出错了。疾病披上外衣，就像是沾上了一层肉体羞耻感的黏液。羞耻感的丧失似乎是一种启示：没有任何理由可以成为妨碍汤姆治疗的借口。

到目前为止，我们一直住在病房里位置最佳且视野最好的那张病床。汤姆在医院里可不安于清净，这正好合了他的心意。汤姆的病床最靠近病房门口，旁边就是一面大玻璃，可以看到旁边护士站里的情况。座椅的橡皮轮在地面上摩擦发出吱吱声，有几个护士在聊天，有的人坐着聊几个小时的电话。护士们一边伸懒腰，一边在各种表单上画钩，有时候突然因为什么事情就挪到另一个角落，座椅轮子在地毯上摩擦，但他们连屁股都不抬一下，好像粘在座椅上了一样。她们在病房里各个病床之间飞速移动，但是一点响声都没有，就像是餐厅座位引导员，又或是专门接受过身体平衡的训练。他们这是在训练吗？他们是怎么移动的？就像舞蹈演员一般，他们的姿态里都带着个性，不同的姿态里透露着不一样的情绪和信号。温柔的、紧张的、平静的、有趣的、爱打扰人的、平滑的、易怒易爆的、宁静的，各种各样的组合。这就是我们住院的环境。汤姆在这里就像个新生儿，缺乏经验，他还像以往一样有生命力，但是，他的要求越来越多、越来越多。

夜晚，汤姆病床前的灯光下，有一块油漆过的标牌非常引人注目。这是鲍勃和罗伯塔·史密斯做好然后寄过来的。上面写着我"相信汤姆·卢伯克"。标牌的反面，有一行看得不太清楚的红色潦草字迹：视觉艺术是最好的药物。

一圈青金石蓝色的纸质窗帘环绕着汤姆的病床。虽然窗帘把我们的空间限制在几平方米以内，不过，由于这些窗帘对声音的反射，汤姆每次说话都能产生一种浓缩版的剧场效果。你可以把它理解为喜剧、搞笑或者警告，这完全取决于听众的心情，以及与汤姆的亲密程度。吃一块香肠、被人听懂了、脑袋被人抚摸、喝一杯咖啡、看一部电影、听一则趣闻、想出一个单词、听一段音乐、看到一个朋友从角落里走过来，这些对于汤姆来说都是有点吵闹的小愉悦，让他变得深刻而性感。嘛嘛嘛嘛没错，他拖长了音，吞吞吐吐地说话，眼睛睁得不能再大了，目光聚拢在进入视线的目标上。

医院的食物让我感到震惊，实在是太难吃了，真不是开玩笑的。每次送餐来的时候，我的胃都要揪一下。我要被这里的食物给打败了。我可是真的一点也不夸张。我尝试吃过一些，一天是淋了酱汁的软骨，另外一天是已经冷掉的水煮白萝卜和胡萝卜丁。这不是我们平常吃的东西，也不是任何人应该吃的东西，它们要么让你吃坏肚子，要么能治好你的挑食病。如果我有力气打架的话，我一定会的。我给汤姆喂饭，有海鲜饭、意大利面、沙拉、汤、香肠、寿司，有时候是从家里带的，有时候在市场上买。尽管我和许多朋友都尽力不让糟糕的食物影响"士气"，但是，我实在无法照顾好一日三餐，所以，有的时候汤姆不得不屈服于那些医院糟糕的饭菜。药物让他胃口大开，面对高热量、高糖分的零食，他可以毫无节制地吃一整天。我花了好长一段时间才明白他在干什么。

与个人空间的扩大正相反，他的感官正在一点点地被环境侵蚀。所以，一旦有任何一点新奇的刺激，对汤姆就会产生惊天动地的效果。他的嗅觉、视觉、味觉被棉质床单、恶心的食物和房间里穿着相同病号服的人给遮蔽了起来。我用轮椅推着汤姆到河边，用全身的力气推着他在伦敦桥上的人流中逆行，经过那座外观神秘、还未完成的夏德大厦。这里是豪华都市，带着病菌的建设者、上班族、烟民、小贩在身边快速移动。带汤姆到室外来真心特别耗费精力，刚开始还不觉得，过一阵子才发现累得不行。不过，他倒是特别有精神和活力。他喜欢出来，这是一种相当残酷的亲切感。坐在轮椅上，他看到的不是前方路人的脸，而是各种路障、树干、屁股、大腿。上帝，他们又臭又疲惫，衣服也乱糟糟的，甚至一边走路一边吃东西！在医院的高墙之中，汤姆的感官已经退化得厉害。回到病房后，我给他喂了一勺从市场上买来的微辣泰式浓汤。我以为他会喜欢，但是，他刚喝下去没多久就像是坐上一支火箭，整个人被辣得要飞起来了。整整十分钟，他一直在呻吟，喝了好多水才缓和过来。一块加了斯第尔顿奶酪的燕麦硬饼让他惊叹不已，他都快感动哭了。

汤姆有各种各样的要求。今天我必须带巴伯夹克、一条毯子、石榴汁、一个橙子、一只香蕉、指甲剪，还有一个直角马克杯。夹克和毯子已经准备好，这是汤姆出行要用的。塞尚的《玩纸牌的人》系列一共包含五幅作品，其中的三件将同时在考陶尔德展出，我们已经计划很长时间要去参观了。这趟行程包含了复杂的后勤准备，包括动员萨沙和薇薇安一起去，带一把轮椅，制定交通计划和参观计划。就在几个小时的时间里，我学会了很多知识，这些都是过去我不知道的，简直难以置信。随便举一些例子：我了解到伦敦出租车司机对轮椅使用者的冷漠，残障人士通道几乎完全被占据，推着一个成年男子在外面连续走上几个小时是什么滋味，想干什么就干什么实在是健全人的一项特权。与所有这些令人感到悲哀的事实相对的是，我意识到，为了满足一个病人的娱乐计划，护士们需要提前做多少准备。

我们很熟悉画廊里的作品。塞尚画笔下的农场工人身体向前，就像复活节岛上的雕塑。一件来自纽约大都会艺术博物馆，一件来自伦敦考陶尔德艺术学院，一件来自巴黎奥赛博物馆，还有其他地方的一些作品。我们在此度过了很长的一小时。

汤姆说，你必须去做。他这是在说，他非常想和我讨论，但是他没办法起头，需要由我来引导，他可以参与。我转到汤姆轮椅的背后，其他朋友护卫在他两旁，我们慢慢地从一幅画走到另一幅画前面，又在它们之间来来回回。我还没有完全准备好。我讨厌塞尚的这些人物，全是又聋又哑的男性。关于画作的年份我们发生了一点争议，最后证明汤姆是正确的。画作都是相当复杂的，你难以找到词汇去准确描述它：一件被制造出来用于代表其他某种含义的东西，在木板或油画布上涂上的颜色和图案，一个被构建出来的世界，一块代表自身的标志，一段历史事件，一个系列中的一个时刻。当你知道观看这个动作本身就是有时限的，你如何才会停止去看这些画作？到底什么时候才是看够了？

我们已经比计划的时间拖延了。汤姆已经耗尽体力，身体开始发抖。在这样一个雨夜，为了让他尽快回到家里，我跑到交通岛上等出租车。这边是单行线，意味着一定会有车到来。我告诉第一个停在我面前的出租车司机去接一下坐轮椅的人。好吧，女士，司机说。然后，我看着这辆车的尾灯混入车流朝另一个方向开走了。没有其他人停车。斜落下来的雨水很冷。冬季雨天里的伦敦实在是太令人悲伤了。我还会像正常人一样感觉到伤心吗？我很期待。终于，我招到了一辆车，坐了进去，然后迫使司机转弯去接汤姆。就在我和司机对抗的过程中，我接到了来自临终关怀机构的一位女士的电话。她给我打电话是想告诉我，作为病人的照料者，我有资格申请辅助疗法，比如按摩、针灸和芳香疗程。我再也忍不住了，对着电话歇斯底里地骂了一阵脏话。

汤姆要看一本书。我们在电话上沟通这事。牡蛎，他说，不对，该死的。

好吧，它在哪儿呢？

在我的书里，再试试……牡蛎，不，奥斯特。

我知道他不是在找保罗·奥斯特的书。让我们用排除法吧，它是在你桌子上吗？

汤姆答不上来……我们过十分钟再试试，汤姆，你会想起来的。我会再给你回电话。

过了一会儿，我给他打了个电话。

英——国——奥——登。

是的，很好，在哪儿？

卧室里放诗歌的那几排架子，一本粉色和白色的书。

找到了，英国作家奥登的《散文和诗歌精选》，找到它简直是个奇迹。还有一本疵点（词典）。这个简单，罗杰的那本⑩。我们找到了。到目前为止，我们总是可以找到汤姆想要的东西。每次我都像玩猜谜一样找到答案。这难不倒我。

没过多久，我发现了我们的对话——在诗歌书架上的英国人奥登，在我们卧室，粉色和白色，散文诗歌精选——被汤姆用破烂的铅笔写进了笔记本里。汤姆总是带着笔记本，他用它们做记录、画画，走到哪儿就带到哪儿。每次看他做笔记的样子就很有意思：他把本子拿得老高，放在胸前舒服的位置，手里拿着一支铅笔；从本子的一侧看过去，就好像上面已经写了什么重要的内容；然后突然一阵灵光闪现，潦草的数行文字记录下了他某个瞬间的想法。汤姆拿笔记本的习惯和他抽烟的习惯很像，或者和他曾经抽烟的习惯很像，一旦想要记录就迫不及待地掏出本子。过去几个月里，他的笔记本上就像受到了病毒感染，不同本子的功能和作用差异很大。把所有内容记录在一个地方是非常有必要的。这不是一个简单关于记忆的问题，因为可能某个词之后就不"属于"他了。所有东西都需要笔记本的记录，因为这些本子表示汤姆仍然存在。

---

⑩ 指《罗杰英语单词与短语词典》。

家里的每个房间都有汤姆的本子：黑色封皮的小本子，随便翻开一页，上面随意地写着几个单词，有时候一页上面可能只有一个单词，或者一个简单的形状。汤姆在用纸方面从来不会节省。他的字写得很糟糕，连我都几乎辨认不出。现在就更差劲了。他习惯用自动铅笔，但我从来没学会怎么用。我也不知道为什么，我又不笨，却从来没能掌握怎么使用这种铅笔。他用的是最细的那种石墨笔芯，就像硬化后的蜘蛛网那么细，要把这么细的笔芯完好地装进铅笔里，力度要很轻柔。

8月，汤姆短暂住院之后，他的药量从每天两种暴涨到八种。我必须拿出笔记本给他记好。我的是一个黑色封皮的本子，正好有我一只手掌那么长，适合放在口袋里，我走到哪儿带到哪儿。本子最前面记着汤姆和他的必需品：药物、我们对话需要的单词、X医生的嘱咐、Y医生的嘱咐、诊断情况、发作的日期、需要咨询的问题、专业人士的电话号码。本子后半部分则是一些和癌症关系不大的事项。本子的封面已经开始磨损，但这个本子是最近才开始用的，于是我找来透明胶带把封面重新粘好继续使用。

汤姆又给我打来电话，他需要点别的东西。

总共有三件，白色的酸奶。

不，你肯定不是要找三份白色酸奶。

不，我知道，但是我要你找到最大的那个。

酸奶？

不，宝贝，还是不对。

好吧。过了一会儿，他的电话又拨过来了：T恤。好的，我明白了。我已经猜到了，并且已经把衣服装好了。我们就是这么交流的。

当我们面对面的时候，我们可以很容易地进行交流。但是，打电话时，我们就像是隔着采石场在喊话，不断会有大块石头砸下来，地面上全是碎石、灰尘、坑洼和像幻灯片一样令人眼花缭乱的场景。每一次对话都必须找到一条独特的路径，并且永远不能重复使用。实际上，没有什么是实际的。我们会突然之间打个电话，通常是在夜里很晚的时候，就像人们所说的"怀旧"，只不过这是我们的现在和未来。我们会说一些细致精巧但无关紧要的话，比方说我们不讨论袜子或是睡觉，而是会聊到白炽灯泡像一个连接光线的胶囊。如果这个世界上存在幕后操控人类的机构，那么这个机构一定非常残酷。因为，我们现在根本不应如此奢侈地挥霍时间。

顺着阳光反射到地面的影子看过去，我是一个小个子跳水选手。我现在站在跳台最高的一层。我的方法很管用。我控制好自己的节奏，来回弹跳了两次，利用跳板的弹力将我整个身体往上弹起。这是一次完美的起跳。我感受到一阵温暖的气息从地面推向我。除了我的上升还在继续之外，它并没有停止。我上升得太高了，肯定要像抛物线一样再俯冲降落。我心里已经准备好下降了，重力把我的大腿往下拉。我的脑袋昏昏沉沉，应该减慢速度才好，可是身体还在继续往上升。这时我听到有朋友在对我喊话，像是在警告我。另一个高台跳水员身体弹了上来，然后形成一道弧线，他很好地控制住了空中旋转，身体像灌了铅一样头朝下垂直向水面冲去，然后平静地划破水面，没有波纹，也没有流血。重力就是跳水最主要的原则。我开始减速，准备好旋转，但是旋转并没有发生。我的速度在放缓，没有再往上升，没有空中旋转，没有下落，那会发生什么事情呢？我会停下来，我会被挂在半空中，永远都掉不下来。但是没有，我的身体甚至都没有停下来。除了继续上升之外，什么都没有发生，我就像是一个悬浮物。我还没有停止移动，地面上的人根本够不到我，但是我脑海里还一直想着那个旋转，我的身体调整好平衡，准备朝地面的方向冲过去。

3

2010年11月5日

亲爱的朋友，亲爱的同事：

自从汤姆在2008年被确诊出脑癌，他就开始着手记录他的生活和工作，并为此写了一篇长文章。

这篇文章将刊登在这周日出版的《观察家》上，就是2010年11月7日这期。

我们觉得你会有兴趣打开读一读。

对于那些太远的朋友们，你们可以在线阅读到这篇文章。

请放心地将这个消息告诉其他朋友、读者、汤姆的支持者。

医院要进行一场病情研讨会，以决定汤姆的后续应对方案。我在头脑中已经无数遍地排练过各种可能的未来，设想这些专家还能想出哪些办法。研讨会还没开始我就焦虑起来，就像是上台表演之前一样。于是，我开始上网。

我想另找一所房子。显然，我们目前的房子是不适合汤姆居住的。我输入几个关键词——本地、底层、单人、有残障设施，然后我在搜索结果页面最顶端看到一条非常符合条件的房子，自己都不太敢相信。于是，我把它打印了出来。这是一个面积很小的独立单人套房，有落地窗。位置也很近，就在公园的对面。从分辨率不高的图片上看，门的宽度应该可以让轮椅进出。房子一楼有浴室，看起来各个方面都符合需求。我曾路过那所房子，对它也饶有兴趣。

我们可以住在那里。艾弗和我可以睡阁楼，汤姆的床可以放在落地窗边。晚上，我们可以一起聊天。再过几周圣诞节就要到了，这很快变成了我要面对的一个问题。我觉得我们需要一个很棒的圣诞节，绝对不能在医院里草草了事。所以，我在找其他能够庆祝的地方。这个房子正好合适。我们可以住在里面，邀请朋友们过来。可以做一顿大餐，满足很多人的食欲。我知道这个计划很昂贵并且危险，相当疯狂，但怎么说它也是一个计划。我又感到振奋起来，决定在讨论会上把我的两页计划书拿出来。现在，我感觉好多了，总算搞定了一件事。

第二天，我们出现在家属室。艾弗对这里的一切产生了浓厚的兴趣。理疗师、职业治疗师、一个我从没见过的医生、一个非常年轻的护士，还有一个大饼脸的澳大利亚社工，他说他是被分配给我们的——我也从来没见过他。B医生的登记员一直到会议结束前10分钟才赶到，协调员和缓和治疗团队的所有人都没有出现，但我到最后才注意到他们的缺席。我觉得，这个澳大利亚人是决定汤姆能否出院的负责人。我们和缓和治疗团队完全没有联络，所以我也不知道他们不在场会不会有问题。尽管大家都不愿意让一个癌症晚期病人坐这么久轮椅，会议还是推迟了一个小时。我们仿佛处于一种精致的黑色幽默之中，但是并不介意。我给汤姆展示我的小计划，他的眼睛愉快地瞪圆了。汤姆的脸就像是移动的表情包。在眉毛的辅助下，他的一双眼睛可以表现很多不同的含义。就像出现环境变化时，海葵发出的细微反应、海水温度的微小变化、移动的浅滩浮游生物、温暖的水流或是漂浮的污染物。他那双眼睛有平时的两倍大，皱纹深深地刻入那张满是笑容的脸上。皱纹可以吸住你的目光。他觉得这个方案很有趣、很棒。汤姆似乎也相信我可以找到前进的方向了。因为他相信，我也相信，就这么决定了。我们意见一致，看这些人还有什么要说的。

会议终于开始了。那个澳大利亚人就像一头顽固的公牛一般，抢占了讨论会的中心。当我们提到我们家不适合汤姆住下去时，他的下一句话就是，市内所有疗养院都不要考虑，因为它们都相当狗屎。他的确用了狗屎这个词。房间里有人温和地提示他要注意态度，但没起到什么作用。到目前为止，对话基本上是这样子的，汤姆不能留在医院，汤姆不能回家，疗养院想都不用想。

没过多久，参加会议的人开始针对这个澳大利亚人和他的消极说辞进行讨伐。真是浪费时间。要是别的时候，我可能会用电话砸他的脑袋，让他的道歉见鬼去，但是今天，他不是问题中心。很明显，在场的所有人都没有更好的办法。因为我的确有一个计划，而保持僵局对我们来说毫无用处，于是，我拿出我们家的房产证明在他们面前晃了晃。我果断地说，看来唯一可以让我把汤姆带走的方式就是花钱。四周都安静了下来。汤姆大笑起来。那个澳大利亚人说道，如果我们有一所合适的房子，医院可以给汤姆提供更完善的社区看护服务。又是一阵沉默。我大笑起来，然后迅速指出了汤姆接受过的那些社区看护的各种问题。那个澳大利亚人又说，他们已经比城里另一家看护机构好多了。

这场会议充满了无力感。会议室的窗户上贴着一张贴纸，上面写着密封防尘，请勿打开。那些一直在机构里工作的人可能会对这样的标识司空见惯，但是我从来没有在这样的机构里工作过，所以我不这么看。我不明白到底发生了什么。这场会议从召集人员开始到现在，已经占用了七个大忙人每人100分钟的时间。房间里的专业人士互相推诿，澳大利亚人见缝插针地说两句。有两个人自始至终没有说话，包括坐在门口的病房值班医生，他的一条腿伸到门外，明显心不在焉。我依稀地意识到，这里缺少一个主事的人。B医生的登记员不在，其他可以代表B医生的人都不在场，这是个问题。一直到很久之后，我才在想，是否我们也有问题。我们看上去很轻松，甚至可以说很放松，我们以这样统一战线的方式出现，是要让别人知道我们坚不可摧。也许我们想得太简单了，也许我们觉得自己能处理好所有麻烦，所以，人们总是不重视我们的问题。这太难了。对我们而言，在现在的条件下，竭尽所能地保持自我是精密的表演，是一门艺术。就是这样。我知道汤姆也在这么做。他很投入，但并没有竭尽全力。我和他一样。我们俩的心思都很难猜。

这次会议上没有那些我希望听到的简单总结。比如说一句简单的话：*汤姆需要24小时护理*。基于日常的观察依据，很容易就能得出这个结论，但是，会议上却没有人提起。一直到一个礼拜之后，一个叫凯伦的护士才在一份总结里提到这一点，而且是轻描淡写地一掠而过，我的脸当时就红了。*他当然需要，我真是个傻瓜*。另一条没有人提到的结论是：社区看护服务不包括夜间。这也同样是个非常简单的命题，大部分坐在这个房间里的人都很清楚，但是我不清楚。也没有人提出来。所以，我打算去执行我的圣诞节计划，从纸上开始，然后将它实现。

4

艾弗疯了。他刚刚从午睡中醒过来，情绪还非常不稳定。

要鸡肉，不要鸡肉，不是这样的，不要骨头，要一根骨头，不不不不，不不不不，要鸡肉，我累了。不！

冷静，冷静下来。

我不能冷静，我很害怕。

我们都很不安，这的确很困难。艾弗，你做得很好，非常好。我知道你在为爸爸担心。

不是的，我不是为爸爸担心。我在担心鸡肉。

和艾弗对话就像是进了矿井，到处可能埋伏着看不见的隐患，可能在任何位置爆炸，爆发出一阵意想不到的火焰，就像超现实主义的迸裂。痛苦了一阵之后，我整个大脑都麻木了。现在，他就在我面前的大厅里，穿着一条纸尿裤摇摆着屁股晃悠。*我这么晃悠的时候，我的便便就会欢乐地在我的尿布上滚来滚去。*便便是艾弗的能量源泉，他不会让它轻易地从他身上掉下来，而是坚持用尿布接住，让便便安全地靠近他的身体。一直到他知道怎么使用厕所之后很长一段时间里，他还是保持这个习惯。对于他这个习惯，我感到非常有压力，也已经厌倦了。一般男生可能也有这种习惯，我没法判断艾弗的情况是否更严重。

从艾弗身上看不出日常的创伤对他的心理造成的明显影响。他身上隐藏不了任何秘密，任何事情都可以透过他的眼神观察到。不过，这也意味着他时刻都处于我们的观察之中。我对任何警告标志、身体变化，或是任何可能暗示焦虑的细微行为变化都非常敏感。但是，到目前为止，我还没有从他身上发现这些迹象。他没有得过湿疹，他也很喜欢玩耍。他对其他孩子没有攻击性，他也没有不肯吃饭的情况。但是，所有他所做的事情事先都经过了他的大脑的评估。他刚学会说话时，任何想说的话都会告诉我们。藏住自己的大便可能是他的一种防御方式，表达能力是他的防线。

艾弗，我们试一下在厕所里拉粑粑。

不要。

来吧，过来，为了我坐下来，只要两分钟，你什么都不用做，只要记得怎么做就行。

不要。

为什么不要？艾弗，怎么回事？

我在担心爸爸的肿瘤。

从他脸上令人怀疑的表情和他的语气来看，我知道他这次又是在打他的王牌。他在尝试使用这个撒手锏，并且做得相当好。他知道这么做会有用，这是张威力巨大的牌。每当他使用它作为这些小把戏的借口，这张牌和这些把戏的关联就被削弱一次。但是，这张牌是无法对抗的。*艾弗，你真是个天才。我担心爸爸的肿瘤*这句话无往而不胜，而我总是败下阵来，无一例外。我想任何大人处于我的位置，都会是这样的。他真的是专业的玩牌高手。*我们都很担心爸爸的肿瘤，亲爱的，但是大便是大便，肿瘤是肿瘤。*这句话有些作用，他乖乖地走过来，坐在坐便器上。我们聊到托儿所，聊到午饭、贝尔法斯特号巡洋舰——在医院旁边有一条小水沟，我们在那里玩了军舰的游戏。过了十几分钟，他从坐便器上下来，说，*没用的，我还不是个大人。*这句话非常接近问题的核心了。为了拒绝从小宝宝的状态里出来，他用所有的能量将我从身边推开，不愿和我相互依靠，而是跑进一片为自己建造的小空间里。这完全可以理解。

最终我要一个人带着这个孩子，一个如假包换的孩子。他来到这里，从来没想过只和我相依为命。艾弗是一个结晶，两个种族的融合。他有那种能量。今天一大早我给他剪头发，把他从一个小恶魔转变为一个听话的小孩。他很容易讨好，我会贿赂他，比如抱着一盒葡萄干安静地坐着。很多个夜晚我们两个单独待在一起，主要是因为疲倦，以及我喜欢和艾弗在一起，还有部分原因是我懒得找人帮忙照顾他，别人的帮助也很有限。我试着去想我们之后将会如何，因为我们一直是三人组模式，这意味着整个生活模式，包括思维方式都必须改变，就好像一片大陆要把自己想象成一座小岛。

当我们的三重奏结束的时候，孩子还是会在我身边。这是一个小小的好兆头，因为我还可以继续照顾他，反过来，他可以照顾我。今晚，我吃了好几勺冰箱里的香蒜酱，然后吃完了艾弗的剩饭剩菜。在医院里度过了漫长的下午，现在他已经坐在沙发上准备好吃冰激凌了。现在已经是晚上8点，但我们的时间过得相当任性，刚刚才在火炉边吃完晚餐。

你要一点冰激凌吗？

好的。你买了吗？ 他问。

买了。

他莫名其妙地朝我笑起来，两条光着的腿兴奋地乱踢，脚趾头都踢到自己了。我大笑着打开冰箱冷藏层。他是个幸运的孩子。上帝，他真的很幸运。

不管艾弗和我走到哪里（我们不会走很远），我们的脸总是会朝向病床方向的天空，仿佛它是信号塔，每天起床和入睡的时候都会朝着它的方向。它是我们的磁极。艾弗有自己的感知方式：好奇、易怒、包容、随和、焦虑。而我不在汤姆身边的时候就和他在一起：开车、思考、回家、拿东西、列表单、回忆。

汤姆在床上的位置被固定得很死，他几乎无法看见南边的风景，不过可以越过另外一片市区高楼看到太阳下山的情景。从8楼眺望出去，你可以清晰地看到保罗大街、泰特现代美术馆的深色塔座、泰晤士河，还有伦敦眼。大家都说快要下雪了。天气变得越来越冷。这些日子过得不错，但是又提心吊胆。不错是因为他还能给我打电话，可以笑，可以用他厚重混沌的声音跟我说话。他的声音缺乏锋芒棱角，越来越模糊，越来越含糊，仿佛被揉捏了一样，似乎接近于液体状态，能发出声音就不容易了。提心吊胆是因为，他已经永远被掌握在别人手里，与家庭的分别已经是无法改写的事实，我们没有其他办法。然而，尽管要分离，我的心还是在他身上，因为担心他摔倒、说胡话、癫痫发作、暴躁。我可以有时候过来陪着他，但不能经常这样，因为总是会有些不得不做的烦心事，不过我还是会抽时间去陪他。坐在床上，我们共用一根耳机线，各戴着一只耳机，听着利盖蒂的音乐响起：音乐唤出了满天星星。

床不想让人离开，但人们说你不能一直和床待在一起，所以才有了夜晚和床亲密接触的时间。周六早上我们出门很早，我顺便去给汤姆送去了几件干净衣服。周末在病房的时间过得相当慢，我到汤姆病房的时候，他的床铺窗帘还是拉上的，但是因为我赶时间就直接要求进去了。**我当然可以直接进去的**。掀起窗帘的一侧，我挤进床尾狭窄的空间。

汤姆的身体笔直地撑在枕头上，上身像是被裁减缩短了一样。三个来自不同大洲的妇女正在给他洗澡。洗澡水的水温接近体温，里面滴了一些精油，旁边是汤姆的一些湿衣服还有要用的干浴巾。洗好澡之后，一个人给汤姆的腿上抹润肤露，动作懒散。另外一个在修理他的指甲，四个脑袋凑在一起就像是在聊天。在这个全世界上人口最密集的城市中最繁忙的医院里，他们在分享彼此的时间。这时，汤姆看到我来了，脸上马上出现愉快的表情。**啊啊啊啊啊！好好好好好啊啊！**其他人的声调也提高了，声音里透着温暖和愉悦，纷纷过来迎接我。不用着急，他们说，你可以待在这里。我没有打算离开，我甚至都不想离开。我不想就这么结束。汤姆现在是所有人的关注焦点，他相当放松，一副很享受的样子。一切都很完美，我多么希望这一刻就这样延续下去。可是艾弗还在楼下等我，我现在必须下去了。于是我拥抱了汤姆，然后转身穿过窗帘走了，但还在不停想着刚才病房中的那一幕。

我们要去一个朋友家。他家在一片山谷里，没有移动信号。今天的空气很差，到处漂浮着灰尘，天色阴沉，淫雨霏霏。外面很冷，夜幕降临后，整个村子进入了宵禁状态，路上看不到几个人影，偶尔有两个人进出酒吧。每家每户都有一台超大屏幕的电视。

有些时候，我会特别想和汤姆说说话，比如早餐过后午餐未到的时候、下午茶的时候，还有病房快熄灯的时候。当汤姆想跟我说话的时候，他会给我发一条空白短信，然后我就会立即给他打过去。我们总是在给对方打电话。朋友带着我走到进村入口道路旁边一段地势较低的地方，如果走运的话，站在泥土堆的最上面可以收到一点信号。

黑暗中，只有月亮与我为伴。夜幕之后，它就一直尾随着我。这时，就像发生了微弱的奇迹一般，手机有了信号，一个标志在手机上闪烁，又来了一个，然后我听到了电话那头的男声。我用外套把自己紧紧包裹起来，汤姆含糊的搞笑声音不停地对着我的耳朵咕噜咕噜，就像喝醉酒了一样。他听到我的声音别提有多高兴了。我们俩都兴致勃勃。他就像一个特技大师一样娴熟地利用他的词汇库。他现在还能说多少单词？应该不超过30个吧？我告诉他我正站在一个小土堆上，告诉他我看到的月亮、周围的泥土。我又跟他回忆起曾经在苏格兰的时候，他也为我做了同样的事情，每天晚上跑到地势高的地方给我打电话。那种感觉就像是在原始时代，只有在传说中才能听到的爱情故事。黑夜中，周围没有其他人，我可以自由地把声音传递给汤姆。我们相互道晚安、晚安、晚安，还说了所有我们想得到的告别词语。

5

肿瘤还在长大。小肿块仅仅是个开始，这非常不寻常，许多人在它出现之前已经过世了。肿瘤选择了通过手术开刀的伤口这条最脆弱的路线撤出脑部，现在已经在头骨外的地方继续长大。这种生长也许是好事，因为至少是在我们肉眼可见的地方，方便定位和观察病情发展。所以，现在汤姆大脑左侧耳朵后面长出了一个网球一样的瘤子。或者说是橙子？土豆？还是像一盒橡皮泥？

扫描科医师、主治医生、神经学家对这个新生肿瘤的形容各有不同，但都是些主观的形容，比如说豌豆、葡萄、弹珠、念珠，他们也可能说过珍珠或者烤豆、荔枝什么的。过去几个星期里，或者是几天时间里，这个疙瘩已经长大很多，比他们所说的所有这些东西都要大，而且它看起来很生气。它的顶端呈现红色和黄色，马上就要胀破的样子，等到那个时候，我们的麻烦会更大。

癌症原来就是长这个样子的。我之前从来不知道癌症还能像植物一样长在表皮外面。有一次我看见一种很神奇的叫作醉鱼草的杂草，正好长在格拉斯哥公寓一扇窗户的下面，完全是野生的，从没有人修剪过，已经长得相当高大。毫不夸张地说，它看上去就像人一样：粗壮、深色、血腥、长满肿块。人就是这些东西构成的。

如果现在我告诉你，我们三个人在一起很幸福；如果我告诉你，我们完全不在意这个肿块，因为现在发生在我们身上的事情早已开始，剩下的过程完全是由我们的生活决定的——你会相信我吗？就这样吧。我再强调一遍，我们过得很好。

6

我的脑海里曾经出现过一段情节。非常奇怪。是一阵重压下的红黑色的熔岩以极快的速度向四周蔓延，地壳下面的东西已经被熔化，冷却之后就覆盖在地壳之上。不同地壳层之间出现了摩擦，有什么事情像是要发生。我的头脑里有一根弦。这个月我有两个任务要完成，要给我丈夫找个地方让他走完最后一程，还要给我的孩子找个小学。而这两件事情的最后期限就是现在。由于许多原因，我没法理解这第一件事为什么这么难。由于集体的不负责任、互相推诿、无能、系统故障，还有糟糕的社工人员，我根本没有得到足够的——不，应该说是完全没有得到任何帮助。关于第二件事情，我听说在伦敦入学已经相当困难了。

我还没有服用任何稳定情绪的药物，或许我应该试一下。那段情节出现在我和B医生打完电话后的深夜。电话本身并没有什么出人意料的内容，完全没有。只不过更坚定了我对社区看护完全无用的判断。虽然已经预料到这个结果，但心里更加空落落了。和B医生聊完，我直接躺到床上去了，感到头一直在下沉，卧室在旋转，就像喝醉了一样头晕恶心。这种状态一直持续了大概十几分钟，然后我便睡了过去。

第二天早上醒过来的时候，我发现我的皮肤像是长了脑子、有了意识一般，它活起来了。我几乎感觉得出它想叛逃，我就像是套上了另一个人的皮肤，并且，它没有休眠，而是处于活跃状态，不断向我的身体发出细微的电脉冲。刺痛和冲击不断刺激着我的身体、我的脚底板、我的下巴、右侧的肩膀，还有后背下部。整整一天，这阵刺痛都没有消停下来，让我难以集中精力。我想陪艾弗玩一会儿，可是，我感到手臂里的神经在一点点爆炸，发出响声和刺痛，根本无心陪他。当我走路的时候，尖锐的刺痛攻击着我的脚底板。我开始慌起来，不知所措，于是只能放声大哭。因为这种攻击在任何地点任何时间都可能发生，我不得不保持警觉，但是那又能怎样？我没法阻止它。我就像是个在和自己玩游戏的白痴，全身上下都有东西在里面蠕动。身体派出数百名小人国弓箭手，在我身体里面巡逻侦查。下一个攻击的目标是哪个？开火！哪些部位适合偷袭？这里！从手臂一直到我的背部下侧，整个通信系统完全乱作一团。我感到全身被注入了电流。

我试图冷静下来，和我自己说说话。好吧，现在是你的身体在说话，它说它已经受够了。你可以把它视为意识的外延，一种对于活着的状态的注解。身体说："看——这是你的脚。这只——看这里，开火！这是你的肩胛。"这只是对你的身体各个部位的一种提醒罢了。

这是有点疯狂，没错，但是你会学会跟你的身体相处，你比你的身体活得更糟。

我继续说了一阵，然后就停下了。此刻我只觉得自己的智慧不够，实在想不到还有什么话可以说服身体停下来，体内的电击还在继续。我感到绝望，我觉得自己会死。我有一些隐藏起来的、平时没有被发现的神经病。你知道，这是完全可能发生的。如果真的是这样的话，如果真的是我们两个人都必须去死，而不是一个人先走，那么我们家真的是太惨了。这不是不可能的。我唯一的野心就是活下去，我对人生的期待值真的很低。我要一直活到艾弗20岁。这是我的目标。因为，只要还有我在身边，他的人生就不会那么糟。我还有时间可以拍拍他的头，让他告诉我这一天里又做了哪些事情，不管是什么事情都可以。

我找到我的家庭医生，人特别好的F医生，他给我安排了一组血液检测，包括钙、胆固醇、肝、肾、铁，还有其他一些内容。八支装满了暗红色血液的试管被贴上标签拿走了，过了一些天之后，结果出来了：没事儿，完全正常。还是压力太大了，F医生说，你一天至少要给你自己留两段休息的时间，否则就会出现你遇到的那种情况。我说，我知道了。

不吃东西现在对我来说太容易了。我妈妈给我送来一袋吃的。她知道，如果她把食物放在我手里，不管是一个三明治、一个派，还是蔬菜蛋挞，我都会吃掉的，所以，她现在用这个办法督促我吃饭。不然的话，我真的吃不下去。我给艾弗做饭，我会买菜、做好，保证他按时吃饭。但是对于自己，我不介意，或者说得更严重一点，我不在乎。我一点都不饿。

协调员、守门员、看守、监护人，我一人身兼数职，包揽了汤姆大大小小所有事情。轮椅放哪里了？他喜不喜欢喝咖啡？他还有没有干净的衬衫可以穿？这个下午他会不会希望我过去看他？

你要不要喝杯橘子汁？

要。

你可不可以别玩DVD机了？

不。

病房里发生了什么烦人的事情吗？

是。

我带点晚饭过来怎么样？

好。

我完全被汤姆的各种需求给占满了。思考和感受都变成了过分的奢求。和汤姆在一起，我几乎无时无刻不被打断。并不是因为有朋友过来拜访，而是汤姆总是有这样那样的要求。对他来说，我可以很快地明白他想要表达的意思，知道他需要什么，然后基于他有限的词汇帮他扩展出他想表达的完整意思。

我厌恶这样，并且这样的麻烦还没有停止的迹象。可是，从大的方面看，我们未来的分离，以及我们该怎样跟对方表达我们的感受，这些问题我还完全没有想过。我们其实尝试过，但汤姆这样回答，*你必须明白，我现在不流利，我讲不了话。*已经没有时间了。某种程度上，这可能是一种祝福，真他妈的该死，但我并不这么觉得。我的脑子还在纠结如何管理现在的状况。管理。上帝，多么疯狂，让这些该死的念头都到地狱里去吧。都去地狱吧，包括我，只需再留给我一点时间完成爱与死亡的最后对话，我就甘心从这个世界消失了。

但是，就在昨天，在经历了残酷的一天回到家之后，我接到一通电话，是汤姆打过来的。他还是像往常一样，很晚打过来，电话那头是他厚重的嗡嗡声。我做好了聊很久的准备。

你感觉怎么样？我问。

好！好！

你听起来很开心，我的甜心。

是！

我也特别高兴。

他现在几乎不能笑。我问他，现在身体虚弱、感官能力严重萎缩，他心里是什么感受。我们两个都扯开嗓子对着电话喊起来，我坐在沙发上，他在医院8楼，电话几乎和耳朵黏在了一块儿。我裹上毯子愉快地回到床上。他吃了我今天给他留下来的海鲜饭，他很喜欢。晚上有朋友过去看他，他跟每个人都说了话，他很开心。他的精神头很好，而我在经历了自杀式的一天之后，因为想到很快又能和汤姆见面，马上又振作起来。我再次失去意识。

7

2010年11月17日

亲爱的朋友们：

这次写邮件是想听到你们的建议。汤姆还在盖斯医院，他的精神状态很好。他可以思考、讲话，虽然语言表达需要琢磨，但总的来说还算稳定。现在，他最想干的事情就是写作，如果有朋友的帮助，他就能做到。上周我们一起去考陶尔德看了塞尚的《玩纸牌的人》展览。

但是，现在汤姆无法自由移动，必须依靠轮椅，并且需要24小时的医疗看护。

汤姆还是那个汤姆，没有太大改变。虽然身体上再也不像原来那样，但是他思维的连贯性、精神状态让人很放心。

最近，我们在物色疗养院，这样他可以住得舒服点，得到细致的照顾。并且，不用住大病房，能让他有更多私人空间，更安全，朋友过来看他也更方便。我们希望疗养院的位置不要离我们家太远。

如果各位知道或者住过哪些不错的疗养院，或者有任何建议，都请让我知道。

汤姆非常期待见到大家。最近来看望过他的朋友知道，他和各位在一起的时候有多高兴。他很喜欢你们来看他。单个过来比组团更合适一些。

把爱带给你们所有人。

如果说过去是一部小说的话，到这个节点，小说已经演进成一段情节糟糕的童话，并且内容相当复杂。里面构建了太多层次，充满各种角色、走不通的岔道，还有大量半途而废的修筑，现在，这个童话的内在逻辑即将全面崩溃。我坐在薇薇安的车里，跟着她一起去给汤姆找疗养院，这样，汤姆可以有个合适的地方停止心跳走向死亡。虽然可能不那么正确，但我一直被推着朝这个选项走去。没人喜欢做这种事，但我必须做这个决定。医院里有一位"送别先生"，已经有好些人跟我提过了。每个人都跟我说我应该见见他，因为他是个关键人物，但是没有一个人给我安排，所以我没有机会也没有时间去见他。最后，我们终于和医院的辅助医疗团队联系上了，但我很后悔这么做。辅助医疗团队的人时不时地过来看望我们。昨天，团队的人过来的时候还提到在唐桥威尔斯有一家专门为年纪较轻的患者服务的疗养院。可是，当我凑上前去认真向她打听的时候，她马上脸色一变，躲躲闪闪地跑到病房另外一个角落里去了。

我的身体是病态的，我的皮肤受到持续不断的体内电流的灼烧，我的胳膊和肩膀受到轻微的刺激，甚至有时候会烧到头发下面的头皮。我对这项工程没有信心。肌肉、眼睛、舌头，都在不断跟我强调这个事实。我没有疯，我还很理智。我感受到渐行渐远的分离，这种味道好苦涩。我的身体不肯停下反抗。我不吃东西，我拉出来的大便是黑色的，可是，现在我们到车内做出发前的准备。说真的，我到底懂些什么？我不过是个外行而已。

这家疗养院是不是符合我们的需求，我们的选择是不是该这么局限。好吧，我们一家一家地找，把全伦敦的疗养院都找遍，一定会找到一家适合我们的。就像我之前和你说过的，这是个童话，这是个传说。今天可能是这段时间以来，我唯一不在开车状态的一天。但是，我没有把这话告诉薇薇安。

关于疗养院，我们知之甚少，就像是来到一片陌生的高原，我就要缺氧。我不知道该怎么做。唯一的线索是医院里一个年轻的病房医生给我的一家疗养院的名字。他从网上找到了地址，写在一张小纸片上给我。这是他知道的唯一一家（那么其他的呢？其他更适合年轻病患家庭的疗养院呢？其他适合汤姆这种复杂病症的疗养院还有吗？或者说还有哪几家不是专门针对老年病人群的？……我还有好多问题，但是我没有开口）。我们觉得先去这一家看看，然后又从网上随便找了一家好做比较。平时买冰箱、买车，或是一套新的高保真音响的时候，你都会这么干。不过，这次我们是在挑选一个地方给我丈夫送别，让他走向死亡。我手里拿着从横格笔记本上撕下来的一张纸条，就像是拿着 M.R. 詹姆斯⑪笔下故事中的一段黑色注解。这纸条本身就够骇人了。坐在车里，我又拿出它看了一遍。上面写着：**这里没有方向，你在不断跌落，也在慢慢死去。**

第一家疗养院距离我们家很近，这是个极大的加分项。那里的工作人员对我们这两个拜访者的问询都特别热情友好。他们为自己的机构表现出很自豪的样子，并且想把其中的服务出售给我们。我喜欢他们，相信他们，喜欢他们带给我的那种感觉：对病人的爱、友善、适应能力。她们会适合我们的！我们可以一起完成最后的事情！他们在乎我们，而且有幽默感。这时，有访客带着小狗过来拜访他们的亲人。

这家疗养院是一幢单层建筑，背后是一栋高层公寓。房子的楼梯和角落没有灯，肯定是原来盖房子的时候光照充足，视野很清晰。房间以及室内的摆设之间的距离都非常靠近，所有垂直面都有受到撞击、刮擦、侵蚀的痕迹，就像是有东西从内部在慢慢咀嚼墙壁一样。这里大部分的房间都很小，小得不能再小了。但是，奇怪的是，有一个双人间比其他房间都要大。然后，我明白了，这是为那些有钱的病人准备的。我的头脑中马上开始对这里进行改造，想象着各种我们可以在这里做的事情：带个落地灯过来，一张给艾弗睡的床，把那个东西拿出去，重新粉刷这里，换一张地毯。这些想法在我脑子里碰撞出令人欢欣鼓舞的噪音。这里的人都非常有同情心，特别乐于助人。

疗养院的前面是停车场。停车场这样的地方很难造得美观，但是，不是建筑师出身的人一般也不在意。外面的停车场靠得太近，

---

⑪ 英国学者、作家，出版过很多以鬼怪为主角的故事集。

透过窗户往外看，你看不到一棵树，也没有欣赏天空的好视角。我甚至可以脑补出拉艾弗过来的时候，他会如何尖叫。这里也没有医生。不过当然，这里提供所有疗养院的标准设施和服务。为什么我们跑到这里来了？我对于我们现在所做的事情的犹豫和怀疑让我困惑了，让我不知道该怎么办了。汤姆的身体每况愈下，从活动能力下降，到不能动，再发展到非常极端的情况，那个像火山一样的赘生物在他耳后不断生长。他的病情已经受到医学界的高度关注，就像是置身于一场强劲的龙卷风的中心，不分昼夜，无时无刻不再受到关注。

第二家疗养院整体上看上去要高级一些，就像是当你经过一个陌生小镇时，你可能会选择的某个中等价位的酒店。我曾经在利兹的郊外住过类似的地方。每个房间里都有帷幔、款式复杂的窗帘，还有许多家具。这里的工作人员对于我们是否真的来住不是特别在意。这里的家具都是国际化的、学院派的颜色，你可以看到大量的铁锈红和黄棕色，一般称之为赭色，那种红色就像干涸的鲜血。应该要有人提醒他们才对。这家疗养院的面积更大一些，工作人员缺少了一些人情味，但是看起来管理运作得不错。并且，疗养院还有一个值得称道的花园，维护得非常整洁利落。这里室内光线更充足，处处体现出更多个性。但是，一个基本的问题是电视声音太大。白天疗养院里的电视一直开着，声音大到要让所有人都听得见。并且里面温度很热，住在里面的人和第一家一样，清一色都是老人。医疗看护设施和第一家一样。没有医生。

如果汤姆住在其中一间墙壁涂成血红色的房间里，突然病痛发作了该怎么办？如果他抬不起胳膊按下急救的按钮，或者因为电视声音太大没有人听到他的呼叫该怎么办？我们不能住在这里。艾弗也不能跟汤姆住在这里。此时，我眼前又出现了一幕，这次画面里的人是我，我在伤心地哭泣，然后离开了这个地方。

在疗养院的工作人员面前，我们必须表现得很有兴趣。如果你在那时看到我们，会以为我们是在权衡各种因素，快准备交钱了。但其实，我们还远远没到这一步。对我来说，更要紧的是汤姆，这个几乎不能讲话但思维无比清晰的伴侣，这个大脑损伤但高度智慧的亲密爱人仍然待在家里，待在他的精神世界和那具飘摇的身体里。我丈夫知道他快要死了，他的思维非常清楚、清醒，他仍然和我们一起不断接受外部世界的各种新鲜奇特的刺激。我真的为此感到不可思议。从疗养院出来，我们开车走了。

我动作很慢，但是，我开始明白今天所做的这些事情就像是在完成一张行政表格。这是一种形式。没有任何一家医院可以一直住下去。白板上那个预计出院日期空格里需要填入一个确切的数字，尽管这个数字可能被反复擦去再填写上新的数字。我又有了一个计划，就是什么都不做。汤姆不会出院的，我不会去填出院日期，这对我们来说完全不适合。为什么他们不愿承认这是件为难的事情？问题不在我身上。我们掌握主动，我们不能从几平方米的病房里被赶走。

我跟汤姆说了所有发生的事情，但是我没有跟他提起任何跟今天相关的事情。这是我不能说的秘密。我没有告诉他去两家疗养院的情况，并且我还隐瞒了另一个地方，在两家疗养院之间的另一个地方。

在从第一家开往第二家的路上，我看到了一块路牌。这块路牌非常小，原来我从没有注意到它。临终关怀，后面是指向左侧的箭头。但我当时要往右边走。我当时应该往右边走的。可是，我想也没想就打了左转指示灯。曾经有朋友跟我提及这个地方，让我们去看看。我转动方向盘，进入临时车位。前面是一条铺满碎石的小路，一扇开着的门通往灰蓝色墙壁的访客接待区，接待区有很大的玻璃窗，前面是一片草坪。我们走到接待区停下了。虽然并没有人拦住我们，但我们的脚步犹豫了一下，停了下来，在原地站了一会儿，四下张望着。这时，我注意到自己呼吸急促，我在让自己适应、熟悉这里。我和薇薇安都没有说话。

前台接待人员还在接电话。桌面上摆放着装饰圣诞树枝。她放下电话。

有什么可以帮你的吗？

我们怎么可以住进来？我问她。

……

我在找一个适合我丈夫离开人世的地方。

我身体前倾，手肘支撑在桌子上，热切地简要叙述了一下情况，但是并不希望一下子说太多，跟她说这些没有什么用。说到一半的时候，一个穿白色外套的男子出现了。接待员招呼他过来，然后留下我们三个人讨论。于是我又开始跟这个男士说，这次速度更慢一些。我把薇薇安也拉到身边，我们三个都没有离开过桌子。

我不知道这个医生的名字。但是，我说话的时候，他一直在点头。我说了那天的行程，以及我有多么绝望。当他开始说的时候，我们也一直在点头。他告诉我们，我们不能就这样入住。他提到推荐、程序、时间表，还有基本看护信托和资助。他询问我们的情况、我们之前住在哪家医院、谁在照看我们，以及都发生了哪些事情。是的，是的，我说。好的，我明白了。那么该怎么做呢？是。好的，我明白。没错。是这样。

我们整个对话大概持续了10分钟。谢谢你。我们三个握了握手。

我们没有要求进去参观，而是直接回到了车里。

回到医院，我开始执行我的计划。我什么也没说，也没有人问我。我不打算采取任何行动。我不去打扰任何人，询问疗养院的名字，或是尝试找到更多家疗养院。我不寻求更多的建议，也没有人能给出更多建议。让事情自然发生吧。这就很棒了。10天过去了，对于未来我依然很消极。我们继续像往常一样生活，汤姆住在医院里，我和艾弗住在医院外面，每天我们去医院。我们被整个星系的护士和朋友包围。我现在感觉幸福多了。

10天之后，我们得知肿瘤还在生长。阿瓦斯丁没有起作用。事情变得飘摇不定，不知道会往什么方向发展。虽然每个阶段都有标志、有定义，但是没有任何明确的指示告诉我们该怎么办。我们心里没底。

现在是上午，我接到了B医生打来的电话。

疗养院看得怎么样了？

他不会去疗养院的。

那你想怎么做？

我打算去临终关怀机构，名字叫"三位一体"。

那我们就以此为基础来安排后续事宜吧。

我可以把这个打算告诉他吗？

我们正打算这么办。

痛苦。汤姆现在正在忍受病痛折磨。吗啡打了一半。我们就像是漂在浮冰上，终于等到有人来救我们，把我们带回到陆地。我无法描述他痛苦的状态，所以，痛苦没有被记录下来。它是空白的。大脑无力的表现说明疼痛已经非常短暂、非常仁慈了，但对于疼痛持续的时间我没有什么可说的。它们就算留白吧。

我推着轮椅上的汤姆沿着河边散步，艾弗和一个朋友也在。汤姆的疼痛还在发作，但是在发作之前他已经打算出来散心，我们为此花了两个小时做准备，最终他决定还是要出来转转。我不同意他这样出门，我们俩吵了起来。但不管我是对还是错，我总是输的那个。于是我们出发了，两个女人、一个孩子，还有一个坐轮椅的大男人。我们走到河边的时候，地面的每一块小石子和路缘都像是在对轮椅、汤姆身体的协调性发起挑衅，以至于没多久汤姆便要求回病房。我们马上打道回府。潮湿的空气就像是一条紧紧堵住我们嘴巴的湿毛巾，让人呼吸困难。整个城市都是苍白的，茫茫的雾气笼罩着一切。

汤姆又患上肺炎了。这种情况之前发生过。人体运动的时候肺部机器才会运转，长期静躺肺部功能衰弱，容易导致感染。汤姆调动所有的能量和病情做斗争，整个人便沉默起来。医生给他开了高级抗生素药物，用于对抗他身上的各种疾病。汤姆的身体还算强壮，我相信除了肿瘤之外没有什么可以打败他。我从不认为他会失败。我不担心。这不过是一场小战役。他的药剂量控制非常严格，每个小时都受到监测。

9

但是爸爸还没有死，他还在这里。

我们就像雨后春笋，自由了。就像诗人威廉·布莱克在兰贝斯的天空下突然顿悟。历史的痕迹在我们短暂的生命中灼灼燃烧，像一片明亮耀眼的天空、一次迅雷不及掩耳的转换、一颗闪耀的恒星，或是一个深深印刻的图案。这就是我们正在经历的瞬间。

医院里已经连续好几天没有新鲜事发生，这使得复杂的医院生活更加难以维持和谐。医院官僚主义导致持续的僵局。对于汤姆的日常医疗护理有好几拨人和机构在相互扯皮，每一拨人都试图优先完成属于自己的一部分任务，但是缺乏配合，时间安排总是冲突，导致拖延不断。我们就像被困在一个密闭空间里，一切都是恒定的，各种事情不断堆积叠加，充满不确定性。日子就在这样的气氛里一天天过去。

在这个密闭广阔的空间中，汤姆存在着。他投射出一道刺眼的光束。对于朋友们来说，他就像是一块磁铁，左右着大家的行为和活动。在他的床边，已经没有地方可坐了。把他安放到床上可不是一件容易的事。我看得出来。我很早就赶到了医院。今天B医生将对他头部进行最后一次电子波束攻击的放射治疗。这是一种保守措施，试图拖延肿瘤的发展，也将是汤姆最后一次接受干预治疗。我们双方都很明白。我把这个消息告诉了汤姆。不要阿瓦斯丁了。在长达两年多的治疗之后，再也不会有更多的治疗了。我重复一遍，不再治疗了。

就在我们要去给汤姆头部做标记的路上，保守治疗护士迎上来把我堵在一个角落，问我是否愿意到亲属室聊一下。我不会跟她去的。保守治疗又是什么？我已经在医院里待了有一段时间，对这里算是比较熟悉了。我几乎融入了这幢大楼，我的皮肤被它摩擦至透明。我的身体里是各种管道和电线通道，我的肺几乎每天都在呼吸这里的空气。这里的咖啡就是我的咖啡，这里的血液就是我的血液。我的孩子曾经吃过掉在医院地板上的食物，他现在还活着。我闻到了冲突、捣乱的味道。这个保守治疗护士从另外一拨人那里得知了我们临终关怀的计划，她认为有些东西不太妥当。不，我说，我们就在走廊里说吧。于是我站在走廊暖气片和消防水带之间，肩膀靠着墙壁，两腿逆着护士和其他工作人员的人流站好。如果有人想撞倒我，我还禁受得住。

你知不知道临终关怀机构一般只会接纳病人待两到三个星期，在这之后，如果情况保持稳定的话，他们就会把人送到别的地方？

如果真是这样的话，那他们首先要打得过我才行。

疗养院怎么不行了呢？

对于那些疗养院是否能以我希望的方式照顾汤姆复杂的病情，我没有信心。

我觉得你应该再考虑一下疗养院。

咨询师认为临终关怀是目前正确的解决办法。她说了，疗养院的机会窗口已经关闭了（我没有告诉她我从来都不认为这个窗口打开过）。

咨询师一般不清楚疗养院是怎么运作的。

所以你是在直接和她唱反调？

不，我只是想让你清楚状况，人们不能永远在临终关怀机构住下去。

现在的情况根本不可能像你所说的那样无限。我倒是希望这样。

在这方面我必须信任咨询师。她看到了脑部扫描的证据，情况非常糟糕。

你也应该知道，找到一家合适的机构需要花好几个星期。就在找的这个过程中，你又会在医院多待上几个星期。

你有问过临终关怀机构有床位吗？

没有。

好吧，为什么我们不能打开天窗说亮话呢？

我听上去很凶残，但其实我是在演戏。让你吃惊了吧。我倒是感觉轻松了一些。就像是放走不远处的某个东西，比如屋顶的积雪静悄悄地从斜面上滑落下来。只要我按兵不动，经常过来，仔细观察，密切注意一切动态，直到最佳时机出现，我们就可以赢。游戏就是这样，要么惰性获胜，要么速度获胜。目前的赌注已经达到最高，我们必须在汤姆还有能力表达他生活意愿的时候从这里离开。我虽然没有任何权利，但我手里有牌。我们会如愿以偿的。我们会赢的。

B医生用钢笔和一只黑色马克笔在汤姆耳后的肿块上做标记，就像是瓢虫绘本里的插图。这个是肿块，好大啊，看！这里！我，还有艾弗，曾经都有过这样的反应。不过我现在对医学已经不再有兴趣。我们和医学的关系已经结束了。我想象着这次又会像动手术一样绘制各种箭头。但是，随后咨询师和放射科医生开始交流数字问题。他们带来了一些模板：不同尺寸的圆形和方形，用以聚焦放射性、遮住耳朵。我们都靠边站着。我一边抚摸着汤姆的手一边和他聊天。他已经相当累了，但是看上去很狂野、聪明。今天上午遇到的那个保守治疗护士简直是疯了，害得我们还没来得及吃午饭。

由于没有找到搬运人员，B医生和我一起花了很久把病床推回病房。两个外行人推病床的过程简直让人绝望，就像一出愚蠢的喜剧。

床总是不听话，它会撞到墙上，撞到钢制门，收缩起来，轮子会突然锁上，总之状况百出。B医生的技术和我一样差。汤姆倒是挺开心的，他看着我们笨手笨脚的样子，不停地笑着，这下子他不感到无聊了。为了安全起见，我们在他身上盖好被子。他的四肢不能滑到床边。等电梯的时候，我加快了语速和B医生说话，汤姆没法跟上我的节奏，我这才注意到他的面部表情变得很搞笑，嘴巴眼睛扭曲到一起。他是在用姿势告诉我，我们聊得太快了。犯了这种错误，我真是太愚蠢了。汤姆是个活生生的人，他怎么可以被排除在我们的对话之外。我们于是回到床边，我把刚才和保守治疗护士的对话逐字逐句地复述给B医生。不能这么办，她说。我点头。我们会赢的。

解放，完全绝对的解放！我们自由了。就在我撞见保守治疗护士的第二天一大早，我在家里接到了她的电话。这时我刚刚把艾弗送到托儿所，正茫然地看着窗外，眯着眼睛想象今天的情形：又是老样子。临终关怀机构有汤姆的床位了，他今天就可以过去，保守治疗护士说。嗯？她又重复了一遍。我沉默了。他下午一点要离开医院。突然之间，我的眼睛看清了窗外的景色。明亮的金黄色和石灰色树叶正在窗外疯狂地向我招手，吸引我的注意。我立即给汤姆打电话，不过他已经听说了这个消息。汤姆用零碎的单词跟我对话——是的，不是，另一方面，的确，也，然后，上帝，要，我，但是，可能，好，好吧，噢——他真的相当开心。

你知道汤姆在说什么吗？他的意思是，我们有了未来。

10

2010年12月7日

亲爱的朋友们:

汤姆今天从盖斯医院出院，他已经在这里住了五个星期，之后他将搬到克拉彭科曼的三位一体临终关怀机构。为此我们都很高兴，终于松了一口气。那边的环境非常不错，值得花些时间去转转。我们可以回家了。

欢迎各位到家里来。所有的到访都不受限。

最近的地铁站是克拉彭科曼，大约再走五分钟就能到。

本周四汤姆在维多利亚米罗画廊有展览，期待在那里见到大家。

爱你们。

医院大楼是竖状结构的，高高地耸立着，从脚下望过去，下面的楼层就像压实了的一堆货物：大都市的各种疾病按照肠道、心脏、内科、骨科、血液等被分门别类地安排到一层层楼里，拥挤不堪。而临终关怀中心则是水平结构的，它在地面上平铺开来，空间利用不是优先考虑的设计因素。虽然中心不是在一楼，但它看起来就像是在一楼。你从外面一直向里走，一直走到洗手间，然后会发现前面还有向下行的一层。外面的房间正好在这个位置，走两步就能看到花园。

中心的这幢楼还很新，温暖的木质墙面中间是一大面落地窗，搭配得非常和谐。各面的采光都非常好，有几个沿着房屋主梁而建的大房间分别被用来作为休息室、办公室、快速通道、会客厅。整栋楼的设计理念就是开放性。当你想联系任何一位工作人员的时候，你都不需要去敲门。这里没有任何东西和人是隐藏的。

　　按照自我意愿，病人的房间可以是半开放式的，也可以是私密的。房间的内墙是单面镜，有一个按钮可以把镜子打开或是关上。房间的外墙也是一面镜子，朝着阳台的方向。夏天的时候，病床可以推出去。所有的房间都是一样的。我坐在公共区域的时候，看见正在烧开的水，茶杯已经在静静地等待了。还有一台电视机，前面摆放了一圈座椅。色彩明快的蓝色和绿色的小座椅组成了玩具区域，那里是艾弗的地盘。

　　整幢建筑气质非常温和。你可以看到穿着白色、深蓝或是浅蓝的短袖束腰外衣的工作人员穿过走廊，就像是地中海边的风景。在院子里散步时，你可以随意地和相遇的人打招呼聊几句，或是独自享受一片静谧。这里没有必须履行的义务。沙发、座椅、地毯、桌子、鲜花、巨幅照片，还有装满甜点的碗，都让你想停下来欣赏和品玩一番。这里的护士整天都在吃甜食。玩具区域和有两张巨大的L型皮质沙发的休息室就在汤姆房间的对面。从技术的角度讲，它们在我们的领域范围，所以，它们都属于我们，我们经常把这片地方占领了。汤姆再次有了一个幸运的房间：1号，就在护士站边上的第一个房间。夜间，当汤姆需要帮助的时候，我只需把头伸出去，几个护士就会陆续过来帮忙。晚上值班的这些护士，脸上都写着大大的认真哩。

　　住进临终关怀中心之后，我感觉自己接触到了完全陌生的一群人。没错，这里非常开放，但是同时，也有一种难以量化的隐蔽。我花了很长时间才认全了这里的护士。在医院的时候，有盖尔、丽贝卡、大冶、尼克、肖恩、瑞秋、乔安娜、凯伦、安吉拉。我没几天就记住他们的名字了。记住名字，表明你知道这个人，可能有的人并不让你喜欢，但更多的是赞美和对他们的医术技巧的赞叹。我需要把那些我喜欢的护士的名字一个个写下来，然后记下他们各自的特点。他们出现在汤姆床尾的时候，脸上是怎样的表情？他们用怎样的言辞欢迎我们？他们对汤姆病情的细节了解到什么程度？他们是怎么把汤姆的右臂抬起来的？我可以用一只手数出我们遇到过的不太好的护士——你会觉得我很幸运吗？——那个来自斯特里汉姆的、那个想退休去澳大利亚的、那个荷兰的、那个爱发脾气的……

就像一场关系混乱的恋情，每当我以为挑出了最细心、最好的那个护士的时候，马上就有另外一个更漂亮的出现在我面前，然后我又陷入了更难的爱情抉择之中。我的朋友也面临着相同的问题，每天他都要反复纠结好几次。*她就是那个人了——不，不对，她又怎么样呢？噢，我爱她。*与这种赞美混杂在一起的是一个更具策略性的目标。他们都争相关心汤姆，似乎医院提倡这种做法。或许我根本没有必要这么费劲地搞清楚他们的钩心斗角。汤姆虽然身患重病，但他仍然可以交朋友，让一群崇拜者围绕着他。他吸引着这些人。他自身蕴藏的能量根本不需要我的帮忙。但是，我的工作需要策略，我是他在这个系统里的代理人。我的任务是去发现在这里面谁有权利，谁没有权利，更重要的是找到那个了解底细的人。艾弗也一样，他是我们的制胜法宝，只要他所到之处，那些护士无不拜倒。

如今在临终关怀中心，我不需要使用任何策略计谋。需要它们的时代已经结束了。在这里，大家都是平等的。我不需要马上就记住每个人的名字，而是在和他们的接触中慢慢记住的：霍丽、玛丽安娜、雅斯佩尔、艾玛、夏洛特、阿玛、丽塔、塞西莉、奈杰尔、朱莉、得洛尔斯、芭芭拉、布兰达。我不需要为了获得我想要的东西而和谁结盟。我要的东西都摆在那里，送到我们眼前。我可以看见它们。

　　这里的护士都坐在桌子后面工作，要么就在中间的那个长条形的护士站里。他们有很多人，就像一个迷你社区，有的人懒洋洋的，有的在处理一些文书工作，有人在做游戏、聊天、喝茶放松。但是他们都在工作，他们的工作方式和状态在告诉你，你可以随时打断他们。

　　在这里，我也不需要让我变得很特别。我不需要为了约见医生特意一大早赶过来，因为我就住在这里。汤姆也不需要在人群中引人注目，他可以轻松地获得他需要的帮助。我终于可以放下我的防御了。但是，这种感觉相当危险。它不是放松，而是不安，就像一阵眩晕。它也许会让我崩溃。我们已经按原有的步伐走了那么长时间，现在突然停下来，这种感觉太危险、太极端了。过去的几周里，我每天都那么疯狂、锋芒毕露，现在突然来到这个地方，这让我看上去像一个野蛮人：粗鲁、缺乏教养，以及时时流露出各种自我欲望。我想要流口水、去破坏、去诅咒、去砸毁这里。汤姆快要死了。在这里，有我们陪着他，他可以放心离开。突然，一夜之间，我们仿佛回家了。

　　在我们搬过来之前，汤姆的房间已经装饰得相当漂亮了。不过，就像任何人搬进新家一样，你总希望把它变成自己的。我做的第一件事情就是把家里的落地灯给拿过来了。我还预订了一个两片式的灯罩。这个落地灯将是我们的灯塔。

　　床头那面宽一些的墙面很快成为展示板，上面贴有图片、笔记、画作手迹和摄影作品。这是我做的第二件事情。我把它们都从家里带过来，汤姆怀着极大的兴趣看我完成这项工程。我把它们贴上墙的时候，汤姆会指着它们，让我把照片从这儿挪到那儿，或者从那儿挪到这儿。他是一家之主，都听他的，他的审美能力完全没有受到影响。

　　对于如何挂照片，我有一套方法。我也不知道自己是从哪儿学来的，不过你也可以试试看，这种方法适合于任何地方。你可以从任意一条边开始。比如说汤姆浴室的门所在那面墙正好对着他的床，所以整面墙都能被利用起来。你可以沿着墙边把照片一张挨着一张贴上去，中间不留缝隙。你可以像一名专业人士那样，不用太在意贴的是什么内容，你只需把照片一张张贴上去就好。这么做的关键就是不留缝隙，一定要贴满。如果照片的尺寸不同，一定要沿着边把空隙之处填满，保证它们的边缘都是基本上对齐的，这样才好贴下一张照片。有贴不到的地方也没关系，这其实就是一种不用水泥砌墙的方式。你可以一直沿着墙贴过去，一直到不能贴为止，比如说贴到我的手够不到的地方。我其实想搬个梯子，把照片一直贴到天花板边上，可是我找了一圈都没有找到梯子，所以我只能站在凳子上，一只脚踩在盥洗盆上，尽可能贴满我够得到的地方。

汤姆现在看到的墙壁是这个样子的：艾弗在糖纸上画的一幅画，一个绿色的马蹄形的东西，边上有一个红色的模糊人形，还有一些蓝色的涂鸦；一个纹章图案；今年早些时候去马德里看温德汉姆·刘易斯展览时拿回来的海报；我和汤姆的婚礼之夜，我们俩站在用白色油布搭成的走道上；一张用布莱克作品《关于性别：天堂之门》中的插图制成的明信片；一张艾弗一年前在法国拍的照片，他的上半身皮肤被太阳晒出了印痕；一张我旧公寓的照片，拍摄的时间是夏天，那时植物已经长得相当茂盛，爬满了一整面墙，把门都遮住了——在我们结婚的最初四年里，我和汤姆在各自的公寓里都住过；一张最近拍摄的照片里，我和汤姆试图解读艾弗在他的笔记本里的涂鸦，他戴着贝雷帽，穿着吃饭的围裙，这是他上个月在家穿的行头；汤姆的展览《政治》的海报，今晚即将展出；两年前艾弗和我一起在我生日那天拍的照片，这是我们在汤姆确诊肿瘤之后第一次给我庆祝生日，我看上去双目无神；托马斯·比尤伊克的木刻作品《长腿鹬》；我在罗马拍摄的影片《史诗》中的一张剧照，其中有一匹马出现；伊恩·汉密尔顿·芬利的作品《小女裁缝》；一张出自勒歌的作品《红土地上的冬青叶》的卡片，只不过上面的红土地背景被挪走了；普桑的画作《福基翁的灰烬与景观》的海报；双胞胎侄儿们画的爱心卡片；一个月之前出版的《观察家评论》封面，封面的照片拍摄于汤姆第一次癫痫发作之后的一个下午，汤姆和艾弗父子俩像麻袋一样懒散地坐在地上；一张汤姆和我十年前的照片，我们俩当时在打乒乓球，这个摄影作品名叫《新鲜空气：海德公园》，我在伦敦的几大公园里一共拍摄了三幅打乒乓球的照片，这是其中的一幅；一张当年我还在泰德的时候，我们俩逛利物浦的路线图；塞尚的《玩纸牌的人》，是我们去考陶尔德旅行时买的纪念品；艾弗前额有瘀青的一张照片，他那副模样看上去就像是一个刚刚被人揍了一顿的传教士；喜多川歌麿的浮世绘《茶馆楼上的情人》；汤姆的一副儿童拼贴画作品，上面粘了胡须，最后是我在无聊的时候完成的；一张布莱兹的贴心卡片；一张画有乌飞顿白马峭壁的明信片。

很快，汤姆的房间就被塞满了。好几摞的CD、信件、书籍、药物、鲜花、红酒、巧克力把房间全铺满了，不需要立马使用的东西都放到浴室里了。清洁工人在房间里小心翼翼地挪动，以免碰到任何东西。没过几天，房间开始失控了。目前的情况岌岌可危，实际的和象征意义上的空间、时间都很危急。作为回应，我们唯一想到可以做的，就是继续往里面塞东西，继续把东西都摞起来。只要我们愿意，总能往里面再塞一些东西。越来越多的时间，越来越多的朋友，越来越多的内容，更多凝视相望，更多聊天谈话，更多轻柔抚摸，更多平静端坐，更多吃吃喝喝，尽管这个状态本身就岌岌可危。汤姆现在的吞咽是反射性的，他大脑控制咽喉工作的能力也在下降。

住进我们新家带来的影响来得太突然，大脑还没来得及处理。为了避免发生意外，你会突然刹车，随后你意识到这里根本不用开车。就是这种感觉。但是，这种变化有更长期的影响，就像一根缓慢引燃的引线，永远不会停下来。我是个实用主义者。我不断地学习，我们还有许多事情要做，我们可以在这里实现。今晚，汤姆的拼贴作品展在维多利亚米罗开展了。展出的作品几乎全是手工艺品，都是由不同材质和纸张组合而成，通过剪刀、蜡辊和许多杂志完成的。汤姆是个脑子里充满各种画面的作家。在五年多时间里，他的手作图片每周刊登在《独立》杂志的编辑页。里面包括了各种主题：时事、神秘主义、讽刺、政治、庆祝。那些剪刀裁减的边缘在印刷品上不那么明显了，但图像所表达的意义丝毫没有受到影响。但是，在此之前，这些照片的原作从来没有公开展出过，所以，今晚将会是一场非常棒的展出。25件作品被装裱好，挂在画廊的空旷空间内。所有的邀请都已经发出去，媒体也已经通知了，今晚会是一个很棒的聚会。汤姆准备好出发了。他的护士霍丽也准备好了。艾弗准备好了。我准备好了。所有人都准备好了。

11

这个人是谁？这个人，和爱我的人，是同一个。一个和我共同生活了14年的人。他现在睡着了。他现在太虚弱，没有力气去招惹疾病。但是他的呼吸依然有力，虽然他的胸腔起伏很浅，他咳嗽的时候喉咙里充满了液体。一位护士是这么跟我形容汤姆的肺的：他的肺就像是一株上下颠倒的大树，气管就像是这株大树的枝丫，一直向外延展、分离、扩散。除了疾病，汤姆一直是原来的那个他。但是，他大脑中的那个地方正在被入侵者摧残。那个东西现在有多大了？差不多有一个握紧的拳头那么大？昨天夜里，我因为要回家里睡觉，给他打电话的时候比平时早一些。**你好！是的！很好！**……汤姆的语气总是非常开心，当我告诉他艾弗和我给他带了培根三明治和咖啡，正在过来的路上，他的声音一下子升高了，反应仍然灵敏。汤姆的作品展出已经过去了两天，但我们依然沉浸在展览的兴奋之中。不过，我隐约察觉到汤姆眼中有一种出乎意料的东西，一种陌生、模糊和黯淡。

深夜，我坐在汤姆的轮椅里，靠在他身边。艾弗称呼它为**爸爸的独轮手推车**。房间里发出各种小噪音，让空间显得更有生机：时钟滴答走动的声音、汤姆在空气床垫上调整睡姿时发出的声音、夜灯的哗哗声。到处都是电流，它将我们一家三口拥入其掌心，安全而温暖，有一种现代化的幸福感。床的设计非常出色，它是一个建构主义大师的理想沙发，也是一张高端床，外形呈现出漂亮的曲面和转角，适合多种睡姿。汤姆的床单是白色的，有厚度，干爽，从来不会脏。

汤姆的左手抓着一只水杯，他左手的握力还不错，只是手腕因为几个月的放血而出现蓝色瘀青。他一如往常，他总是那个样子，我的意思是他的状态保持得不错。今晚，我们俩谈了一些人们在生命时间不多时会聊到的话题。比如，怎么对孩子说？你或许会认为这种想法会经常出现，但事实上并非如此。因为平时生活中，总是有其他更严肃或者更无价值的事情占据了时间和思考。

我们的对话像往常一样从排除话题开始：身边事物、实际问题、概念性的问题、空间、情感。*是和吃的有关吗？和你在展览时的感觉有关？和你遇到的某个人相关？是最近发生的吗？它现在就在房间里*

吗？和爱情相关吗？和你的工作相关吗？聊天的语境可以提供一个粗略的线索，但还是需要考虑所有主题然后逐渐接近关键。如此分析心思其实很难。当你心中不太肯定时，可能会有某些东西进入你的思绪，它在你头脑中一闪而过，然后消失在完全的黑暗之中。还没等你反应过来，它就已经仓皇逃走。来时的路瞬间模糊，而前方的路只有在未来回首的时候才会光明起来。

谈话和图表不一样，你在参与进来的那一刻是无法立即领会的，相反，谈话非常即兴、不完美，甚至无法进行。它可以延续好几个小时，并且失败的可能性很大。我和汤姆可能在还没有到达话题点之前就停止了、撤退了、认输了，会变得非常恼怒、疲惫或是无聊，然后像我现在经常所说的那样，我们回到那个话题上，或者等我们清醒一点再尝试这个话题。和艾弗说话的时候，我也经常使用清醒这个词。睡觉，亲爱的，睡一觉就清醒了。

第二天晚上我回到家里。太令人难以置信！现在是午夜时分，汤姆居然在这个时候给我打电话。我记得第一次接到他电话的时候，是在公寓过道的公共电话上。我们说话的时候，我正光脚踩在瓷砖地板上，脚底板慢慢变冷。那是一幢冷飕飕的房子，神经质的房东老太太经常在里面走来走去，后来我很快就搬了出去。如今，电话和当年一样，是我们之间沟通的最基本手段。电话铃响得如此紧迫，让我陷入了深深的不安。

现在，我的电话上显示出一串熟悉的号码，尾号是101。是的！一听到电话那头的声音，我就明白了一切。汤姆有人陪着：他那浑厚的像圣诞老人一样的声音、背景的咯吱声、笑声、电话里的错误提示音、药丸和被单的摩擦声、褶皱声、东西掉落的声音，还有更多笑声。人的耳朵对那些细微的声响、复杂的和弦、空间有限的周围环境，还有各种词汇是多么敏感啊。只要我们能这样简单地在电话里一直聊下去，我也许会永远幸福下去。但这不过是幻想而已，我知道。那又怎样。

汤姆对陪伴的渴望实在是没有上限，所以蒂姆很晚跑去医院陪他过夜。他们在一起喝酒。我在电话这头，舌尖上也感受到了酒的味道。一颗富含汁水的酸葡萄甜腻地落入其他噪声之中。我知道房间里很暖和，周围全是汤姆的东西。我知道外面花园里的圣诞树已经挂上了闪烁的白灯，这些小灯泡整晚都会亮着。我知道所有这一切。灯光闪烁着、闪烁着。一切都很美好。

12

爸爸原来在盖斯，他越长越大，然后他突然爆炸，搬进了三位一体。

临终关怀中心的建筑决定了一切。建筑的体量彰显了其内部的各种交织关系，比如我们如何谈判、如何相处。当我们从外面看到临终关怀中心时，它留给我们的印象就是这样。冬日的午后，阳光必然这样照进建筑；艾弗和他的伙伴必然会到会客室里玩耍。从医院那个乱糟糟、毫无秩序的地方，进入这个井然有序的地方，这种感觉实在是非常奇特。

临终关怀中心是一个充满设计感的空间，明亮、自信，处处透着它的理念。每个角落和细节，以及这里护士的无缝工作都在不断地强调连贯性。人与空间和谐共处、目标统一。第一次到这里，就会对这里充满期待，而这里会实现你的期待。这正是曾经发生在我们身上的事情。我们从马路上开过来，站在门厅前，然后再也不想去找其他地方。

但是，艾弗第一次到这里来的时候相当躁动，似乎是他对我们终于失去了耐性。*这辈子被你们一直领导着，我已经受够了。不管你的理由是什么，这不公平。停下来！是时候结束了，让爸爸回家。*现在，艾弗不断地重复着，*如果爸爸在这里，我在家就没有爸爸了……*

我说，爸爸不能回家，亲爱的……

我们就在这样不断争论着，一直到我们两个都感到厌倦为止。

平时艾弗会去托儿所，但是大部分时间，他和我一起在临终关怀中心吃饭睡觉。他每次来这儿的时候总是闹着回家，可是当他在家里的时候，他又会哭着喊着要见爸爸。我就像被剪成两半，真的毫无办法。我告诉他，我们在哪里，家就在哪里，既然现在我和汤姆在这里，这里就是家。夜里下了一场很大的雪，到早晨的时候，外面的马路已经铺上一层白色。车轮胎印给白色的路面轻轻添上一道彩带。

我和艾弗准备好了去往临终关怀中心。艾弗坐在车后座的专用座椅上打瞌睡。突然，他坐起身来，四处张望。*他不在这里，我以为爸爸在这里。我以为他和我们在一起。我是在开玩笑呢。*我没有立即启动车引擎，而是静静地在车内坐了好大一会儿，一直到艾弗开始焦躁为止。

有些时候，汤姆在临终关怀中心的病房就像是我们自己的地盘。朋友们也把它看成是我们的，就像是冬季旅行中落脚的旅舍，或者说是一处新的私人俱乐部。濒死创造了一个富于魅力的社交空间。*今天晚上我没别的事情，就想到过来这边看看有谁在*，凯西说。艾弗的朋友们也都过来了，他和他的小伙伴们占领了游戏区，开始在咖啡桌上搭建木头伦敦城，然后一次次从外面向内进攻。其他大人们则围坐在矮一些的沙发上开始闲聊，一边观赏着窗外早已被积雪覆盖的银装素裹的花园。接近黄昏的时候，花园就像一面深色镜子。今天过得真快。

我们的生活仿佛电影一般：如梦如幻，沉浸其中，且被记录下来。很多个小时，很多天时间过去，然后继续延长拍摄。我的生活几乎完全是公开的，我完全信任陌生人，时不时和一帮恰巧同时到来的朋友聚聚，这也很像电影情节。他们原来可能都不认识，但是来到这里之后就都认识了。

我不知道一个导演会如何拍摄这样的作品。有人如此评价伯格曼：这个欧洲人总是采取平拍的方式，压抑情感，但充满张力，他喜欢使用长镜头，中间没有剪辑，场景复杂，黑色幽默，镜头总是适应床上的那个男人，尽管他常常在镜头之外。我很少在这里遇到其他病人。我无法将眼睛从我们自己身上挪开。死亡是自私的，我并不清楚和死亡相关的礼仪有哪些，这需要花点时间去学习。要和人聊天吗？怎么开始？你们家那位患病多久了？事实上这非常简单。无声的微笑、凝视、点头打招呼，交换礼物、酸奶、水果、面包，一起喝茶，这些日常的简单动作里处处透着同情温馨。汤姆还年轻，艾弗也年轻，我也年轻，所以我们在这里是奇特的物种。

雪，让我更容易专注，它让整个世界都平滑静谧下来。我们可以去任何地方。这场雪很硬，并不太适合堆雪人。我和艾弗在花园里堆了一个雪爸爸，这样汤姆在床上就能看见。这场雪非常干，很难粘到一块，没法把它揉成团做个身体。所以，我们最终堆出来的雪人只有一个小雪堆，我们给它戴上胡子，用山毛榉作眉毛，鹅卵石作眼睛。当我们完成的时候，我一眼就认出它来。这个长着大饼脸的小绿人穿着那件白貂毛皮衣，身上沾满了掉落的雪花。我们堆雪的时候，它身体两侧的雪就滑了下来。作品完成了，小雪堆在花园里又多保持了一天，然后融化了。

时间已经不再是通过一天24小时计算，不再需要一把量尺去计算小时、计算下午。毫无时间感的经历并不多见。不过，它也给了我们某种幸运，一种超越一般规则的奇怪且有弹性的治愈能力，就好像我们比自己存在得更久一样。以前在医院的时候，我们以危险的速度沿着轨道飞快地下坠。我们会去向哪里？如今想来，我们不过是不想死在那里而已。在那之前，我们一家人一起生活了多久？几个礼拜？几个月？无论是时间还是动量都无法测量。不过肯定有一个关于时间和动量的公式，只是我不知道罢了。为了让时间停下，我们做了很多次无力的尝试。

我不害怕。我只有在回顾过去的时候才会觉得后怕。我会想其他的可能性——那些"如果"怎样的场景，不过现在，这些想法都被放到一边去了。现在，我的大脑里只剩下这几年积累下来的断壁残垣，这是一辈子的创伤。此刻我坐在大厅沙发上，看着汤姆的房间，那些想法都离我很远。但是，那个想法就在一次眨眼的片刻闪现，如此迅速，只有一根头发的宽度，或者还要窄，这让我感到害怕。我们三个幸运地逃脱了，内心是幸存之后的深深震撼。

这些日子以来，每天的生活千篇一律，没有任何事情可以成为特别的注脚、标记或信号。我们已经在临终关怀中心住了两个礼拜，这期间唯一的大事就是汤姆展览的开展之夜，不过已经是过去式。我记得那是圣诞节前的一周，这又是另一种形式的标记，但圣诞节和我们没有多少关系。在这片我们的临时领地上，家人、朋友用他们的来来去去标记着每天的时间轴。他们以各种生动的组合出现在我们面前：

我的父母、汤姆的妈妈、汤姆的姐妹、我的兄弟、我的邻居、我们的
朋友，还有那些我之前不认识的人。有的人会待上半个小时，有的人
会待半天，有的每天都过来。尽管他们面临着时间和各自生活中的种
种压力，但当出现在我们面前时，他们就代表了自由，代表了那些与
医疗无关的事物。他们只是想看看我们。

13

2010年12月24日

亲爱的朋友们：

　　这个圣诞节假期，汤姆、玛丽安、艾弗将会在三位一体临
终关怀中心的家里度过。住在附近的朋友们，请过来一起喝一
杯、聊聊天，或者和艾弗玩耍。
　　那些住得较远的朋友们，祝你们有一个温馨甜蜜的圣诞节。
我们深深地感激大家。
　　爱你们。

　　我很忙。有几件事情最好在凌晨三四点前完成。到晚上10点的
时候，中心就开始关灯了。四周都安静下来，你可以听见时不时响起
的电铃声催促着护士穿过通道。他们从不跑着过去。每个房间里都安
装了一个电铃，那声音听上去就像电子小提琴在演奏两个音符，就好
像一个音符在以不同的音调回应另一个。电铃声是用来提示的，虽然
不是传达紧急情况，也不是警报，但也不能被忽视。那声音仿佛在进

行密集测试。我们刚住进来的时候，我差不多花了一天时间才搞明白电铃声在这里的作用。我想，在我之后的余生里，我将一直记得这两个音符。我甚至可以把它们唱出来，D调和C调。

现在是圣诞节的前夜，每个人都准备回家。汤姆在睡觉，我的小宝贝睡在角落里的行军床上，四周被各种装饰品、卡片、铃铛和一棵小圣诞树包围起来。他身上盖着一件星星花纹的羽绒被。床底下，他的袜子早已等着他早晨醒来之后打开，袜子被塞得像一条吞了山羊的蛇。

我从来都是早早地为我们三个人准备好圣诞礼物，并且一定是看得见、摸得着的礼物。他们必须要收到礼物！至少是对现实的一种安慰。所有的欲望都要满足，因为没有时间去等待。我在休息室给汤姆缝毯子，他会喜欢的。

我买了两条格子花纹的毛毯，用绿色的那条剪出我们三个人名字的首字母，把它们缝在红色的毯子上。我花了好长时间才把字母都剪好，现在为了赶时间我必须尽快简单缝合起来。在之后的生活中，我肯定可以做得更好。我把一大块毛毯放在腿上，用膝盖支撑住，这样就不必弄到衣服上。我对任何出现的失误都没有耐心，这是一次很重要的任务，这最后的关键时刻让人抓狂。不过这种兴奋的感觉也很熟悉，令人兴奋，就像曾经那些令人怀念的日子，唯一不爽的就是我从黎明到现在还没休息过。我努力调动全身的力量继续做下去，虽然我知道我会失败，但即使在最后阶段，我仍然要努力尝试。我们都在努力尝试。

第二件礼物是汤姆给艾弗准备的，今天早晨我才发现。我在期盼着某样东西，一件父亲在生命最后阶段送给儿子的礼物，虽然并不知道具体是什么礼物。礼物的象征意义早已超越了实物。当我第一次看见它的时候，我并不理解它本身有多特别，但是，当它映入我眼帘的那一刻，我相信这是个合适的礼物，直接将它买下。并且，时间过得越久，我对它越喜欢。

这是一套小桌子，一共有三张，制作于20世纪60年代。三张桌子很可爱地叠加在一起，像一座小雕像，一个家庭版的唐纳德·贾德作品。大、中、小三张桌子很巧妙地嵌套在一起。当它们组合在一起的时候，会形成一个密封的形状，而拆开的时候则是三个形状完全相同但尺寸不同的复制品。它们是一个家庭，一个天衣无缝的组合：每一个都由三个平面组成，顶部非常平滑。这个世界上还有这样的作品，这样的作品能呈现到我的面前，真是太好了。

艾弗将拥有这套桌子。总有一天我会用砂纸将它们磨光，除掉上面发黄的油漆。不过现在，它们会被艾弗当成隧道、高山、椅子、桌子、悬崖、岛屿。艾弗近期还能扭动着他的身体从所有桌子底下穿过，但是很快，他会长高，最小的那张就容不下他了。再过一段时间，三张桌子对他来说将变小，可能到那个时候，他对它们也会失去兴趣。一直到某一天，他对它们再次燃起兴趣，他可以再把它们要回去。这套桌子的材质很坚固，它们可以维持很久、很久。

14

我的人生已经经历了46个圣诞节。今年的圣诞节也如同往常一样开始。睁开眼睛，出现在我面前的第一个人是艾弗。汤姆是第二个。亲密感可不简单，是培养出来的。护士们一般不来打扰我们，除非有必要的事情。他们甚至比我们自己还要看重我们的隐私，并且尽量把干扰降低到最低程度。一大早，他们就检查了注射泵里的药物，检查了汤姆的姿势，还拿来了他的粥，然后又给汤姆洗了澡，把他扶起来穿好衣服。我搅拌好汤姆的粥，帮他一口口喝下去，然后拿出艾弗的早餐。现在我唯一想念的东西就是一杯上好的咖啡。我必须等到有人给我带过来才喝得到。

我们已经和艾弗在一起过三个圣诞节了，我对每次过节都记忆犹新。艾弗每次过圣诞节都会创造些新的过节习惯，反倒是让我忘了生他之前是怎么过的。艾弗坐在汤姆床上打开袜子，又帮汤姆解开盖在身上的毛毯。汤姆的左手还可以动，父子俩拿来一盒饼干。艾弗把毛毯堆到汤姆头上，给他爸爸戴上一顶皇冠，然后拉下来。这让汤姆笑得眼睛眯成一条缝，肩膀也跟着抖动起来。

此时此刻，父子俩在我眼中就是极其精致的艺术品。在很多家庭里，圣诞节只是一种平常的例行公事，但我们家不同。为了完成这一仪式，孩子、饼干、纸皇冠都不可少，很多机构都发挥了作用。台前的、幕后的，我没法把他们一一列出来，因为我也不完全清楚都有哪些，比如顾问、外科医生、护士、治疗师、医生、亲戚、朋友、同事、陌生人、捐赠者、支持者、志愿者。汤姆和艾弗一起在床上，这本身就是一件罕见的文化作品，炫目灿烂。

今年，我们的圣诞节是在临终关怀中心度过的。汤姆坐在轮椅上，我们把他推到休息室，朋友们已经带着礼物过来了。一条L型的沙发已经坐满了。艾弗一个接一个地拆礼物，这是他的安慰奖。礼物太多了，我把其余的都藏在了浴室里。

朋友们也带来了食物，但是食物已经失去它们本来的功能。汤姆的身体出了点问题，不过很快我们就把问题给藏起来了。为了让汤姆可以吞咽，所有食物必须打成浆，哪怕是极小的固体也可能引起窒息，后果可能相当严重，并会导致护士们一片手忙脚乱。我周六带过来的培根三明治现在看起来很危险，我们不能在艾弗面前做这么暴力的事。我们不能吃它。于是，我们对食物做出调整。我们发明了新食物，不断进行试验，转变了对食物的观点，朝着炼金术式混合的方向迈出一步，制作出富含营养和悬浮颗粒的流体物质。食物变成了颜色、色调、染料的代名词。它是一个调色板，包含了软豌豆和薄荷、南瓜和藏红花、捣烂的甜菜根、火红的胡萝卜和姜黄根末或是红番茄。

但是我忘了圣诞晚餐。我忘记了它的重要性，因而汤姆的圣诞晚餐变成了一小团颜色单调的泥浆。当你破坏了肉、烤土豆和胡萝卜本身的结构和质地，得到的就是这些东西。三团泥浆混合在餐盘里，看起来恶意满满。汤姆显然对这样的圣诞大餐感到失望，之后的几个小时都不太开心。我的餐盘里也没有什么特别的，我甚至都说不出吃下去的是什么。我只能说几乎没有固体状的食物，全是各种汤、米饭布丁、捣碎的意大利蛋糕，和着烈酒和奶油一起吃下去。这对于一个糖尿病患者来说就是一份毒性食谱，但是虱子多了不咬，这些小病已经无所谓了。酒越添越多，食物越来剩越少，所有的东西都混合在一起达到最理想的状态：营养培养基。

我们就像是追影子的人。食物丧失了本色，那些曾经掌控我们的条律对汤姆而言不再起作用。今天，汤姆没有用喷雾器，因为他的胸腔太容易受感染。

15

2010年12月27日

12月28日，也就是明天，将是汤姆的生日。

他马上就到53岁了。

晚上来三位一体一起喝一杯吧。

　　2011年的新年第一天，我们在水下度过。我们所有人都被淹了，那些来闲聊的人也都加入了这场溺水派对，成为同党。汤姆的妈妈和姊妹们也都在。现在他的胸腔听上去就像一条溪流，但流淌不顺畅，像有叶子、木棍和淤泥在上游把通道堵塞了一样，就像是新罕布尔什的一条隐蔽小河，被树木和两旁的树篱给遮盖了起来。汤姆曾经带我去过那个地方，他曾经在那里玩耍。我坐在汤姆身边，静静地看着他，听着他胸腔内的声音。有时候，我会以另一种方式听到噪音，那种声音一点儿也不像溪流，而是像一团在风中燃烧的火。风断断续续地吹动火苗，挑动着不断变化的能量余烬。

　　艾弗在哪里？我不知道。他肯定在什么地方。有一回，可能不是今天，或许是原来的某一天。汤姆醒了，我们相互望着对方。啊啊啊，是的。我正在看着你。这个眼神和原来一模一样。我太熟悉了。我感觉就像一阵电流从我体内穿过。或许它可以陪伴我一直到春天或者更长时间，可是，我无法奢望。我的记忆荒废了，里面装了太多东西，它现在非常不稳定，很可能会忘记掉我希望记住的东西。或者损失的不是零星的记忆，而是整体遗忘。或许，在这次大清洗之中，我会忘记曾经发生的所有事情。现在很快就变成了过去。

汤姆最近开始出现嗜睡的情况。他们说这种情况有可能发生，并且他们所说的所有可能发生的事情都发生了，所以这次我也信了。我非常清楚这意味着什么。缺乏食欲的症状发展得令人吃惊。汤姆最近的饮食已经几乎被药物占据了，各种各样复杂的药物粗暴地接管了他的食道。于是，他慢慢地开始不吃东西，一天，两天，很快他就一动不动了。汤姆几乎不再喝东西。我手里一直拿着布丁、汤、泡着饼干的牛奶、泡了蛋糕的酒，但是没有一样可以唤起他的食欲。

昨天，就在上一年的最后一天，我们非常忙碌。我们用轮椅把汤姆推到外面走走。艾弗跑在前面。寒冷的空气钻进肺里，钻进脑袋里，而卧室里的那股暖气逐渐从我们周身褪去，冷得要死。每次经过路肩的时候，就需要把汤姆全身的重量举起、放下，再左右调整。大家都很冷，试图走得越快越好。汤姆坐在轮椅上晃来晃去。这天剩下的时间里，朋友们一个接一个地过来和汤姆聊天，边吃边喝，他和其他所有人一样一直待到很晚才休息。昨天是庆祝旧的一年过去了，作为补偿，今天要让大脑休息休息。汤姆就像是一团纸巾形成的三维结构，一滴致命的水滴落在上面，他整个折叠了起来。

新的一年开始了。或许这个故事的残酷性在于，在此之后，当我抬头望向花园，它看上去会和曾经一模一样。时间没有指示牌。在死亡面前，世界没有变化，没有地球的转移，没有颜色的变化，没有噪音，没有灯光的闪烁，没有下落，没有物理实体的崩溃。那棵站在那里的树会一直站在原地。*留下吧，请再多停留一会儿吧。*

希瑟带来了一份放了栗子的芹菜汤，还有熏肉和加热的茎叶。

我从梦里醒来。这是我最近两年来所做的唯一的梦。最开始我并不觉得这个梦有什么特别之处，但是之后我不敢肯定。在梦里，我在寻找一间工作室，但我打算利用这间工作室去做的事情只是单纯为了哀悼汤姆。有人带我看了一间工作室，和我之前见过的许多一样，有刷上白漆的地板、霓虹灯，地面稍微有点下倾，还不错。但是，这间工作室是在水下的，并且是在水下非常深的地方。黑暗的水中，到处是成群结队游来游去的生物，把墙上的窗户和头顶接收自然光的窗户都遮住了。这里有非常大的鱼，有生活在深海里的古老哺乳动物。我看到了儒艮、鼠海豚，还有身上散发着彩色光芒的磷虾，以及长着吹号嘴和吻唇的某种生物。这里有肉感十足但是叫不出名字的生物，有自带辐射结构和玻璃骨骼的鱼类，有巨型海葵，还有尾巴是叶环状的鱿鱼。这些生物们都欣喜若狂，把身体尽可能地贴到工作室各面玻璃上。他们相互摩擦、爱抚对方，然后渐渐地后退，成为黑暗中微小的不透明斑点。当一拨退去，又有新的生物涌过来占据原来的位置。水中到处都是它们的身影，成千上万，都被工作室里唯一的灯泡给吸引过来。我喜欢这里，我说。就这里了。

我答应汤姆给他带鱼汤。中午，那家法国餐馆开张了，我拿着长颈瓶跑到厨房来满足我们这点梦想。我和汤姆在这家餐馆吃了很多年，我记得这里的鱼汤的黏度正好符合汤姆的要求。那是一种真正的马赛鱼汤，把加热后的小鱼粉碎之后，身体和鱼骨浸泡在红油中，不加面粉，不加任何的增稠剂，这家的鱼汤是附近几英里范围内做得最好的。和厨师聊天的时候，我总想告诉他这份鱼汤是给谁吃的，就好像给他一种压力，让他知道这份鱼汤意味着什么。可是我什么都没有说。不管怎样，这还是一场买卖。汤装在瓶子里。我付了钱，然后急匆匆地走了。汤姆喝了三茶匙，然后停住了。我按摩着汤姆的脖子，把枕头折叠起来斜着塞在汤姆背后，然后听到他发出一阵愉悦的呻吟。留下，请再多停留一会儿吧。

艾弗从外面玩耍回来，手里拿着三根小木棍。他把它们放在床边的凳子上。这是一件礼物，大号的、中号的、小号的——他在用心记住我们家的组合。

今天晚上我们举行了一场小小的派对。少数几个朋友过来一起喝酒一起唱。汤姆认识今晚过来的朋友，他们每个人抚摸他，跟他问候的时候，他都会发出一种不同的声响，只是他的眼睛是闭上的。只有当他听到艾弗的声音接近的时候，他才会把眼睛睁开。我看到了。我是唯一观察到这一点的人。我真是太幸运了。幸好当时我没有转头去看其他地方，错过这一幕。汤姆和艾弗的眼神接触的神情和以前一模一样。

16

我看过很多有关死神的描写，但我预想的事情一件也没有发生。死神是谁？首先他是一个男人：衰老、骨瘦如柴、扛着大镰刀、表情凶恶、黑暗之王、小偷、影子。我们对他的想象过于简单幼稚了：可悲、幻觉、总是失败。那个光天化日出没、清清楚楚可见的死神在哪里？官员，那些对我们发号施令、颐指气使的人，那些自私自利的人，我们的对称性，还有被我们称为自然的东西？生很容易，死才艰难。因为死亡是完成了从0到1的过程，世间没有任何事情与之相似。但是，死亡中所包含的任何内容无不与这个世界相似。

我曾经把死亡当作是一个离我很遥远的另一个世界。它的确是，只不过现在它将我们的领地包围了。由于我们对这片领地是如此熟悉和亲密，我们可以把死亡当盟友，继续在这片疆土上生活。因此，当死亡来临时，我们需要了解的东西都能在已知的经验范围之内。

星期二，汤姆睡了。他的呼吸自然且有节奏，他的面部表情看上去很放松。我像往常一样坐在床边，其他人陆续过来。床边说的那些陈词滥调就像至理名言一样从我们嘴里滔滔不绝地说出。我们就像是中世纪的天使，不厌其烦地重复着分配给我们的台词。我们也没办法让自己住嘴。他看上去好平静。看他睡觉的样子。如果他还能做出反应，这会儿他肯定会转动眼珠，呻吟着请求我们赶紧闭嘴。他醒了。没想到真是应验了，他的脸看上去有血色。奇怪。真是符合他的风格。

近距离地观察死亡，亲密地观察死亡，你会发现死亡其实很正常。它是人们多多少少知道的必然过程。就像有人睡过去再也不会醒来。他的呼吸依然稳定。一，二，一，二。我轻拍着他的肚皮，搜索着这条曲线的起伏。我对它再熟悉不过。这条曲线比原来更弯了。在那儿，在那儿。

像现在这样凝视他不可能持续下去，它超越了我的能力范围。很快这变成了一个道德问题，让我进退两难。集中注意！你没剩多少时间了。集中注意。可是，我的思维还是不断受到干扰：我需要下单的新窗户、最近过来的一个人、我现在很饿、昨天晚上的回忆、正在流泪的右眼、艾弗跑哪儿去了、音乐的音量……或许是音乐选得不对，难道我该去换一首？

音乐。或许，当汤姆从这个世界离开的时候，他的伴奏音乐会违反操作手册。琴弓撩过绷紧的琴弦，摩擦、振动，空气穿过小孔和琴管。他的气管关闭又打开，嘴唇放松又收缩，每一件乐器都经过精准的校对和调试。金属和金属相接，木片和金属相接，皮质和木片相接，在金属上安装衬垫，音高、音调、音色，气筒和线圈，所有的乐器都在共振。上升又下降，手指，到处都是手指，所有人肺部同时起伏的温暖、屁股下的椅子嘎吱作响的声音、空气轻微释放的声音、胃顶着皮带的声音、拥抱声、手指相扣的声音、裙子的摩擦声、纸张移动的声音、掌心干燥的肌肤揉搓在一起的声音，还有钟声、快门声、凳子碰撞声、肋骨发出的声音，演唱会上的所有骨头都被感知到了，被表面上的皮肤覆盖包裹起来。

我在凳子上不安地挪动。我希望一切可以持续，所以一直在动。我已经处于战争状态太久了，失败是我最好的解脱。我像一个刻在石头上的怪兽：表情厌倦、轻浮、孤独。我在完成那些交到我手里的事情：吃一个培根三明治、喝一杯咖啡、坐在汤姆身边、倾听。一，二，一，二，吸气，呼气，吸气，呼气。我喜欢就这样坐着，这里实在是太完美了，这是我应该待的地方。可是我想让他和我在一起。**留下，请再多停留一会儿吧。**

当房间里只有我们两个的时候，汤姆在睡觉，我对着汤姆说话的声音听起来非常空灵，像是从天外飘来的声音。有那么一天时间，也可能是一天半的时间，汤姆醒过来之后什么话都没说。**是和不是都不见了。**发生了什么事情？我们的沟通渠道依然畅通。语言再次分裂、折叠、异化，形成一种独有的叹气和呻吟。我们置身于音调和触摸最丰富复杂的疆域。通过手指在皮肤上轻轻的按压，或者用手指对着脸画个圆，就可以明白他想表达的意思。

现在，睡眠来了。睡觉。没有是，也没有不是。没有啊，也没有**噢，上帝。**的确——确——啊，他总是会拖着很长的夸张的啊音。这都没关系。这里，是或者不是都是一样。

我听上去很不自然，声音都不像自己的，就像搞不清对方身份，不知道该如何称呼一样。我和自己对话的时候总是有种尴尬，唯恐我并不是真的在和自己讲话，唯恐被人听见。对不起，我不知道该怎么组织语言，我找不到更多话语，它们像是已经预感到我最重要的倾听者即将离我而去。我失去了曾经给我力量的第二意识，失去了我的声音板、我的回音、我的经济依靠、我的一生挚爱。我成了独自一人。

汤姆曾经说过，尸体可能是一种滑稽的生物，因为它同时是主动和被动的对象，是介于人和东西之间的不稳定混合体。那么，一个连续睡了三天的人该是多么滑稽可笑？他的呼吸非常友善，我不介意它就这样继续下去。吸气，呼气，吸气，呼气。我的思绪在奔跑。或许我们可以就这样生活下去，我们可以管理好，我可以永久地搬到这里来住。这是个非常可爱的房间。艾弗会慢慢长大，长成一个活泼的青少年，他可以把朋友们带过来和他做伴，让房间里的噪音分贝高一点，或者纯粹是出于好奇过来检查还在睡觉的爸爸——这个躺在床上的男人。

我的眼睛非常贪婪，它们搜索着一切可见的东西。但是，眼前如此密集的景象，我却并不认识。我非常了解这个房间，但是我并不是在看房间。我眼前有他的脸，我看到了什么？我看见胡子上的每一根毛发，有坚硬的白色胡须，还有柔软一点的灰色胡须，它们刺进皮肤的方式并不完全一样。然后是丝绸一般的棕色和黑色的头发，眼睛和眉毛之间略带瘀青的皮肉，眉毛就像是给它增加了一块遮阳篷。然后是脸颊上的毛孔和毛孔粗大的鼻子。然后是宽阔额头下面正在休息的眼睫毛。看起来好熟悉。我还在凝视。我已经习惯了观察、思考，再审视、再观察。我就这样看了一个小时接一个小时，一天接着一天。这就是我做的事情，可是，我原来从未像现在这样凝视过。

这里是永远燃烧的火焰。我们是狂热的，同时又很安静，没有动作，在静静等待那件大事发生。我们所有的能量都开始燃烧起来，聚集到一个点上。我们不关注也不在意这个细节。所有的标识、标记、兴奋、拜访、工作、旅行、展览、圣诞节、生日、新年，所有这一切都出现了，它们逐渐轻柔地聚集起来，聚集到那条缝有我们名字的毛毯之下。今天，和昨天一样，没有任何特殊事件。但是，未来会有一件特殊事件。

17

人的身体机能总是受到失败的支配。胸部上升又下降，吸气又呼气，上下。呼吸和打气一样，都是在做连续的对立动作，分开又合起来，不断给对方补充能量，然后再次打破，暂停，停止，错误的开始，流淌，颠簸，冷却。

我所看到的一切都是不相容的。该怎么办，停下来，还是继续前进？现在就停下，还是再走一段？我的头脑是否足够清晰？够了。我的想法到底是什么？大脑里没有什么好东西，都是各种不相关、无足轻重的东西。准备工作永远不会完美无缺。我们俩很早之前就知道这一点，但当时的情况还不明朗。现在这件大事来了，但我看见它只是为我而来，而不是为了我们而来。汤姆已经在别处了，在最后这些日子里，他独自去了某个地方。他就这样静悄悄地出门了，他的缺席一点都不突然，但我甚至都没有来得及抓住他离开的那一刻，它就已经在发生了。于是，这里只剩下我了。

按钮按下，一阵谨慎的嗡嗡声响起，我准备好了。窗外的一扇灰色的电动百叶窗徐徐下降到四分之一的墙高处。我一眨不眨地盯着它。这是什么意思？这难道是一条线索吗？还是一个标志？这难道是建筑拟人化的巧合，它是在模仿人眼闭上，表达敬意吗？还是在对死去的人进行一场电子仪式？这幢建筑知道吗？它怎么能知道？这不可能。我必须马上找到答案。这究竟是什么意思？

它没有任何含义，只是出现了点故障而已。这幢房子还是新的。百叶窗的电路有些发热和过于灵敏，冬季乏味的阳光触动了东南面的所有感应装置，使得百叶窗不停地上上下下，就像是打旗语一样。我找到了那个操纵按钮，把百叶窗升起。没过几分钟，它又自动降下来了。我再次把它升起，这次我开始感到愤怒，用手指猛戳着。这个大混蛋太阳，整个天空都纠集起来反对我，分散我的注意力。它就是不放过我们，总是给我们制造各种干扰。让我们静静，求求你，最后让我们静静。

现在，又有了其他事情，门外的说话声已经炸开了锅。朋友们已经到了，我看到他们惊慌地跑来跑去，聚成好几团，透过磨砂玻璃，他们的姿态看得并不清楚。艾弗也在他们中间。有些人是我打电话叫来的，有些人是自己来的。这是经常出现的混乱场面。我用脚抵住了要打开的门。

艾弗被一个人抱起，又被传到另一个人手里，但是我不想和他们说话，我只想和他说话。我向他示意了一下，他就飞了过来。我没有说话，把他从半掩的门缝外拉了进来。现在我们是三个人了。三个！他是多么克制和大胆啊。他多么勇敢啊。他的快乐似乎招之即来。他走到床边，轻拍着床上的汤姆。他把头靠在汤姆的手臂上。我向他示意，然后把他从房间里送了出去。*走吧*，我对着门口嘶嘶低语。他们肯定都走了，包括他。*留下，再停留片刻吧*，我对着床铺喃喃地说。

走吧，我又对着门口说了一遍。我们已经走到这么远的地方，我害怕有入侵者，有人发出笨拙的呼吸，闯入了我们的世界。走。我们只想为对方守夜。没有人等待，没有人坐下，没有排队哀悼的人，没有那些准备好了等着读新闻的人。我朝着床上和门的方向轻弹了几下，但愿他们都走了。我的肌肤还是活着的。

他们终于都走了。不管怎么说，任何事情都会发生。时间会自我更新。我需要这场死亡来临，因为它是终结，让我终于可以歇息。我不希望它发生因为它只是一个开始，我将等到最后才能明白。我们一起躺在床上，那么熟悉，就像曾经那样。

只不过，动作是熟悉的，但地方换了。我们再也不能到任何地方去。我们脱离了一切，脱离了文化、物理空间、性别。我不知道我们这是在哪里，但是，我非常确定地感觉到了我自己。时间会自我更新，这就够了。这很简单，时间的延续性是牵引我们的绳子。它是我们从未脱离的基础，它的引力是如此强大、直接和奇怪。这个世界上没有任何事物像它一样。

我告诉他，我们在这里，我给他送行，这是多么珍贵的事。我在给你送行。我的手就放在他身体上。吸气，呼气。我和你在一起。吸气，呼气。我的手放在他脖子上，寻找它的去向，我发现他的脖子是暖的。带着他的呼吸，我对时间低声耳语。我的手现在放在他的手上。走。我嘴里哼着什么，但没有意义。走。我说了一些话，但没有意义。走，我什么都不是。走。我也走了。

Section
4

1

亲爱的朋友们：

汤姆去世了。

他就在昨天去世的，2011 年 1 月 9 日，三位一体临终关怀中心 2-15房间。

爱你们。

在你过世后的第二天，我在梦里收到了你发来的很多条简讯。

我读到了第一条。

是我！

活着的人可以宽慰了。

3

　　我们给你下葬的那一天下雪了。小小雪花漫天飞舞，在劲风中努力挣扎。我们在你墓地周围站成了一圈，这可不是事先设计好的。你孩子的朋友们来了很多，队伍里到处都是他们的身影，将送葬队伍轻轻地串在一起。我把泥土撒在你的上方，你儿子也这么做了，他手指张开，手掌摊平，就像这样。你从我们身边走过，离开了，留下我们站在这里。活着的人可以宽慰了。